Agora e para sempre, Lara Jean

JENNY HAN

Agora e para sempre, Lara Jean

Tradução de Regiane Winarski

Copyright © 2017 by Jenny Han
Publicado mediante acordo com Folio Literary Management LLC
e Agência Riff

TÍTULO ORIGINAL
Always and Forever, Lara Jean

PREPARAÇÃO
Ilana Goldfeld

REVISÃO
Milena Vargas
Cristiane Pacanowski

DIAGRAMAÇÃO
Ilustrarte Design e Produção Editorial

CIP-BRASIL. CATALOGAÇÃO NA PUBLICAÇÃO.
SINDICATO NACIONAL DOS EDITORES DE LIVROS, RJ

H197a

    Han, Jenny, 1980-
        Agora e para sempre, Lara Jean / Jenny Han ; tradução
    Regiane Winarski. - 1. ed. - Rio de Janeiro: Intrínseca, 2017.
    304 p. ; 21 cm.

    Tradução de: Always and forever, Lara Jean
    ISBN 978-85-510-0198-1

    1. Ficção americana. I. Winarski, Regiane. II. Título.

17-40763   CDD: 813
                                                            CDU: 821.111(73)-3

[2017]

Todos os direitos desta edição reservados à
EDITORA INTRÍNSECA LTDA.
Av. das Américas, 500, bloco 12, sala 303
22640-904 – Barra da Tijuca
Rio de Janeiro – RJ
Tel./Fax: (21) 3206-7400
www.intrinseca.com.br

Para meus queridos leitores. Este é para vocês.

Não sei o que há depois da curva,
mas vou acreditar que é algo melhor.
— L. M. MONTGOMERY, *Anne de Green Gables*

1

Gosto de observar Peter quando ele não sabe que estou olhando. Gosto de admirar a linha reta do maxilar, a curva da bochecha. Tem algo de sincero no rosto dele, de inocente... há uma espécie de gentileza. É a gentileza que mais me emociona.

É sexta à noite e estamos na casa de Gabe Rivera, depois do jogo de lacrosse. Nosso time ganhou, então todo mundo está de bom humor — Peter em especial, porque marcou o ponto da vitória. Ele está do outro lado da sala jogando pôquer com uns garotos do time; sentado com a cadeira inclinada para trás, as costas na parede. O cabelo ainda está molhado do banho. Estou no sofá com meus amigos Lucas Krapf e Pammy Subkoff, que folheiam a edição mais nova da *Teen Vogue* e discutem se Pammy deve cortar a franja ou não.

— O que você acha, Lara Jean? — pergunta ela, passando os dedos pelo cabelo cor de cenoura.

Pammy é uma amiga recente; eu a conheci porque ela namora Darrell, amigo de Peter. Ela tem um rosto de boneca, redondo como uma forma de bolo, e sardas salpicam seu nariz e seus ombros como confeitos.

— Hum... acho que franja é algo sério demais para ser decidido por impulso. Se seu cabelo demora muito para crescer, pode levar mais de um ano para voltar ao normal. Mas, se você estiver decidida, devia esperar até o outono, porque o verão está chegando, e uma franja no verão fica grudenta e suada e irritante...

Meu olhar se detém em Peter, que vira a cabeça na minha direção, me vê olhando e ergue as sobrancelhas como quem faz uma pergunta. Eu só dou um sorriso e balanço a cabeça.

— Então não devo cortar a franja?
Meu celular vibra na bolsa. É Peter.

```
Quer ir embora?
```

```
Não.
```

```
Então por que estava me olhando?
```

```
Porque deu vontade.
```

Lucas está lendo por cima do meu ombro. Eu o empurro, e ele balança a cabeça e diz:
— Vocês estão mesmo trocando mensagens estando na mesma sala?
Pammy franze o nariz, risonha.
— Que fofo.
Estou prestes a responder quando noto Peter atravessando a sala na minha direção, parecendo determinado.
— Hora de levar minha garota para casa — diz ele.
— Que horas são? — falo. — Já está tarde assim?
Peter me ajuda a levantar do sofá e a vestir o casaco. Ele me leva pela mão até o outro lado da sala de Gabe. Olho para trás, dou um tchauzinho e grito:
— Tchau, Lucas! Tchau, Pammy! Só para deixar registrado: acho que você ia ficar linda de franja!
Quando Peter me conduz pelo jardim até o meio-fio, onde o carro dele está estacionado, eu pergunto:
— Por que está andando tão rápido?
Ele para na frente do carro, me puxa para perto e me beija, tudo em um movimento rápido.
— Não consigo me concentrar no jogo com você me olhando daquele jeito, Covey.

— Desculpa... — começo a dizer, mas ele já está me beijando de novo, as mãos firmes nas minhas costas.

Quando entramos no carro, eu olho para o painel e vejo que é só meia-noite.

— Ainda tenho uma hora até precisar voltar para casa — digo. — O que a gente vai fazer?

Das pessoas que conheço, sou a única com hora para chegar em casa. Quando o relógio bate uma hora da manhã, eu viro uma abóbora. Todo mundo já se acostumou: a namorada certinha de Peter Kavinsky precisa estar em casa à uma da manhã. Eu nunca me incomodei com isso. Porque, na verdade, não estou perdendo nada tão maravilhoso assim... Como é mesmo aquele ditado? Nada de bom acontece depois das duas da manhã. A menos que você seja fã de ver o pessoal participando de jogos de bebida por horas e mais horas. Não sou assim. Não, eu prefiro ficar de pijama de flanela com uma xícara de chá e um livro, obrigada.

—Vamos para a sua casa. Quero dar um oi para o seu pai, ficar lá um pouco. A gente pode assistir ao final de *Aliens, o Resgate*.

Peter e eu estamos seguindo nossa lista de filmes, que consiste nas minhas escolhas (meus filmes preferidos que ele não viu), nas dele (os preferidos dele que eu não vi) e em filmes que nenhum dos dois viu. *Aliens, o Resgate* foi sugestão de Peter, e estou achando ótimo. E apesar de uma vez Peter ter dito que não gosta de comédias românticas, ele gostou muito de *Sintonia de Amor*, o que me deixou aliviada, porque não sei como eu poderia namorar uma pessoa que não gosta desse filme.

— Não vamos para casa ainda. Vamos para algum lugar.

Peter pensa por um minuto, batendo os dedos no volante.

— Sei para onde a gente pode ir — diz.

— Para onde?

— Espere e verá.

Peter abre as janelas, e o ar frio invade o carro. Eu me recosto. As ruas estão vazias; as luzes apagadas na maioria das casas.

—Vou tentar adivinhar. Vamos à lanchonete porque você quer panqueca de mirtilo.

— Não.

— Hum... Está tarde para irmos à Starbucks, e o Biscuit Soul Food está fechado.

— Ei, eu não penso só em comida — protesta ele. E continua: —Tem algum biscoito nesse pote?

— Acabaram, mas talvez eu tenha mais em casa, se Kitty não tiver comido tudo.

Coloco o braço para fora da janela e o deixo lá. Não vamos ter mais noites como essa, frias o bastante para precisarmos de casaco. Observo Peter pelo canto do olho. Às vezes, ainda não consigo acreditar que ele é meu. O garoto mais bonito de todos os garotos bonitos é meu, todo meu.

— O quê? — diz ele.

— Nada.

Dez minutos depois, entramos no campus da Universidade da Virgínia, a UVA, que ninguém chama de campus: todo mundo chama de Terreno. Peter estaciona perto da calçada. Está silencioso para uma sexta à noite em uma cidade universitária, mas é a época do recesso de primavera, então muitos alunos estão viajando.

Estamos andando pelo gramado de mãos dadas quando sinto uma onda repentina de pânico. Paro e pergunto:

— Ei, você não acha que dá azar vir aqui antes de ter entrado, acha?

Peter ri.

— Não é um casamento. Você não vai se casar com a UVA.

— É fácil falar, você já foi aceito.

Peter assumiu um compromisso verbal com o time de lacrosse da UVA no ano passado, depois se candidatou antecipadamente no outono. Como a maioria dos atletas de faculdade, era quase certo que ele seria aceito, desde que suas notas continuassem boas. Quando recebeu o sim oficial em janeiro, sua mãe deu uma festa, e eu fiz um bolo com os dizeres *Vou levar todo o meu charme para a UVA* e cobertura amarela.

Peter me puxa pela mão.

— Deixe disso, Covey. Nós fazemos nossa própria sorte. Além do mais, viemos aqui dois meses atrás para aquele evento no Miller Center.

Eu relaxo.

— Ah, é.

Continuamos andando pelo gramado. Sei aonde estamos indo agora. Vamos nos sentar na escada da Rotunda. Foi Thomas Jefferson, fundador da universidade quem elaborou a Rotunda, que teve o Panteão como modelo, com colunas brancas e telhado abobadado. Peter sobe os degraus de pedra correndo no melhor estilo Rocky e se senta. Eu me acomodo na frente dele, me inclino para trás e apoio os braços em seus joelhos.

— Você sabia que uma das coisas que tornam a UVA única é que, no centro da faculdade, lá dentro da Rotunda, tem uma biblioteca e não uma igreja? É porque Jefferson acreditava na separação entre o ensino e a religião.

— Você leu isso no panfleto? — provoca Peter, dando um beijo no meu pescoço.

— Eu aprendi quando fiz a visita ano passado — respondo, em tom sonhador.

— Você não me disse que fez uma visita. Por que você faria isso se mora tão perto? Já veio aqui um milhão de vezes!

Ele está certo ao dizer que já fui ao campus um milhão de vezes. Cresci visitando a universidade com minha família. Antes de mamãe morrer, nós vínhamos ver os Hullabahoos cantarem, porque ela amava música a capela. Temos um retrato de família no gramado. Nos dias de sol depois da igreja, nós fazíamos piqueniques aqui.

Eu me viro para olhar para Peter.

— Eu fiz a visita porque queria saber tudo sobre a UVA! Coisas que não saberia só por morar aqui perto. Tipo, você sabe em que ano as mulheres tiveram permissão para estudar aqui?

Ele coça a nuca.

— Hã... não. Quando foi mesmo que a faculdade foi fundada? No começo dos anos 1800? Então, em 1920?

— Não. Em 1970. — Eu me viro de volta e olho para a frente, para o campus. — Depois de cento e cinquenta anos.

Intrigado, Peter diz:

— Nossa. Que loucura. Tudo bem, me conte mais coisas sobre a UVA.

— A UVA é a única universidade dos Estados Unidos que foi declarada Patrimônio da Humanidade pela UNESCO.

— Deixa pra lá, não quero mais saber sobre a UVA — diz Peter, e eu dou um tapa no joelho dele. — Me conte outra coisa, então. O que deixa você mais ansiosa quanto a estudar aqui?

— Primeiro você. O que está deixando você mais animado?

— Essa é fácil — diz Peter, sem pestanejar. — Correr pelado pelo gramado com você.

— É *isso* que você quer mais do que tudo aqui? Correr pelado? — Depois acrescento: — Aliás, nunca vou fazer isso.

Ele ri.

— É uma tradição da UVA. Eu achei que você curtisse as tradições da UVA.

— Peter!

— Estou brincando. — Ele se inclina para a frente e envolve meus ombros, depois esfrega o nariz no meu pescoço do jeito que tanto gosta. — Sua vez.

Eu me permito sonhar por um momento. Se eu entrar, o que mais quero que aconteça? Há tantas coisas que não consigo citar todas. Estou ansiosa para comer waffles todos os dias com Peter no refeitório. Para descer de trenó pelo O-Hill quando nevar. Para fazer piquenique no verão. Para passar a noite acordada conversando, depois acordar e conversar mais. Para lavar roupa de madrugada e fazer viagens de última hora. Para... tudo.

Por fim, digo:

— Se eu contar, vai dar azar.

— Pare com isso!

— Tudo bem, tudo bem... acho que estou mais ansiosa para... para ir ao McGregor Room sempre que eu quiser.

As pessoas chamam o McGregor Room de salão do Harry Potter por causa dos tapetes, candelabros, cadeiras de couro e retratos nas paredes. As estantes vão do chão ao teto e todos os livros ficam atrás de grades de metal, protegidos como os objetos preciosos que são. É um salão de outra época. É muito silencioso, solene até. Houve um verão — eu devia ter cinco ou seis anos, porque foi antes de Kitty nascer — em que minha mãe fez um curso na UVA e costumava estudar no McGregor Room. Margot e eu ficávamos colorindo ou lendo. Minha mãe o chamava de biblioteca mágica, porque Margot e eu nunca brigávamos lá dentro. Nós duas ficávamos bem quietinhas, tão impressionadas com aqueles livros e com o pessoal mais velho estudando.

Peter parece decepcionado. Tenho certeza de que é porque achou que eu responderia alguma coisa que tivesse a ver com ele. Conosco. Mas, por algum motivo, quero guardar essas esperanças só para mim agora.

— Você pode ir comigo ao McGregor Room. Mas tem que prometer que vai ficar quieto.

— Lara Jean, só você ficaria ansiosa para ir a uma biblioteca.

Na verdade, a julgar só pelo Pinterest, eu tenho quase certeza de que muita gente gostaria de passar um tempo em uma biblioteca tão bonita. Só que é gente que Peter não conhece. Ele me acha tão peculiar. Não estou planejando contar a ele que não sou tão diferente assim, que na verdade muita gente gosta de ficar em casa, assar biscoitos, fazer *scrapbooks* e frequentar bibliotecas. A maioria deve estar perto dos cinquenta anos, mas mesmo assim. Eu gosto como ele me olha, como se eu fosse uma ninfa do bosque que ele encontrou por acaso e teve que levar para casa um dia.

Peter tira o celular do bolso do moletom.

— Meia-noite e meia. A gente tem que ir daqui a pouco.

— Já? — Eu dou um suspiro. Gosto de ficar ali à noite. Parece que tudo aquilo nos pertence.

Sempre quis ir para a UVA. Nunca esperei estudar em outro lugar, nem cheguei a pensar nisso. Eu ia me candidatar antecipadamente, como Peter fez, mas minha orientadora, a sra. Duvall, me aconselhou a não fazer isso. Ela disse que seria melhor esperar para enviar minhas notas do primeiro semestre do último ano também. De acordo com ela, é sempre recomendável se candidatar no seu momento de melhor rendimento acadêmico.

Assim, acabei me candidatando a cinco faculdades. Primeiro seria só a UVA, a mais difícil de entrar e a apenas quinze minutos de casa; William and Mary, a segunda mais difícil de entrar e também minha segunda escolha (a duas horas de distância); e a Universidade de Richmond e a James Madison, ambas a uma hora de distância, empatadas em terceiro lugar. Todas na Virgínia. Mas a sra. Duvall insistiu para que eu me candidatasse a uma faculdade fora do estado, só por garantia, para ter outra opção. Então, optei pela Universidade da Carolina do Norte, a UNC, em Chapel Hill. É difícil entrar nas de fora do estado, mas eu a escolhi porque me lembra a UVA. É muito boa em várias áreas de humanas e não fica muito longe; é perto o bastante para eu vir para casa correndo se acontecer alguma coisa.

Mas, se pudesse escolher, sempre seria a UVA. Eu nunca quis ir para longe de casa. Não sou como minha irmã mais velha. O sonho de Margot era ir para longe. Ela sempre quis conhecer o mundo. Eu só quero a minha casa, e, para mim, a UVA é o meu lar, e é por isso que é a faculdade com a qual eu comparei todas as outras. Tem o campus dos sonhos, tudo perfeito. E, claro, Peter.

Nós ficamos um pouco mais, conto para Peter mais curiosidades sobre a UVA e ele debocha de mim por saber tantas coisas sobre a faculdade. Depois, me leva para casa. É quase uma da manhã quando paramos na frente do meu jardim. As luzes do andar de baixo estão apagadas, mas as do quarto do meu pai ainda estão acesas. Estou quase saindo do carro quando Peter estica a mão e me impede de abrir a porta.

— Quero meu beijo de boa-noite — diz ele.

Eu dou uma gargalhada.

— Peter! Eu tenho que ir.

Teimoso como sempre, ele fecha os olhos e espera, e eu me inclino e dou um selinho nos lábios dele.

— Pronto. Satisfeito?

— Não. — Ele me beija de novo, como se tivéssemos todo o tempo do mundo, e diz: — O que aconteceria se eu voltasse depois de todo mundo ir dormir, passasse a noite e fosse embora bem cedinho? Tipo, antes de amanhecer?

— Você não pode fazer isso, então nunca vamos saber — digo, sorrindo.

— Mas e se fizesse?

— Meu pai me mataria.

— Não mataria, não.

— Ele mataria você.

— Não mataria, não.

— Não mataria, não — concordo. — Mas ficaria muito decepcionado comigo. E ficaria com raiva de você.

— Só se nós fôssemos pegos — diz Peter, mas sem convicção. Ele também não quer arriscar. Toma bastante cuidado para que meu pai goste dele. — Sabe pelo que estou mais ansioso? — Peter puxa de leve minha trança antes de falar. — Não ter que dizer boa-noite. Eu odeio dizer boa-noite.

— Eu também.

— Mal posso esperar para estarmos na faculdade.

— Também — falo, e o beijo mais uma vez antes de pular do carro e correr para casa.

No caminho, olho para a lua, para todas as estrelas que cobrem o céu noturno como um cobertor, e faço um pedido: *Querido Deus, por favor, por favor, me deixe entrar na UVA.*

2

— Devo cobrir a peruca de Maria com purpurina rosa ou dourada?

Coloco um ovo de Páscoa em frente à tela do computador, para Margot poder olhar. Pintei a casca de azul-turquesa pálido e fiz uma decoupagem com um contorno de Maria Antonieta.

— Ponha mais perto — diz Margot, estreitando os olhos para a câmera.

Ela está de pijama, com uma máscara de hidratação grudada no rosto. O cabelo cresceu até um pouco abaixo dos ombros, o que quer dizer que ela provavelmente vai cortar em breve. Tenho a sensação de que Margot sempre vai cortar o cabelo curto agora. Combina com ela.

É noite na Escócia, mas aqui ainda está claro. Cinco horas e quase seis mil quilômetros nos separam. Ela está no alojamento; eu estou sentada à mesa da cozinha, cercada de ovos de Páscoa e tigelas de corante e pedrinhas e adesivos e penas brancas que guardei de quando fiz decorações de Natal alguns anos atrás. Estou com o laptop em cima de uma pilha de livros de culinária. Margot está me fazendo companhia enquanto termino de decorar os ovos.

— Acho que vou contorná-la com pérolas, se isso ajudar na sua decisão — digo.

— Então voto em purpurina rosa — afirma Margot, ajeitando a máscara no rosto. — Rosa vai dar mais destaque.

— Era o que eu estava pensando.

Começo a aplicar glitter com um pincel de sombra velho. Ontem à noite eu passei horas soprando as gemas para fora das cascas.

Era para ser uma atividade divertida para Kitty e eu fazermos juntas, como antigamente, mas ela pulou fora quando foi convidada para ir à casa de Madeline Klinger. Um convite de Madeline Klinger é uma ocasião rara e importante, então é claro que eu não podia me ressentir com Kitty por isso.

— Falta pouco para você saber, não é?

— Ainda este mês.

Eu começo a enfileirar as pérolas. Parte de mim queria poder acabar com isso logo, mas a outra parte fica feliz em não saber o resultado, em ter esperança.

— Você vai ser aceita — diz Margot, e parece uma proclamação.

Todo mundo ao meu redor acha que minha entrada na UVA é algo certo. Peter, Kitty, Margot, meu pai. Minha orientadora, a sra. Duvall. Eu nunca ousaria falar em voz alta, com medo de dar azar, mas talvez eu também ache. Eu me dediquei: aumentei minha pontuação no exame de admissão em duzentos pontos. Minhas notas estão quase tão boas quanto as de Margot, e ela foi aceita. Já fiz tudo que deveria fazer, mas vai ser suficiente? A essa altura, só posso esperar e torcer. E torcer e torcer.

Estou colando um lacinho branco com cola quente no topo do ovo quando paro e olho para minha irmã com desconfiança.

— Espere aí. Se eu entrar, você vai tentar me convencer a ir estudar em outro lugar, para eu poder abrir minhas asas e tudo mais?

Margot ri, e a máscara escorrega um pouco no rosto. Ela a ajeita.

— Não. Confio em você para saber o que é melhor. — Ela está falando sério, dá para perceber. Suas palavras tornam tudo verdade. Eu também confio em mim. Confio que, quando a hora chegar, vou saber o que é melhor. E, para mim, a UVA é melhor. Eu sei.

— Meu único conselho é para você fazer seus próprios amigos. Peter vai fazer um monte de novos amigos por causa do lacrosse, e os amigos dele não vão ser necessariamente o tipo de amizade que você escolheria. Então, faça seus próprios amigos. Encontre seu grupo. A UVA é grande.

— Pode deixar.

— E não deixe de entrar para a associação oriental. A única coisa que sinto que perdi ao vir estudar em um país diferente é fazer parte de um grupo ásio-americano. É bem importante entrar para a faculdade e encontrar sua identidade racial. Como Tim.

— Que Tim?

—Tim Monahan, da minha turma.

— Ah, *esse* Tim.

Tim Monahan é coreano, mas foi adotado por uma família da região. Não tem tantos descendentes de orientais na nossa escola, então todo mundo meio que se conhece.

— Ele nunca andava com os orientais na escola, depois foi estudar na Virginia Tech e conheceu um monte de gente coreana, e agora acho que ele é presidente de uma fraternidade oriental.

— Uau!

— Acho ótimo essa coisa de fraternidade não ser comum no Reino Unido. Você não vai entrar para uma irmandade, vai? — E Margot acrescenta rapidamente: — Sem julgamentos!

— Ainda não pensei nisso.

— Mas Peter provavelmente vai entrar em uma fraternidade.

— Ele não comentou nada sobre isso ainda... — Embora ele não tenha mencionado, consigo facilmente visualizar Peter em uma fraternidade.

— Eu ouvi falar que é difícil quando seu namorado está em uma, e você, não. Tem alguma coisa sobre não se misturar, que é mais fácil se você for amiga das garotas da irmandade correspondente. Não sei. A coisa toda me parece meio boba, mas pode valer a pena. Ouvi dizer que garotas de irmandade gostam de artesanato.

Ela arqueia as sobrancelhas para mim.

— Falando nisso. — Eu levanto o ovo para mostrar a ela. — Ta-dá!

Margot chega mais perto da câmera para olhar.

—Você devia entrar no ramo de decoração de ovos! Quero ver os outros.

Eu levanto a caixa. Tenho uma dúzia de ovos decorados, rosa-claro com decoração rendada em rosa néon, azul brilhante e amarelo-limão, lilás com flores de lavanda secas. Fiquei feliz em ter uma desculpa para usar as flores. Comprei um saco meses atrás para fazer um crème brûlée de lavanda, e está ocupando espaço na despensa desde então.

— O que você vai fazer com eles? — quer saber Margot.

— Vou levar para Belleview, para poderem exibir na recepção. Lá sempre está com cara de hospital, uma coisa horrível.

Margot se recosta no travesseiro.

— Como está todo mundo em Belleview?

— Bem. Ando tão ocupada com os formulários das faculdades e com as coisas do último ano que não estou conseguido ir lá com frequência. Agora que não trabalho mais lá oficialmente, é bem mais difícil encontrar tempo. — Eu giro o ovo na mão. — Acho que vou dar este para Stormy. É a cara dela. — Coloco o ovo de Maria Antonieta na caixa para secar, pego um ovo lilás e começo a colar pedrinhas da cor de bala. — Vou tentar visitá-los mais de agora em diante.

— É difícil — concorda Margot. — Quando eu for para casa no recesso de primavera, vamos lá juntas. Quero apresentar Ravi a Stormy.

Ravi é namorado de Margot há seis meses. Os pais dele são da Índia, mas ele nasceu em Londres, então tem um sotaque todo pomposo. Quando eu o conheci pelo Skype, eu falei: "Você fala que nem o príncipe William." Ele riu e respondeu: "Ótimo." Ele é dois anos mais velho que Margot, e talvez por ser mais velho, ou talvez por ser inglês, parece sofisticado e não é nem um pouco como Josh. Não de uma forma esnobe, mas definitivamente diferente. Com mais cultura, talvez, por crescer em uma cidade tão grande, ir ao teatro sempre que quer e conhecer dignitários e tal, porque a mãe dele é diplomata. Quando falei isso para Margot, ela riu e disse que é porque eu ainda não o conhecia pessoalmente, e que Ravi é nerd e nem um pouco parecido com o príncipe William. "Não deixe o sotaque enganar você", disse ela. Margot vai trazer Ravi no recesso de primavera, então acho que vou descobrir logo, logo. O plano é Ravi ficar duas noites na nossa casa e pegar um voo para o Texas para visitar parentes. Margot vai ficar aqui em casa pelo resto da semana.

— Mal posso esperar para conhecê-lo de verdade — digo, e ela abre um sorriso.

— Você vai adorar o Ravi.

Tenho certeza de que vou. Gosto de todo mundo de quem minha irmã gosta, mas o bom mesmo é que, agora que Margot conheceu Peter melhor, ela vê como ele é especial. Quando Ravi estiver aqui, nós quatro vamos poder sair juntos, um verdadeiro encontro duplo.

Minha irmã e eu estamos apaixonadas ao mesmo tempo e temos uma coisa que podemos compartilhar. Isso é maravilhoso!

3

Na manhã seguinte, passo o batom cor de papoula que Stormy acha bonito, coloco meus ovos de Páscoa em uma cesta branca de vime e vou até Belleview. Paro na recepção a fim de deixar os ovos e conversar um pouco com Shanice. Pergunto quais são as novidades, e ela diz que há dois voluntários novos, ambos alunos da UVA, o que me faz me sentir menos culpada por não ir tanto lá.

Despeço-me de Shanice e vou para o quarto de Stormy com meu ovo de Páscoa. Ela atende a porta com um quimono cor de caqui e um batom combinando e grita:

— Lara Jean! — Ela me aperta em um abraço e depois diz: — Você está olhando para as minhas raízes, não está? Eu sei que preciso pintar o cabelo.

— Nem dá para perceber — garanto.

Ela fica muito animada com o ovo de Maria Antonieta. Diz que mal pode esperar para exibi-lo para Alicia Ito, sua amiga e rival.

— Você também trouxe um para Alicia?

— Só para você — respondo, e seus olhos claros brilham.

Nós nos sentamos no sofá, e ela balança o dedo para mim.

— Você deve estar muito apaixonada pelo seu rapaz, porque mal teve tempo de me visitar.

— Desculpa — digo com arrependimento. — Vou vir aqui visitar mais vezes agora que entreguei minhas candidaturas para as faculdades.

— Humpf!

O melhor jeito de lidar com Stormy quando ela está assim é usar de charme e elogios.

— Só estou fazendo o que você me disse para fazer, Stormy.

Ela inclina a cabeça para o lado.

— O que eu disse para você fazer?

— Você disse para sair em muitos encontros e muitas aventuras, como você fez.

Ela repuxa os lábios vermelho-alaranjados, tentando não sorrir.

— Bom, foi um conselho muito bom que eu dei para você. Continue ouvindo Stormy e tudo vai dar certo. Agora me conte alguma coisa *interessante*.

Eu dou uma gargalhada.

— Minha vida não é tão interessante.

Ela faz *tsc, tsc*.

— Não tem nenhuma festa chegando? Quando é o baile de formatura?

— Só em maio.

— Bom, você tem vestido?

— Ainda não.

— É melhor começar a procurar. Não vai querer outra garota usando o mesmo vestido que você, querida. — Ela observa meu rosto. — Com sua pele, acho que você devia usar rosa. — Seus olhos se iluminam e ela estala os dedos. — Acabo de me lembrar! Tem uma coisa que quero dar para você. — Stormy dá um pulo, vai até o quarto e volta com uma caixinha de veludo.

Eu abro a caixa e solto um suspiro. É seu anel de diamante rosa! O que ganhou do veterano que perdeu a perna na guerra.

— Stormy, não posso aceitar isto.

— Ah, mas vai aceitar. Você é a garota certa para usá-lo.

Lentamente, tiro o anel e coloco na mão esquerda, e, ah, como brilha.

— É lindo! Mas eu não devia...

— É seu, querida. — Stormy pisca para mim. — Ouça meu conselho, Lara Jean. Nunca diga não quando quer mesmo dizer sim.

— Então... sim! Obrigada, Stormy! Eu prometo que vou cuidar bem dele.

Ela dá um beijo na minha bochecha.

— Sei que vai, querida.

Assim que chego em casa, guardo-o na minha caixa de joias, para não perder.

No mesmo dia, estou na cozinha com Kitty e Peter, esperando meus cookies com gotas de chocolate esfriarem. Nas últimas semanas, embarquei numa missão para aperfeiçoar essa minha receita, e Peter e Kitty têm sido meus companheiros de viagem. Kitty prefere que ele seja fino e crocante, enquanto Peter prefere mais denso. Meu cookie perfeito é uma combinação das duas coisas. Crocante, mas macio por dentro. De um marrom não tão intenso, mas com uma cor agradável e muito saboroso. Com uma certa altura, mas não muito grosso. É esse o cookie que estou procurando.

Já li todas as postagens de blog, vi fotos de todas as discussões sobre usar açúcar branco ou uma mistura de branco e mascavo, bicarbonato de sódio ou fermento, fava de baunilha ou extrato de baunilha, gotas de chocolate ou barras de chocolate picadas. Tentei congelar em bolinhas, amassar os cookies com o fundo de um pote para conseguir que se espalhassem uniformemente. Congelei massa em rolo e fatiei; fiz bolinhas com colher de sorvete e congelei. Congelei e depois fiz bolinhas com colher de sorvete. Ainda assim, meus cookies crescem muito.

Desta vez, usei bem menos bicarbonato de sódio, mas os cookies ainda estão meio fofos, e estou disposta a jogar tudo fora por não estarem perfeitos. Claro que não faço isso, seria um desperdício de bons ingredientes. Então, eu me dirijo a Kitty:

— Você não disse que ficou encrencada semana passada por falar enquanto sua turma deveria estar lendo em silêncio? — Ela faz que sim. — Leve os cookies para sua professora e diga que foi você que fez e que quer se desculpar. — Estou ficando sem opções de pessoas para quem dar meus cookies. Já dei alguns para o carteiro, para o motorista da condução de Kitty, para as enfermeiras do trabalho do papai.

— O que você vai fazer quando descobrir a receita? — pergunta Kitty, a boca cheia de biscoito.

— É, qual é o objetivo de tudo isso? — diz Peter. — Quem liga se um cookie com gotas de chocolate está oito por cento melhor? Ainda é um cookie com gotas de chocolate.

— Vou ter o prazer de saber que possuo a receita perfeita de cookie com gotas de chocolate. Vou passá-la para a próxima geração de garotas Song.

— Ou garotos — diz Kitty.

— Ou garotos — concordo. Para ela, eu digo: — Agora suba e pegue um pote grande de vidro para guardarmos esses aqui. E uma fita.

— Você vai levar alguns para a escola amanhã? — pergunta Peter.

—Vamos ver — digo, porque quero vê-lo fazer aquele beicinho que amo tanto. Ele faz, e estico a mão e dou tapinhas nas bochechas dele. —Você é um bebezão.

— Você adora — comenta ele, pegando outro cookie. —Vamos botar logo o filme. Prometi para a minha mãe que ia na loja ajudar a mudar uns móveis de lugar.

A mãe de Peter é dona de um antiquário chamado Linden & White, e Peter a ajuda sempre que pode.

O filme da nossa lista de hoje é *Romeu + Julieta*, a versão de 1996 com Leonardo DiCaprio e Claire Danes. Kitty já viu mais de dez vezes, eu vi algumas partes e Peter nunca viu.

Kitty arrasta a almofada que serve como pufe do quarto dela para o andar de baixo e se acomoda no chão com um saco de pipoca de micro-ondas. Nosso mestiço de wheaten terrier, Jamie Fox-Pickle, se deita ao lado dela, sem dúvida torcendo por uma pipoca caída. Peter e eu estamos no sofá, encolhidos embaixo de um cobertor de lã de carneiro que Margot mandou da Escócia.

Assim que Leo aparece na tela com aquele terno azul-marinho, meu coração acelera. Ele parece um anjo, um anjo lindo e problemático.

— Por que ele está tão estressado? — pergunta Peter, esticando a mão e roubando um pouco de pipoca de Kitty. — Ele não é tipo um príncipe?

— Ele não é príncipe — respondo. — Só é rico. E a família dele é muito poderosa na cidade.

— Ele é o cara dos meus sonhos — diz Kitty em um tom possessivo.

— Bom, ele já está adulto agora — falo, sem tirar os olhos da tela. — Tem quase a idade do papai. — Ainda assim...

— Espere, eu achava que *eu* era o cara dos seus sonhos — diz Peter. Não para mim, para Kitty. Ele sabe que não é o cara dos meus sonhos. O cara dos meus sonhos é Gilbert Blythe, de *Anne de Green Gables*. Bonito, legal, bom na escola.

— Eca — diz Kitty. — Você é tipo meu irmão.

Peter parece genuinamente magoado, então eu dou um tapinha no ombro dele.

— Você não acha que ele é meio magrelo? — insiste Peter.

Eu o mando ficar quieto.

Ele cruza os braços.

— Não entendo por que vocês podem falar durante os filmes e eu tenho que calar a boca. Que ridículo.

— A casa é nossa — retruca Kitty.

— Sua irmã também me manda ficar quieto na minha casa!

Nós o ignoramos, as duas.

Na peça, Romeu e Julieta tinham só treze anos. No filme, estão mais para dezessete ou dezoito. Com certeza, ainda são adolescentes. Como eles sabiam que foram feitos um para o outro? Bastou os olhares se encontrarem através de um aquário? Eles sabiam que era um amor pelo qual valia a pena morrer? Porque eles sabem. Eles acreditam. Acho que a diferença é que, naquela época, as pessoas se casavam bem mais novas do que agora. Falando de forma realista, até que a morte nos separe provavelmente só queria dizer quinze ou vinte anos, porque as pessoas não viviam tanto na época.

Mas quando os olhares deles se cruzam através do aquário... quando Romeu sobe na sacada de Julieta e declara seu amor... não consigo evitar. Eu também acredito. Apesar de saber que eles mal se conhecem e que a história dos dois acaba antes mesmo de começar, e que a dificuldade real teria sido lidar com aquilo no dia a dia, com a escolha de ficarem juntos apesar de todos os obstáculos. Mesmo assim, acho que poderia ter dado certo se eles não tivessem morrido.

Quando os créditos passam pela tela, lágrimas escorrem pelas minhas bochechas e até Peter parece triste; mas a nada sentimental Kitty, com os olhos secos, apenas fica de pé em um pulo e diz que vai levar Jamie Fox-Pickle para fazer xixi lá fora. Eles saem, e ainda estou perdida nas minhas emoções no sofá, enxugando as lágrimas.

— Eles tiveram um encontro fofo tão bom — digo.

— O que é um encontro fofo? — Peter está deitado de lado agora, a cabeça apoiada no cotovelo. Ele está tão lindo que tenho vontade de apertar suas bochechas, mas me controlo e não digo. Ele já é metido demais.

— É quando o herói e a heroína se encontram pela primeira vez. É sempre de um jeito bonitinho. E você sabe que eles vão acabar juntos. Quanto mais fofo, melhor.

—Tipo em *O Exterminador do Futuro*, quando Reese salva Sarah Connor do Exterminador e diz: "Venha comigo se quiser viver." É uma fala incrível.

— Claro, acho que tecnicamente é um encontro fofo... Mas eu estava pensando mais em como é em *Aconteceu Naquela Noite*. Devíamos acrescentar esse filme à lista.

— É colorido ou preto e branco?

— Preto e branco.

Peter resmunga e volta a se deitar nas almofadas.

— Pena que não tivemos um desses — reflito.

— Você pulou em cima de mim no corredor da escola. Achei bem fofo.

— Mas nós já nos conhecíamos, então não conta. — Eu franzo a testa. — Nós nem lembramos como nos conhecemos. Que triste.

— Eu me lembro de quando conheci você.

— Não mesmo. Mentiroso!

— Ei, não é porque você não se lembra de uma coisa que eu também não me lembro. Eu me lembro de muitas coisas.

— Tudo bem, então como a gente se conheceu? — eu o desafio. Tenho certeza de que o que vai sair da boca de Peter agora vai ser mentira.

Peter abre a boca, depois a fecha.

— Não vou contar.

— Está vendo! Você não conseguiu inventar nada.

— Não, você não merece saber porque não acredita em mim.

Eu reviro os olhos.

— Tão enrolador.

Depois que tiro o filme, Peter e eu vamos nos sentar na varanda da frente e tomar chá gelado. Fiz na noite anterior. Está um pouco frio lá fora. Há um quê gelado no ar que deixa claro que a primavera ainda não chegou, mas está quase nos alcançando. A árvore no nosso jardim começa a florescer. Sopra uma brisa gostosa. Acho que eu poderia ficar ali a tarde toda, vendo os galhos balançarem e as folhas dançarem.

Ainda temos um tempo até ele ter que ir ajudar a mãe. Eu iria com ele para cuidar da caixa registradora enquanto ele troca a mobília de lugar, mas, na última vez que Peter me levou, a mãe dele franziu a testa e disse que a loja era um ambiente de trabalho, não um "ponto de encontro para adolescentes". A mãe de Peter não desgosta de mim abertamente, mas ainda não me perdoou por ter terminado com seu filho no ano passado. Ela é gentil comigo, mas vejo nela uma desconfiança, uma cautela. Ela me dá a impressão de estar sempre "esperando para ver": esperando para ver quando vou magoar seu filho de novo. Eu sempre imaginei que teria um relacionamento ótimo no estilo Ina Garten com a mãe do meu primeiro namorado. Nós duas preparando o jantar juntas, compartilhando xícaras de chá e solidariedade, jogando palavras cruzadas em uma tarde chuvosa.

— Em que está pensando? — pergunta Peter. — Você está com aquela cara.

Eu mordo o lábio.

— Eu queria que a sua mãe gostasse mais de mim.

— Ela gosta de você.

— Peter. — Eu faço aquela cara para ele.

— Mas gosta! Se não gostasse, não convidaria você para jantar.

— Ela me convida para jantar porque quer ver você, não eu.

— Não é verdade. — Percebo que esse pensamento nunca passou pela cabeça dele, mas tem um pouco de verdade e Peter sabe.

— Ela queria que nós terminássemos antes da faculdade — falo de repente.

— Sua irmã também.

— Rá! — grito. — Então você está admitindo que sua mãe quer que a gente termine! — Não sei por que me sinto tão triunfante. A ideia é deprimente, apesar de eu já desconfiar disso.

— Ela não acha uma boa ideia ter um relacionamento sério quando se é tão jovem. Não tem nada a ver com você. Eu falei para ela: não é porque não deu certo entre você e o papai que vai ser assim com a gente. Eu não sou como o meu pai. E você não é como a minha mãe.

Os pais dele se separaram quando ele estava no sexto ano. O pai mora a trinta minutos daqui, com a nova esposa e dois filhos pequenos. Quando se trata do pai, Peter não fala muito. É raro ele tocar no assunto, mas este ano, do nada, o pai começou a tentar entrar em contato de novo: convidou-o para um jogo de basquete, para jantar na casa dele. Até o momento, Peter tem sido intransigente.

— Seu pai é parecido com você, fisicamente? Quer dizer, você é parecido com ele?

De mau humor, ele diz:

— Sou. É o que as pessoas sempre dizem.

Eu apoio a cabeça no ombro dele.

— Então ele deve ser muito bonito.

— Quando ele era jovem, acho que sim — concorda Peter. — Estou mais alto do que ele agora.

Isso é algo que Peter e eu temos em comum: ele só tem mãe e eu só tenho pai. Ele acha que a minha situação é melhor, pois seria preferível perder uma mãe que me amava a ter um pai que está vivo, mas é um cretino. Palavras dele, não minhas. Parte de mim concorda, porque tenho tantas lembranças boas da minha mãe, e ele quase não tem nenhuma do pai dele.

Eu adorava quando, depois do banho, eu me sentava de pernas cruzadas na frente dela e assistia à tevê enquanto ela desembaraçava meu cabelo. Eu me lembro de que Margot odiava ficar parada nessa hora, mas eu não me importava. É o tipo de lembrança de que mais gosto, mais uma sensação do que uma recordação propriamente dita. O eco de uma lembrança, com seus limites pouco nítidos, suave e sem nada muito especial, se misturando em um único momento. Outra lembrança assim era quando deixávamos Margot na aula de piano e mamãe e eu tomávamos sundaes em segredo no estacionamento do McDonald's. De caramelo e calda de morango; e ela me dava os amendoins dela, então eu tinha a mais. Uma vez, perguntei por que ela não gostava de amendoim no sundae, e ela disse que gostava, mas eu *amava*. E ela me amava.

Mas, apesar de todas essas boas lembranças que eu não trocaria por nada, eu sei que, mesmo que minha mãe fosse uma cretina, eu iria preferir que ela estivesse aqui. Um dia, espero que Peter sinta o mesmo em relação ao pai.

— Em que você está pensando agora? — pergunta Peter.

— Na minha mãe.

Peter coloca o copo no chão e se espreguiça e apoia a cabeça no meu colo. Olhando para mim, ele diz:

— Eu queria ter conhecido ela.

— Ela teria gostado de você — comento, tocando o cabelo dele. Com hesitação, pergunto: — Você acha que um dia vou conhecer seu pai?

Seu rosto fica um pouco sombrio, e eu desejo não ter tocado no assunto.

— Você não vai querer conhecê-lo. Não vale a pena. — Ele se aconchega mais para perto de mim. — Ei, acho que a gente podia ir de Romeu e Julieta no Halloween este ano. As pessoas da UVA se empolgam muito com as fantasias.

Eu me encosto no umbral da porta. Ele está mudando de assunto, e sei disso, mas o acompanho.

— Então iríamos como a versão de Romeu e Julieta de Leo e Claire.

— É. — Ele puxa minha trança. — Eu vou ser seu cavaleiro de armadura.

Toco no cabelo dele.

— Você estaria disposto a deixar seu cabelo crescer um pouco? E talvez... pintar de louro? Senão, as pessoas podem pensar que você é só um cavaleiro.

Peter está rindo tanto que duvido que tenha ouvido o resto da minha frase.

— Ah, meu Deus, Covey. Por que você é tão engraçada?

— Eu estava brincando! — Mais ou menos. — Mas você sabe como levo minhas fantasias a sério. Para que se dar ao trabalho de fazer uma coisa se for mais ou menos?

— Tudo bem, pode ser que eu concorde em usar uma peruca, mas não estou prometendo nada. Vai ser nosso primeiro Halloween na UVA.

— Eu já fui ao Halloween da UVA. — No primeiro ano de Margot com habilitação, levamos Kitty para pedir doces no gramado. Ela se vestiu de Batman. Eu me pergunto se ela gostaria de fazer isso de novo.

— Eu quero dizer que vamos finalmente poder ir às festas de Halloween da UVA. Vamos ter autorização para ir, sem ter que entrar escondidos. No primeiro ano, Gabe e eu fomos expulsos da festa de uma fraternidade, e foi o momento mais constrangedor da minha vida.

Eu olho para ele, surpresa.

—Você? Você nunca fica constrangido.

— Bom, eu fiquei naquele dia. Estava tentando conversar com uma garota com uma fantasia de Cleópatra, e uns caras mais velhos ficaram falando "Sai daqui, pirralho", e ela e os amigos riram. Babacas.

Eu me inclino e beijo o rosto dele.

— Eu jamais riria.

—Você ri de mim o tempo todo.

Ele levanta a cabeça, puxa meu rosto para perto e nos beijamos no estilo Homem-Aranha.

—Você gosta quando eu rio de você — falo, e, sorrindo, ele dá de ombros.

4

Começou a semana dos formandos, quando cada dia tem um tema. O de hoje é apoio a nossa escola, e estou usando a camiseta do uniforme de lacrosse de Peter e marias-chiquinhas com fitas nas cores da escola, azul-claro e branco. Peter pintou metade do rosto de azul, e a outra metade de branco. Quando ele foi me buscar de manhã, dei um grito ao vê-lo.

O resto da semana vai ser: na terça, dia dos anos 1970, na quarta, dia do pijama, na quinta, dia do personagem (o que mais estou esperando), e na sexta vamos no passeio de formandos. A votação estava entre Nova York e Disney, e Nova York venceu. Vamos em um ônibus fretado e passaremos um fim de semana prolongado lá. É o momento perfeito para uma viagem dessas, os formandos estão loucos para receber as respostas das faculdades, então uma distração é muito bem-vinda. As exceções são aqueles alunos que se candidataram antecipadamente e já sabem para onde vão, como Peter e Lucas Krapf, que vai estudar na Sarah Lawrence. A maioria dos alunos da minha turma vai ficar no estado. É como a nossa orientadora, a sra. Duvall, sempre diz: Qual é o sentido de morar na Virgínia se não for para aproveitar todas as ótimas faculdades daqui? Acho legal tantos de nós ficarem, não vamos nos espalhar pelos quatro cantos do mundo.

No almoço, quando Peter e eu estamos a caminho do refeitório, o grupo a capela está fazendo uma serenata para uma garota do segundo ano, cantando a música "Will You Still Love Me Tomorrow?", mas com as palavras: "Quer ir ao baile comigo, Gina?" Nós paramos para ouvir antes de entrarmos na fila para pegar comida. O baile é só daqui a alguns meses, mas os convites entre os alunos já estão a todo vapor. Até o momento, o mais impressionante aconteceu semana passada, quando Steve Bledell *hackeou* o letreiro de avisos da escola e substituiu os eventos do dia por *Quer ir ao baile comigo, Liz?*. O departamento de TI demorou dois dias para descobrir como fazer as coisas voltarem ao normal. Hoje de manhã, Darrell encheu o armário de Pammy com rosas vermelhas e escreveu BAILE? com pétalas na porta. O zelador gritou com ele por causa disso, mas aquilo resultou em fotos lindas no Instagram de Pammy. Não sei o que Peter está planejando. Ele não é muito de gestos românticos grandiosos.

Quando estamos na fila da comida, Peter estica a mão para um brownie, e eu digo:

— Não. Eu trouxe cookies.

Ele fica todo animado.

— Posso comer um agora? — pede. Eu tiro o pote da bolsa, Peter pega um e diz: — Não vamos dividir com mais ninguém.

— Tarde demais — comento, porque nossos amigos nos viram.

Darrell canta *"Her cookies bring all the boys to the yard"* enquanto nos aproximamos da mesa. Coloco o Tupperware na mesa e os garotos brigam por ele, pegando cookies e os devorando como trolls.

Pammy consegue pegar um e diz:

— Vocês são uns animais.

Darrell joga a cabeça para trás e solta um som animalesco, fazendo ela rir.

— Estão deliciosos — grunhe Gabe, lambendo chocolate dos dedos.

— Ficaram bons — digo com modéstia. — Bons, mas não incríveis. Não perfeitos. — Eu quebro um pedaço do biscoito de Peter. — Ficam mais gostosos logo que saem do forno.

— Você pode ir à minha casa fazer cookies para eu saber qual é o gosto deles quando saem do forno? — Gabe morde outro e fecha os olhos, em êxtase.

Peter pega um.

— Parem de comer todos os cookies da minha namorada! — Mesmo um ano depois, ainda sinto um arrepio ao ouvi-lo dizer "minha namorada" e saber que sou eu.

—Você vai ficar barrigudo se não parar com essa merda — comenta Darrell.

Peter morde o cookie, levanta a camisa e bate na barriga.

— Tanquinho, amor.

—Você é uma garota de sorte, Laranjinha — diz Gabe.

Darrell balança a cabeça.

— Que nada, quem tem sorte é o Kavinsky.

Peter olha para mim e pisca, e meu coração bate mais rápido.

Tenho a sensação de que, quando eu tiver a idade de Stormy, as minhas grandes lembranças vão ser destes momentos do dia a dia: a cabeça de Peter inclinada, mordendo um cookie com gotas de chocolate; o sol entrando pela janela do refeitório, refletindo em seu cabelo castanho; ele olhando para mim.

Depois da aula, ele tem treino de lacrosse e fico na arquibancada fazendo meu dever de casa. Peter é o único do time que vai para uma faculdade que investe pesado em esportes, e o treinador White chora ao pensar em como eles vão ficar depois que Peter for embora. Não entendo todos os detalhes deste esporte, mas sei quando comemorar e quando vaiar. Só gosto de vê-lo jogar. Ele acha que toda jogada que faz vai terminar em um gol, e é o que costuma acontecer mesmo.

Papai e a sra. Rothschild são oficialmente um casal desde setembro. Kitty está nas nuvens; ela não perde uma oportunidade de levar crédito pela união dos dois.

"Foi tudo parte do meu plano genial", gaba-se ela.

Eu tenho que tirar o chapéu. Kitty é uma garota de visão. Afinal, fez com que eu e Peter voltássemos, o que era bastante improvável, e agora estamos apaixonados.

Para quem não tem tanta coisa em comum, a sra. Rothschild e papai formam um casal surpreendentemente bom. (Mais uma vez, não muito diferente de mim e Peter.) A proximidade faz mesmo toda diferença. Dois vizinhos solitários, Netflix, dois cachorros, uma garrafa de vinho branco. Eu acho lindo. A vida de papai parece mais completa agora que a sra. Rothschild faz parte dela. Eles sempre saem juntos, fazem atividades de verdade. Tipo, em uma manhã de sábado, antes de nós acordarmos, eles saem para caminhar e ver o sol nascer. Eu nunca soube que papai era fã de fazer trilha, mas ele passou a gostar disso como um peixe gosta de água. Eles saem para jantar; vão a vinícolas, saem com os amigos da sra. Rothschild. Claro, ele ainda gosta de ficar em casa e ver documentários, mas seu mundo é bem maior com ela, e bem menos solitário, algo que eu nunca achei que ele fosse nesses oito longos anos desde que mamãe morreu. Mas, vendo-o agora tão cheio de energia e ocupado, percebo que ele deve ter sido. A sra. Rothschild come conosco algumas vezes por semana, e chegou a ponto de parecer estranho quando ela não está lá, à mesa da cozinha, com a gargalhada intensa e rouca e a taça de vinho branco ao lado do copo de cerveja de papai.

Depois do jantar naquela noite, quando pego cookies e sorvete para a sobremesa, papai diz:

— Mais cookies?

Ele e a sra. Rothschild trocam um olhar significativo. Enquanto espalha sorvete de baunilha em um cookie com a colher, papai comenta:

— Você anda fazendo muitos doces ultimamente. Deve estar bem estressada esperando as respostas das faculdades.

— Não tem nada a ver com isso. Só estou tentando aperfeiçoar minha receita de cookie com gotas de chocolate. Vocês deviam é me agradecer.

— Sabe — começa papai —, eu li um estudo que dizia que fazer doces é uma atividade terapêutica. Tem a ver com ficar pesando e mensurando ingredientes e usar a criatividade. Os psicólogos chamam de ativação comportamental.

— É, cada um lida da sua maneira — diz a sra. Rothschild, quebrando um pedaço de cookie e o colocando na boca. — Eu vou a minha aula de SoulCycle. É lá que encontro meu equilíbrio. — Se Margot estivesse aqui, ela reviraria os olhos ao ouvir isso. A sra. Rothschild me fez ir com ela uma vez; eu fiquei o tempo todo perdendo o ritmo e não conseguia recuperá-lo. — Lara Jean, você tem que ir comigo outra vez. Tem um professor novo que toca música da Motown. Você vai adorar.

— Quando posso ir com você, Tri? — pergunta Kitty. Foi assim que Kitty passou a chamar a sra. Rothschild. Eu ainda penso nela como sra. Rothschild, e solto isso de vez em quando, mas, quando me lembro, tento chamá-la de Trina.

— Você pode ir comigo quando tiver doze anos — diz ela. — São as regras do SoulCycle.

É difícil acreditar que Kitty já tem onze anos. Ela tem onze, e eu vou fazer dezoito em maio. O tempo passa tão rápido. Eu olho para o outro lado da mesa, para papai, que está olhando para Kitty com um sorriso triste, depois se volta para mim. Sei que ele deve estar pensando a mesma coisa que eu.

Nossos olhares se encontram e papai canta "Lara Jean, *don't you worry 'bout a thing*" com sua melhor voz de Stevie Wonder, e nós todas gememos. Mordendo o sanduíche improvisado de sorvete, papai diz:

— Você se esforçou. Tudo vai ser como deve ser.

— Não tem como a UVA não aceitar você — comenta a sra. Rothschild.

— Bata na madeira — diz Kitty, batendo com os nós dos dedos na mesa da cozinha. Para mim, ela diz: — Você também.

Obedientemente, eu bato na madeira.

— O que bater na madeira quer dizer?

Papai se anima.

— Na verdade, dizem que o hábito veio da mitologia grega. De acordo com os mitos gregos, as dríades moravam nas árvores e as pessoas as invocavam por proteção. Daí, bater na madeira: aquele toque de proteção a mais para não provocar o destino.

Agora, somos eu, a sra. Rothschild e Kitty que trocamos olhares. Papai é tão careta que faz a sra. Rothschild parecer mais jovem, apesar de não ser tão mais velho do que ela. Ainda assim, dá certo.

Naquela noite, não consigo dormir, então me deito na cama e fico pensando nas minhas atividades extracurriculares. Meus pontos altos são Belleview e meu estágio na biblioteca no verão passado. Minha nota do exame de admissão é mais alta do que a média da UVA. Margot entrou com apenas quarenta pontos a mais do que eu. Tirei dez em história americana na turma avançada. Sei de pessoas que passaram para a UVA com menos do que isso.

Com sorte, minha redação me ajudou a me destacar. Escrevi sobre minha mãe e minhas irmãs e como ela influenciou nossa formação, quando estava viva e quando não estava mais. A sra. Duvall disse que foi a melhor que ela leu em anos, mas ela sempre gostou das garotas Song, então quem sabe se isso é verdade.

Eu fico rolando por alguns minutos, e finalmente arranco as cobertas e saio da cama. Desço a escada e começo a pegar os ingredientes para fazer cookies com gotas de chocolate.

5

É QUINTA-FEIRA, DIA DO PERSONAGEM, O DIA PELO QUAL EU MAIS esperava na semana. Peter e eu passamos horas repassando isso. Insisti muito para irmos de Alexander Hamilton e Elisa Schuyler, mas tive que desistir quando me dei conta de quanto seria caro alugar roupas coloniais tão em cima da hora. Acho que fantasias de casal talvez sejam minha parte favorita de ter namorado. Fora os beijos, as caronas e o próprio Peter.

Ele queria ir de Homem-Aranha e que eu colocasse uma peruca ruiva e fosse Mary Jane Watson, mais porque ele já tinha a fantasia... e, como ele está em ótima forma por causa do lacrosse, por que não dar às pessoas o que elas querem? Palavras dele, não minhas.

No final, decidimos ir de Tyler Durden e Marla Singer de *Clube da Luta*. Na verdade, foi ideia da minha melhor amiga, Chris. Ela, Kitty e eu estávamos assistindo a esse filme na minha casa e Chris disse: "Você e Kavinsky podiam ir como esses malucos." Ela falou que iria chocar bastante as pessoas, ao menos no meu caso. A princípio, eu rejeitei a ideia, porque Marla não é oriental e prefiro usar fantasias de personagens orientais, mas a mãe de Peter arrumou uma jaqueta vermelha de couro em uma venda de garagem e tudo começou a se encaminhar nessa direção. Quanto à minha fantasia, a sra. Rothschild vai me emprestar coisas dela, porque ela era jovem nos anos 1990.

Hoje de manhã, a sra. Rothschild vem para cá antes do trabalho para me ajudar a me arrumar. Estou sentada à mesa da cozinha com o vestido preto dela, um casaco de pele falso e uma peruca, que Kitty está adorando bagunçar para deixar com aquele visual maluco de quem acabou de acordar. Fico batendo em suas mãos, cheias de mousse, e ela fica dizendo:

— Mas é o visual.

—Você tem sorte de eu ter mania de guardar as coisas — diz a sra. Rothschild, tomando café no copo térmico. Ela enfia a mão na bolsa e joga para mim um par de sapatos de plataforma bem altos. — Quando eu tinha vinte e poucos anos, o Halloween era minha festa favorita. Eu era a rainha da fantasia. É sua vez de carregar a coroa agora, Lara Jean.

—Você ainda pode ser a rainha.

— Não, usar fantasias é coisa de gente jovem. Se eu usasse uma fantasia sexy de Sherlock Holmes agora, ficaria com cara de desesperada. — Ela ajeita minha peruca. — Mas tudo bem. Minha época passou. — Para Kitty, ela diz: — O que você acha? Mais sombra metálica?

— Não vamos exagerar — digo. — Ainda é a escola.

— O sentido de se fantasiar é exagerar — diz a sra. Rothschild com animação. — Tire muitas fotos quando chegar à escola. Me mande algumas para eu poder mostrar para os meus amigos do trabalho. Eles vão se divertir com... Nossa, falando em trabalho, que horas são?

A sra. Rothschild está sempre atrasada, uma coisa que deixa papai louco, porque ele está sempre dez minutos adiantado. E ela não muda!

Quando Peter vai me buscar, eu corro para fora de casa, abro a porta do carona e dou um berro quando o vejo. Ele está louro!

— Ah, meu Deus! — grito, tocando no cabelo dele. — Você descoloriu?

Ele dá um sorriso satisfeito consigo mesmo.

— É spray. Minha mãe que encontrou. Posso usar de novo quando fizermos Romeu e Julieta no Halloween. — Ele está olhando minha roupa. — Gostei dos sapatos. São sexy.

Posso sentir minhas bochechas ficando quentes.

— Para com isso.

Quando ele dá ré no carro, olha para mim de novo e diz:
— Mas é verdade.
Dou um empurrão nele.
— Só espero que as pessoas saibam quem eu sou.
— Pode deixar comigo — garante ele.

E ele cuida mesmo disso. Quando entramos no corredor dos formandos, Peter coloca alto no celular a música "Where Is My Mind?", do Pixies, e as pessoas chegam a bater palmas para nós. Ninguém pergunta se sou um personagem de mangá.

Depois da aula, Peter e eu estamos deitados no sofá, seus pés sobrando na ponta. Ele ainda está de fantasia, mas eu coloquei roupas comuns.

— Você sempre usa as meias mais fofas — diz ele, levantando meu pé direito. As de agora são cinza com bolinhas brancas e carinhas amarelas de urso.

— Minha tia-avó manda da Coreia — digo com orgulho. — Eles têm as coisas mais fofas lá, sabe.

— Você pode pedir para ela me mandar algumas? Não de ursinhos, mas talvez de tigres. Tigres são másculos.

— Seus pés são grandes demais para meias fofas assim. Seus dedos iriam abrir um buraco na frente. Quer saber, aposto que consigo arrumar meias que cabem em você no... hum, no zoológico. — Peter se senta e começa a fazer cócegas em mim. Eu digo: — Aposto que os... pandas ou gorilas têm que... ficar com os pés quentinhos... no inverno. Talvez também exista algum tipo de meia com tecnologia desodorante. — Eu caio na gargalhada. — Pare... pare de fazer cócegas!

— Então pare de falar mal dos meus pés!

Estou com a mão enfiada embaixo do braço dele, desesperadamente tentando fazer cócegas. Mas, ao fazer isso, fiquei vulnerável a mais ataques.

— Tudo bem, tudo bem, trégua! — grito.

Ele para, e eu finjo parar, mas faço cócegas debaixo de seu braço de novo, e ele solta um gritinho agudo que não soa como Peter.

— Você pediu trégua! — acusa ele. Nós dois assentimos e nos deitamos, sem fôlego. —Você acha mesmo que meus pés fedem?

Eu não acho. Adoro seu cheiro depois de um jogo de lacrosse, de suor e grama e de Peter. Mas também adoro implicar com ele, ver a expressão insegura e irritada em seu rosto só por um momento.

— Bom, quer dizer, nos dias de jogo… — falo.

Peter me ataca de novo e começamos a lutar, rindo. Nessa hora, Kitty entra na sala segurando uma bandeja com um sanduíche de queijo e um copo de suco de laranja.

—Vão lá para cima — diz ela, se sentando no chão. — Isso aqui é uma área pública.

Eu me desenrosco de Peter e olho de cara feia para ela.

— Nós não estamos fazendo nada de mais, *Katherine*.

— Sua irmã disse que eu tenho chulé — diz Peter, apontando para Kitty com o pé. — Ela está mentindo, não está?

Ela o empurra com o cotovelo.

— Não vou cheirar seu pé. — Ela estremece. —Vocês são uns pervertidos.

Eu dou um gritinho e jogo uma almofada nela.

Ela arfa.

—Você tem sorte de não ter derrubado meu suco! Papai vai matar você se estragar o tapete de novo. — Enfaticamente, ela diz: — Lembra o incidente com o removedor de esmalte?

Peter bagunça meu cabelo.

— Lara Jean, a desastrada.

Eu o empurro para longe.

— Eu não sou desastrada. Foi você que tropeçou nos próprios pés tentando alcançar a pizza outro dia na casa de Gabe.

Kitty começa a rir, e Peter joga uma almofada nela.

—Vocês precisam parar de fazer complô contra mim! — grita ele.

—Você vai ficar para o jantar? — pergunta ela quando as risadas passam.

— Não posso. Minha mãe vai fazer bife à milanesa.

Os olhos de Kitty se arregalam.

— Que sorte. Lara Jean, o que vamos comer?

— Botei alguns peitos de frango para descongelar — falo. Ela faz uma careta, e acrescento: — Se você não gosta, pode aprender a cozinhar. Não vou estar aqui para preparar o jantar quando for para a faculdade, sabe.

— Duvido. Acho que você vai vir aqui todas as noites. — Ela se vira para Peter. — Posso ir jantar na sua casa?

— Claro. Vocês duas podem ir.

Kitty começa a comemorar, mas eu a mando parar.

— Nós não podemos, porque aí papai teria que comer sozinho. A sra. Rothschild tem aula de SoulCycle hoje.

Ela dá uma mordida no sanduíche de queijo.

— Vou fazer outro sanduíche, então. Não quero comer frango velho com gosto de geladeira.

Eu me sento de repente.

— Kitty, eu preparo outra coisa se você fizer uma trança no meu cabelo amanhã de manhã. Quero alguma coisa especial para ir a Nova York. — Eu nunca fui a Nova York. Nas nossas últimas férias de família, fizemos uma votação e eu escolhi Nova York, mas fui vencida pelo México. Kitty queria comer tacos de peixe e nadar no mar e Margot queria ver ruínas maias e aproveitar para melhorar o espanhol. No final, fiquei feliz de ter perdido a votação. Foi a primeira vez que Kitty e eu saímos do país. Eu nunca tinha visto água tão azul.

— Faço uma trança no seu cabelo só se sobrar tempo depois de eu fazer a minha — diz Kitty, e é o melhor que posso esperar, acho. Ela é boa demais com penteados.

— Quem vai fazer tranças no meu cabelo quando eu estiver na faculdade?

— Eu — diz Peter, pura confiança.

—Você não sabe — debocho.

— Ela me ensina. Não ensina, garota?

— Por um preço — responde Kitty.

Eles negociam até decidirem que Peter vai levar Kitty e as amigas ao cinema no sábado à tarde. E é assim que eu acabo sentada no chão de pernas cruzadas, com Peter e Kitty sentados no sofá atrás, ela demonstrando como se faz uma trança embutida e Peter gravando no celular.

— Agora você — diz ela.

Ele perde mechas toda hora e fica frustrado.

—Você tem muito cabelo, Lara Jean.

— Se você não consegue a embutida, vou ensinar uma mais básica — diz Kitty, e é impossível não notar o desdém na voz dela.

Peter também percebe.

— Não, eu vou aprender. Só me dá um segundo. Se Lara Jean gosta dos meus beijos, vai gostar também das minhas tranças. — Ele pisca para mim.

Kitty e eu gritamos com ele por causa disso.

— Não fale assim na frente da minha irmã! — grito, empurrando o peito dele.

— Eu estava brincando!

—Além do mais, você não beija *tão* bem. — Mas ele beija, sim.

Peter me olha com cara de *Quem você está querendo enganar?*, e eu dou de ombros, porque quem eu *quero* enganar?

Mais tarde, estou acompanhando Peter até o carro quando ele para na frente da porta do carona e pergunta:

— Quantos caras você beijou?

— Só três. Você, John Ambrose McClaren… — falo o nome dele rápido, como quem tira um Band-Aid, mas Peter ainda tem tempo de fazer cara feia. — E o primo de Allie Feldman.

— O garoto estrábico?

— É. O nome dele era Ross. Eu achava ele fofo. Foi em uma festa do pijama na casa da Allie. Eu o beijei por causa de um jogo de verdade ou consequência. Mas eu queria.

Ele me olha, pensativo.

— Então eu, John e o primo da Allie.

—Aham.

—Você está esquecendo uma pessoa, Covey.

— Quem?

— Sanderson!

Eu balanço a mão.

— Ah, isso não conta.

— O primo de Allie Feldman que você beijou por causa de um jogo de verdade ou consequência conta, mas *Josh* não, com quem você tecnicamente me traiu? — Peter balança o dedo para mim. — Hã-hã. Discordo.

Eu o empurro.

— Nós não estávamos juntos na época e você sabe disso!

— Isso é só um detalhe, mas tudo bem. — Ele me olha de soslaio. — Seu número é maior do que o meu. Eu só beijei Gen, Jamila e você.

— E a garota que você conheceu em Myrtle Beach com seus primos? Angelina?

Uma expressão estranha surge no rosto dele.

— Ah, é. Como você soube disso?

—Você se gabou para todo mundo! — Foi no verão antes do sétimo ano. Eu lembro que Genevieve ficou louca porque outra garota beijou Peter antes dela. Nós tentamos encontrar Angelina na internet, mas não tínhamos muitas informações. Só o nome dela. — Então você beijou quatro garotas, e fez bem mais coisas com elas do que beijar, Peter.

— Tá, deixa pra lá.

Agora eu estava empolgada.

— Você é o único garoto que eu beijei *pra valer*. E foi o primeiro. Primeiro beijo, primeiro namorado, primeiro tudo! Você é o primeiro em tantas coisas para mim, mas não sou nada disso para você.

— Na verdade, não é bem assim — diz ele timidamente.

Eu estreito os olhos.

— O que você quer dizer?

— Não existiu garota nenhuma na praia. Eu inventei a história.

— Não existiu nenhuma Angelina peituda?

— Eu nunca disse que ela era peituda!

— Disse, sim. Disse para Trevor.

— Tá, tudo bem! Caramba. Aliás, você não está entendendo o que eu quero dizer.

— O que você quer dizer, Peter?

Ele pigarreia.

— Naquele dia, no porão de McClaren. Meu primeiro beijo também foi com você.

De repente, eu paro de rir.

— Foi?

— Foi.

Fico olhando para ele.

— Por que você nunca me contou?

— Sei lá. Acho que esqueci. E é constrangedor eu ter inventado uma garota. Não conta pra ninguém!

Sou tomada por um sentimento de assombro que parece se espalhar pelo meu corpo. Então o primeiro beijo de Peter Kavinsky foi comigo. Que perfeito! Que maravilhoso!

Eu jogo os braços em volta dele e levanto o queixo com expectativa, esperando meu beijo de boa-noite. Ele esfrega o rosto no meu e fico feliz por ele ter bochechas lisas e quase não precisar se barbear. Fecho os olhos, inspiro o aroma dele e espero meu beijo. E ele dá um beijinho casto na minha testa.

— Boa noite, Covey.

Meus olhos se abrem.

— Só isso?

Com arrogância, ele diz:

—Você disse antes que eu não beijo bem, lembra?

— Eu estava brincando!

Ele pisca para mim e entra no carro. Eu o vejo ir embora. Mesmo depois de um ano inteiro juntos, tudo ainda parece tão novo. Amar um garoto, ser amada por ele. Parece um pouco como um milagre.

Não entro em casa imediatamente. Só para o caso de ele voltar. Com as mãos nos quadris, espero vinte segundos até me virar, e é nessa hora que o carro volta pela rua e para na frente da minha casa. Peter coloca a cabeça para fora da janela.

— Tudo bem, vai — grita ele. —Vamos treinar.

Eu corro até o carro, puxo-o pela camiseta e viro o rosto para ele, mas então o empurro de volta e corro de costas, rindo e com o cabelo voando na cara.

— Covey!

— É isso que você ganha! — grito com alegria. —Vejo você no ônibus amanhã!

Naquela noite, quando estamos no banheiro escovando os dentes, eu pergunto a Kitty:

— Em uma escala de um a dez, quanto você vai sentir a minha falta quando eu for para a faculdade? Seja sincera.

— É cedo demais para esse tipo de conversa — diz ela, passando água na escova de dentes.

— Responda.

— Quatro.

— Quatro! Você disse seis e meio para Margot quando ela foi embora!

Kitty balança a cabeça para mim.

— Lara Jean, por que você tem que se lembrar de cada coisinha? Não é saudável.

— O mínimo que você pode fazer é fingir que vai sentir a minha falta! — explodo. — É a coisa gentil a se fazer.

— Margot estava indo para o outro lado do mundo. Você vai para quinze minutos daqui, então não vou nem ter oportunidade de sentir sua falta.

— Mesmo assim.

Ela coloca as mãos no peito.

— Tá. Que tal isto? Vou sentir tanto a sua falta que vou chorar todas as noites!

Eu abro um sorriso.

— Assim está melhor.

— Vou sentir tanto a sua falta que vou querer cortar os pulsos! — Ela ri como uma louca.

— Katherine. Não fale assim!

— Então pare de tentar arrancar elogios — diz ela, e vai para a cama enquanto arrumo minha nécessaire para a viagem a Nova York amanhã.

Se eu entrar na UVA, acho que vou deixar algumas maquiagens, cremes e pentes em casa, para não ter que ficar carregando tudo de um lado para outro. Margot teve que pensar bem no que levaria para Saint Andrews, porque a Escócia é muito longe e ela não pode vir para casa com frequência. Acho que vou só levar as coisas para o outono e para o inverno e deixar as roupas de verão em casa, depois troco conforme as estações mudarem.

6

DE MANHÃ, PAPAI ME LEVA PARA A ESCOLA, PARA EU PEGAR O ÔNIBUS fretado.

— Me ligue assim que estiver acomodada no quarto — diz ele enquanto estamos parados no sinal de trânsito perto da escola.

— Pode deixar.

—Você pegou os vinte dólares de emergência?

— Peguei.

Ontem à noite, papai me deu uma nota de vinte dólares para guardar no bolso secreto do casaco, só por precaução. Também estou com o cartão de crédito dele para gastar um pouco. A sra. Rothschild me emprestou um guarda-chuva pequenininho e um carregador portátil do celular.

Papai me olha de soslaio e suspira.

— Está tudo acontecendo tão rápido agora. Primeiro, seu passeio de último ano, depois o baile, depois a formatura. É só uma questão de tempo até você também sair de casa.

—Você ainda vai ter Kitty. Embora a gente saiba que ela não é um raio de sol. — Ele ri. — Se eu passar para a UVA, vou para casa toda hora, então *"don't you worry about a thing"*. — Eu canto como ele cantou, imitando a voz de Stevie Wonder.

No ônibus, me sento ao lado de Peter, e Chris, com Lucas. Achei que seria difícil convencê-la a vir no passeio, e teria sido mesmo se a Disney houvesse ganhado. Mas ela também nunca foi a Nova York, então acabou sendo fácil.

Estamos na estrada há uma hora quando Peter faz todo mundo jogar Eu Nunca, e finjo estar dormindo. Nunca fiz muita coisa em relação a drogas e sexo, e é só disso que as pessoas querem falar. Por sorte, o jogo não dura muito, acho que porque é bem menos empolgante quando não tem bebida no meio. Quando estou abrindo os olhos, esticando os braços e "acordando", Gabe sugere verdade ou consequência, e meu estômago despenca.

Desde o escândalo do meu vídeo com Peter no ofurô, ano passado, tenho certa vergonha do que as pessoas pensam que nós estamos fazendo ou deixando de fazer. Em termos de sexo, claro. E verdade ou consequência é muito pior do que Eu Nunca! *Com quantas pessoas você já transou? Você já participou de um* ménage*? Quantas vezes por dia você se masturba?* Esses são os tipos de pergunta que costumam fazer, e se alguém perguntasse para mim, eu teria que dizer que sou virgem, e, de várias formas, isso é mais bizarro do que qualquer outra resposta. Normalmente, vou para a cozinha ou algum outro lugar quando começam a brincar disso nas festas. Mas não tenho para onde ir hoje, estamos em um ônibus e estou encurralada.

Peter me olha achando graça. Ele sabe o que está passando pela minha cabeça. Diz que não liga para o que as pessoas pensam, mas sei que não é verdade. É só olhar para o passado dele para ver que Peter se importa muito com o que pensam dele.

—Verdade ou consequência? — pergunta Gabe para Lucas.

Lucas toma um gole de Vitaminwater.

—Verdade.

—Você já transou com um cara?

Meu corpo todo fica tenso. Lucas é gay, já saiu do armário, mas não *tanto* assim. Ele não quer ter que se explicar para as pessoas o tempo todo, e por que deveria fazer isso? Não é da conta de ninguém.

Há um momento de hesitação, e Lucas diz:

— Não. Isso é uma proposta?

Todo mundo ri e Lucas está com um sorrisinho no rosto quando toma outro gole, mas consigo ver a tensão no pescoço dele, nos ombros. Deve ser desgastante ter que ficar sempre a postos para esse tipo de pergunta, pronto para mudar de assunto, sorrir, rir e levar na brincadeira. Comparado a isso, perguntarem sobre minha virgindade não parece ser tão importante. Mas eu ainda não quero ter que responder.

Torço para Lucas me escolher, porque sei que ele vai pegar leve comigo. Mas ele não deve reparar nos meus olhares de súplica, porque, em vez de me escolher, ele escolhe Genevieve, sentada algumas fileiras atrás, olhando para o celular. Ela está namorando um cara de outra escola que conheceu na igreja, então ninguém a vê muito agora. Eu soube por Chris que os pais de Genevieve se separaram e que o pai foi morar em um apartamento de luxo com a namorada. Chris disse que a mãe de Genevieve teve um colapso nervoso e precisou ser hospitalizada por alguns dias, mas as coisas estão melhores agora, o que me deixa feliz. Peter enviou narcisos para a mãe dela quando ela voltou para casa e ficamos pensando no que escrever no cartão. Acabamos decidindo por *Melhoras, Wendy. Com amor, Peter.* As flores foram ideia minha e ajudei a pagar por elas, mas claro que não assinei meu nome no cartão. Só fiz isso porque sempre gostei de Wendy; ela sempre foi legal comigo, desde que eu era pequena. Ainda sinto um nó de nervoso na barriga quando vejo Genevieve, mas não está tão ruim quanto era antes. Sei que nunca mais vamos ser amigas e já aceitei isso.

— Verdade ou consequência, Gen — diz Lucas.

Ela ergue o rosto e na mesma hora responde:

— Consequência.

Claro que Genevieve escolhe consequência. Ela é muitas coisas, mas não é covarde. Eu prefiro fazer qualquer coisa a responder uma pergunta sobre sexo, então é provável que escolha consequência também.

Lucas desafia Genevieve a se sentar ao lado do sr. Jain e apoiar a cabeça no ombro dele.

— Mas tem que parecer real — afirma Lucas.

Todo mundo morre de rir. Dá para ver que ela não quer fazer isso, mas Gen não é covarde.

Nós todos ficamos olhando enquanto ela anda pelo corredor e para na fila do sr. Jain. Ele é o novo professor de biologia, começou este ano. É jovem e bonito. Usa calça jeans skinny e camisas de botão para o trabalho. Genevieve se senta ao lado dele, e só consigo ver a parte de trás da cabeça dela enquanto conversam. Ele está sorrindo. Ela chega mais perto e apoia a cabeça no ombro dele, e ele pula como um gato assustado. Todo mundo ri, e o sr. Jain se vira e balança a cabeça para nós, aliviado por ser uma brincadeira.

Genevieve retorna, triunfante. Senta-se em seu lugar e olha ao redor. Nossos olhares se cruzam por um momento, e meu estômago despenca. Mas ela afasta o olhar.

— Verdade ou consequência, Chrissy.

— Esse jogo é tão bobo — reclama Chris. Gen só fica olhando para ela, as sobrancelhas erguidas em desafio, e, por fim, Chris revira os olhos. — Tanto faz. Verdade.

Quando elas se enfrentam assim, é impossível não perceber que são parentes: primas de primeiro grau pelo lado materno.

Genevieve leva um tempo pensando na pergunta, mas logo dá o golpe de misericórdia.

— Você brincou ou não brincou de médico com nosso primo Alex quando estávamos no fundamental? Não minta.

Todo mundo está batendo palmas e gritando, e o rosto de Chris fica bem vermelho. Lanço um olhar solidário a ela. Sei a resposta para essa pergunta.

— Verdade — murmura ela, e todo mundo grita.

Para a minha sorte, é nessa hora que o sr. Jain se levanta e coloca um DVD no aparelho, então o jogo acaba e minha vez não chega. Chris se vira e me diz em voz baixa:

— Você se safou.

— Sei bem disso — sussurro de volta, e Peter ri.

Ele pode rir quanto quiser, mas tenho certeza de que também está um pouco aliviado. Peter nunca disse nada, mas duvido que queira que todo o último ano saiba que ele e a namorada de um ano (ou mais, se contarmos nosso relacionamento falso) nunca transaram.

Quase ninguém da nossa turma esteve antes em Nova York, então estamos um pouco impressionados com tudo o que vemos. Acho que nunca estive em um lugar tão movimentado. É uma cidade com vida própria. Não consigo acreditar na quantidade de pessoas que vivem aqui, no quanto é lotada, no quanto todo mundo parece sofisticado. Todo mundo parece... gente da cidade. Exceto os turistas, claro. Chris tenta fazer cara de tédio, de quem não está nem aí pra nada, mas, ao chegarmos ao metrô para ir ao edifício Empire State, ela não se segura no apoio e quase cai quando paramos de repente.

— É diferente de Washington — murmura ela.

Sem dúvida. Washington é a cidade grande mais próxima de Charlottesville, mas ainda é uma cidade pequena e pacata em comparação com Nova York. Tem tanta coisa para ver, tantas lojas que gostaria de visitar. Todo mundo está com pressa; todos têm planos e lugares onde estar. Uma senhora grita com Peter por andar enquanto digita no celular, o que faz todo mundo rir, e, pela primeira vez, Peter fica envergonhado. É tudo tão impressionante.

Quando chegamos ao Empire State, faço Peter tirar uma selfie comigo no elevador. No topo, me sinto meio tonta por causa da altura. A sra. Davenport manda eu me sentar com a cabeça entre os joelhos por uns minutos, e isso ajuda. Quando a náusea passa, eu me levanto e vou procurar Peter, que desapareceu durante meu momento de necessidade.

Quando dobro a esquina, escuto Peter gritando:
— Espere! Espere! Senhor!

Ele está indo atrás de um segurança, que se aproxima de uma mochila vermelha no chão.

O segurança se inclina e pega a mochila.

— Essa mochila é sua? — pergunta ele.

— Hã, é...

— Por que você a deixou no chão?

O homem abre o zíper, puxa um urso de pelúcia. Peter olha ao redor.

— Você pode colocar isso de volta na mochila? É meu convite de baile para a minha namorada. É para ser uma surpresa.

O segurança está balançando a cabeça. Ele resmunga alguma coisa e começa a olhar a mochila de novo.

— Senhor, por favor, aperte o urso.

— Eu não vou apertar o urso — retruca o segurança.

Peter estica a mão e aperta o urso, que diz: "Quer ir ao baile comigo, Lara Jean?"

Eu coloco as mãos na boca, louca de alegria.

Com severidade, o segurança diz:

— Você está em Nova York, garoto. Não pode deixar uma mochila no chão para fazer um pedido.

— Não é um pedido, é um *convite* — corrige Peter, e o segurança olha de cara feia. — Desculpa. Posso pegar o urso de volta?

— Ele me vê nessa hora. — Conte para ele que *Sintonia de Amor* é seu filme favorito, Lara Jean!

Eu corro até lá.

— Senhor, é meu filme favorito. Por favor, não o expulse.

O segurança está tentando não sorrir.

— Eu não ia expulsar ninguém — diz ele para mim. Para Peter, diz: — Mas preste mais atenção na próxima vez. Em Nova York, fique sempre alerta. Se vemos alguma coisa, nós dizemos, sacou? Isto aqui não é a cidadezinha de onde vocês vieram. Aqui é *Nova York*. Nós não estamos de brincadeira.

Peter e eu assentimos, e o segurança vai embora. Assim que se afasta, Peter e eu nos olhamos e caímos na gargalhada.

— Alguém avisou aos seguranças sobre minha mochila! Merda, ferrou meu convite.

Pego o ursinho na mochila e o abraço contra o peito. Estou tão feliz que nem digo para ele não falar palavrão.

— Eu adorei.

— Você ia dobrar a esquina e ver a mochila perto dos telescópios. Ia pegar o urso, apertar e...

— Como eu ia saber que tinha que apertar?

Peter tira um pedaço de papel amassado da mochila. Está escrito *Me aperte*.

— Caiu quando o segurança estava mexendo na mochila. Está vendo? Eu pensei em tudo.

Em tudo, menos nas consequências de deixar uma bolsa largada em um lugar público em Nova York, mas o que vale é a intenção! E a intenção foi muito fofa. Eu aperto o urso, e de novo ele diz: "Quer ir ao baile comigo, Lara Jean?"

— Quero sim, Howard.

Howard é o nome do ursinho de *Sintonia de Amor*, é claro.

— Por que você está dizendo sim para ele e não para mim? — pergunta Peter.

— Porque foi ele quem me perguntou. — E ergo as sobrancelhas para ele, esperando.

Revirando os olhos, Peter murmura:

— Lara Jean, quer ir ao baile comigo? Caramba, você é muito exigente.

Eu estico o urso para ele.

— Eu quero, mas primeiro beije Howard.

— Covey. Não. Merda, não.

— Por favor! — Olho para ele suplicante. — Como no filme, Peter.

Resmungando, ele beija, na frente de todo mundo, e é assim que sei que Peter é inteira e totalmente meu.

— O que você acha? — sussurra Peter para mim no ônibus a caminho do hotel em Nova Jersey. — Devemos sair escondidos depois da contagem e vir para a cidade?

Ele está brincando — sabe que não sou do tipo que sai escondida em um passeio da escola —, por isso arregala os olhos quando eu respondo:

— E como a gente ia chegar à cidade? Os táxis vão de Nova Jersey para Nova York? — Não consigo nem acreditar que estou avaliando a possibilidade. É tão incomum para mim. Na mesma hora, acrescento: — Não, não, deixa pra lá. Nós não podemos. Nós íamos nos perder, ser roubados e depois mandados para casa, e eu ficaria morrendo de raiva por não ter conhecido o Central Park e todo o resto.

Peter me olha em dúvida.

— Você acha mesmo que Jain e Davenport nos mandariam para casa?

— Talvez não, mas eles nos fariam ficar no hotel o dia todo como punição, o que é ainda pior. Não podemos correr esse risco. — Depois: — O que faríamos? — Estou brincando de fingir agora, não planejando nada, mas Peter me acompanha.

— Poderíamos ouvir música ao vivo ou ir a um show de comédia. Às vezes, comediantes famosos fazem apresentações surpresa.

— Eu queria que a gente pudesse ver *Hamilton*.

Quando passamos pela Times Square, Lucas e eu inclinamos a cabeça para tentar vislumbrar a marquise com o cartaz de *Hamilton*, mas não conseguimos ver nada.

— Amanhã quero comer um bagel de Nova York e ver se é tão bom quanto o bagel do Bodo's. — Bodo's Bagels é um lugar famoso em Charlottesville e temos muito orgulho dos bagels de lá.

Coloco a cabeça no ombro dele e bocejo.

— Queria que a gente pudesse ir à Levain Bakery, para eu poder experimentar os cookies de lá. Dizem que são melhores que qualquer outro cookie com gotas de chocolate que você já tenha comido. Eu também quero ir à loja de chocolate de Jacques Torres. O cookie com gotas de chocolate dele é incrível, sabe? É realmente lendário…

Meus olhos se fecham, e Peter acaricia meu cabelo. Estou começando a adormecer quando percebo que ele está desfazendo as tranças estilo tiara que Kitty fez na minha cabeça. Abro os olhos.

— Peter!

— Shh, volte a dormir. Quero treinar.

—Você nunca vai deixar do jeito que ela fez.

— Só quero tentar — diz ele, juntando grampos na palma da mão.

Quando chegamos ao hotel em Nova Jersey, apesar dos esforços dele, minhas tranças estão irregulares, frouxas e não ficam no lugar.

—Vou mandar uma foto para Kitty ver que péssimo aluno você é — digo enquanto reúno minhas coisas.

— Não faça isso — diz Peter na mesma hora, o que me faz sorrir.

O dia seguinte parece de primavera, apesar de estarmos em março. O sol está brilhando e as flores começam a desabrochar. Parece que estou em *Mensagem para Você*, quando Kathleen Kelly vai encontrar Joe Fox no Riverside Park. Eu adoraria ver o jardim onde eles se beijam no final do filme, mas nosso guia nos leva até o Central Park. Chris e eu estamos tirando fotos do mosaico de *Imagine* em Strawberry Fields quando percebo que Peter não está por perto. Pergunto a Gabe e Darrell, mas os dois não o viram. Mando uma mensagem, mas ele não responde. Estamos prestes a ir para Sheep Meadow fazer um piquenique e começo a entrar em pânico: e se o sr. Jain ou a sra. Davenport repararem que Peter não está aqui? Ele chega correndo na hora que estamos saindo. Não está nem um pouco sem fôlego e nem um pouco preocupado de quase ter sido deixado para trás.

— Onde você estava? — pergunto. — Nós quase fomos embora!

Com expressão triunfante, ele mostra um saco de papel pardo.

— Abra e veja.

Eu pego o saco da mão dele e olho dentro. É um cookie com gotas de chocolate da Levain, ainda quente.

— Ah, meu Deus, Peter! Você é tão atencioso. — Eu fico nas pontas dos pés e o abraço, depois me viro para Chris. — Ele é muito atencioso, não é, Chris?

Peter é fofo, mas nunca *tão* fofo. São duas coisas românticas seguidas, então acho que devo elogiá-lo, porque ele reage muito bem a reforço positivo.

Ela já está com a mão dentro do saco e enfia um pedaço de cookie na boca.

— Muito atencioso. — Chris tenta pegar outro pedaço, mas Peter tira o saco de perto dela.

— Caramba, Chris! Deixe a Covey comer antes de você devorar o troço inteiro.

— Então por que você só comprou um?

— Porque é gigante! E custou uns cinco dólares.

— Não consigo acreditar que você saiu para comprar isso só para mim — digo. — Você não teve medo de se perder?

— Não — afirma ele, todo orgulhoso. — Eu olhei no Google Maps e saí sem ninguém perceber. Fiquei um pouco perdido quando voltei para o parque, mas me ajudaram a encontrar este lugar. Os nova-iorquinos são muito simpáticos. Aquele papo todo de eles serem grosseiros deve ser mentira.

— É verdade. Todo mundo que nós conhecemos foi gentil. Menos aquela senhora que gritou com você por andar digitando no celular — diz Chris, rindo de Peter, que faz cara feia para ela.

Dou uma mordida grande no biscoito. O cookie Levain está mais para um *scone*, denso e massudo. Pesado também. Não é de forma nenhuma parecido com nenhum cookie com gotas de chocolate que eu já tenha provado.

— E aí? — pergunta Peter. — Qual é o veredito?

— É único. Não há nada igual. — Estou dando outra mordida quando a sra. Davenport se aproxima e nos apressa, olhando o cookie na minha mão.

Nosso guia está carregando uma imitação da tocha da Estátua da Liberdade para nos guiar pelo parque. É bem constrangedor, e queria que pudéssemos ir cada um para o seu lado explorar a cidade, mas não. Ele usa rabo de cavalo e um colete cáqui, e o acho meio brega, mas a sra. Davenport parece gostar dele. Depois do Central Park, pegamos o metrô para o centro e atravessamos a ponte do Brooklyn. Enquanto todo mundo está na fila para tomar sorvete no Brooklyn Ice Cream Factory, Peter e eu corremos até a loja de chocolates Jacques Torres. Foi ideia de Peter. Claro que peço permissão à sra. Davenport. Ela está ocupada falando com o guia, então nos dispensa. Eu me sinto tão crescida andando pelas ruas de Nova York sem estar acompanhada por um adulto.

Quando chegamos à loja, estou tão empolgada que chego a tremer. Finalmente vou experimentar o famoso cookie com gotas de chocolate do Jacques. Dou uma mordida. O biscoito é fino, massudo, denso. O chocolate se acumulou em cima e endureceu! A manteiga e o açúcar estão quase caramelizados. É o paraíso.

— O seu é melhor — diz Peter, a boca grosseiramente cheia, e eu o mando ficar quieto e olho em volta para ver se a garota na caixa registradora ouviu.

— Pare de mentir.

— Não estou mentindo!

Ele está.

— Só não sei por que os meus não são como os dele.

— Devem ser os fornos industriais.

Parece que vou ter que aceitar meu cookie com gotas de chocolate não tão perfeito e ficar contente com isso.

Quando saímos porta afora, reparo em uma confeitaria do outro lado da rua chamada Almondine e em outra na esquina seguinte chamada One Girl Cookies. Nova York é mesmo uma cidade que ama confeitaria.

Peter e eu voltamos para a sorveteria de mãos dadas. Todos estão no píer, sentados em bancos, tomando sorvete, tirando selfies com os prédios de Manhattan atrás. Nova York continua a me surpreender com sua beleza.

Peter deve estar pensando a mesma coisa, porque aperta minha mão e diz:

— Esta cidade é incrível.
— É mesmo.

Estou dormindo profundamente quando ouço uma batida na porta. Acordo assustada. Ainda está escuro lá fora. Na cama do lado oposto do quarto, Chris nem se mexe.

Ouço a voz de Peter do outro lado da porta.

— Ei, Covey, sou eu. Quer ir ver o nascer do sol no telhado comigo?

Eu saio da cama e abro a porta, e ali está Peter, com um moletom da UVA, segurando um copo de isopor com café e outro com um saquinho de chá pendurado pela lateral.

— Que horas são?
— Cinco e meia. Vamos logo, pegue o casaco.
— Certo, preciso de uns minutos — sussurro. Corro até o banheiro, escovo os dentes e procuro o casaco na escuridão. — Não consigo achar meu casaco!
— Pode botar meu moletom — oferece Peter da porta.

De debaixo do cobertor, Chris resmunga:

— Se vocês não calarem a boca, eu juro por Deus...
— Desculpa. Quer ver o nascer do sol com a gente?

Peter me lança um olhar emburrado, mas a cabeça de Chris ainda está debaixo do cobertor, então ela não vê.

— Não. Vai logo!
— Desculpa, desculpa. — E saio correndo pela porta.

Pegamos o elevador até o alto, e ainda está escuro lá fora, mas já começa a clarear. A cidade está acordando. Na mesma hora, Peter tira o moletom, eu levanto os braços e ele o veste em mim. Está quente e tem cheiro do sabão em pó que a mãe dele usa.

Peter se inclina no parapeito e olha para a cidade do outro lado do rio.

—Você consegue nos imaginar morando aqui depois da faculdade? A gente podia morar em um arranha-céu. Com porteiro. E academia.

— Eu não quero morar em um arranha-céu. Quero morar em uma casinha de tijolos marrons em West Village. Perto de uma livraria.

— A gente dá um jeito — diz ele.

Eu também me inclino no parapeito. Jamais teria me imaginado morando em Nova York. Antes de vir para cá, parecia um lugar tão intimidante, para pessoas fortes que não têm medo de se meter em uma briga com alguém no metrô, ou para homens de terno que trabalham em Wall Street, ou para artistas que moram em estúdios no SoHo. Mas agora que estou aqui, não dá tanto medo, não com Peter ao meu lado. Dou uma espiada nele. É assim que acontece? Você se apaixona e nada mais parece assustador, e a vida é apenas uma grande possibilidade?

7

A VIAGEM DE VOLTA PARA A VIRGÍNIA LEVA SEIS HORAS, E DURMO durante boa parte dela. Está escuro quando chegamos ao estacionamento da escola, e vejo o carro do papai parado na frente. Já faz muito tempo que nós temos nossos próprios carros e ninguém mais nos leva ou busca, mas entrar no estacionamento da escola e ver todos os pais ali nos esperando dá uma sensação de estar de novo no ensino fundamental, quando a gente volta de um passeio. É uma sensação boa. No caminho de volta, compramos uma pizza, e a sra. Rothschild vai para a nossa casa. Ela, papai, Kitty e eu comemos na frente da tevê.

Depois disso, desfaço a mala, faço o pouco de dever que falta, converso com Peter pelo telefone e me preparo para ir dormir. Mas acabo rolando de um lado para outro pelo que parece uma eternidade. Talvez seja porque dormi bastante no ônibus, ou talvez seja o fato de que a qualquer momento posso receber notícias da UVA. Seja como for, não consigo dormir, então eu desço sem fazer barulho e começo a abrir gavetas.

O que eu poderia fazer a essa hora da noite que não envolvesse esperar a manteiga amolecer? Essa é uma pergunta constante na minha vida. A sra. Rothschild diz que devíamos deixá-la em uma manteigueira fora da geladeira, como ela faz, mas nós não somos uma família que deixa a manteiga fora da geladeira, somos uma família que a guarda na geladeira. Além do mais, manteiga mole demais pode estragar a química do bolo, e na Virgínia, na primavera e no verão, a manteiga derrete rápido.

Acho que eu podia finalmente tentar fazer a mistura de brownie e pãozinho de canela que ando bolando: a receita de brownie de

Katharine Hepburn com um toque de canela e cream cheese com canela salpicada por cima.

Estou derretendo chocolate em banho-maria e já arrependida de ter começado essa receita tão tarde quando papai entra na cozinha com o roupão xadrez que Margot deu para ele no Natal passado.

— Não está conseguindo dormir também, é? — diz ele.

— Estou experimentando uma receita nova. Acho que vou chamar de brownela. Ou brownierela.

— Boa sorte na hora de acordar amanhã — diz papai, massageando a nuca.

Eu dou um bocejo.

— Sabe, eu estava pensando que você poderia ligar para a escola por mim, assim eu dormiria até um pouco mais tarde, e depois nós dois poderíamos tomar um café da manhã gostoso e relaxante juntos, um programa de pai e filha. Eu posso fazer omelete de cogumelo.

Ele ri.

— Boa tentativa. — Ele me empurra para a escada. — Eu termino o brownierela, ou sei lá qual é o nome. Vá para cama.

Dou outro bocejo.

— Posso confiar em você para fazer a cobertura de cream cheese? — Papai faz uma expressão alarmada, e eu digo: — Esqueça. Posso terminar de fazer a massa e assar amanhã.

— Eu ajudo.

— Estou quase acabando.

— Eu não me importo.

— Tudo bem. Você pode medir um quarto de xícara de farinha?

Papai assente e pega o medidor.

— Esse é o medidor dos líquidos. Precisamos do medidor de ingredientes secos, para você poder tirar o excesso de farinha. — Ele volta ao armário e os troca. Fico observando papai colocar farinha e passar uma faca para nivelar o topo. — Muito bom.

— Eu aprendi com a melhor.

Inclino a cabeça para ele.

— Por que você ainda está acordado, papai?

— Ah. Acho que tem muita coisa na minha cabeça. — Ele fecha o pote de farinha e para, hesitando antes de perguntar: — O que você acha da Trina? Gosta dela, não é?

Eu tiro a panela de chocolate do fogo.

— Eu gosto muito dela. Acho que talvez até a ame. *Você* a ama?

Desta vez, papai não hesita.

— Amo.

— Ah, que bom. Eu fico feliz.

Ele parece aliviado.

— Que bom — responde ele. E, mais uma vez: — Que bom.

As coisas devem estar bem sérias se ele está me perguntando isso. Será que ele está pensando em convidá-la para vir morar conosco? Antes que eu possa perguntar qualquer coisa, ele diz:

— Ninguém vai substituir a sua mãe. Você sabe disso, não sabe?

— Claro que sei. — Lambo a colher de chocolate com a ponta da língua. Está quente, muito quente. É bom ele amar de novo, ele ter alguém, uma companheira de verdade. Ele estava sozinho havia tanto tempo que parecia normal, mas agora tudo está melhor. E ele está feliz, qualquer um consegue ver. Agora que a sra. Rothschild está aqui, não consigo imaginá-la em outro lugar. — Fico feliz por você, papai.

8

Durante toda a manhã, fico olhando meu celular, como praticamente todos os formandos da escola estão fazendo a semana inteira. A segunda chegou e acabou sem notícias da UVA, depois a terça, depois a quarta. Hoje é quinta-feira e nada ainda. O departamento de admissão da UVA sempre envia os comunicados antes do primeiro dia de abril, e, no ano passado, os comunicados chegaram na terceira semana de março, então pode ser a qualquer dia agora. Acontece assim: eles botam um aviso nas mídias sociais para as pessoas verificarem o Sistema de Informações Estudantis, você acessa o sistema e descobre seu destino.

Antigamente, as faculdades enviavam os comunicados por carta. A sra. Duvall diz que às vezes os pais ligavam para a escola quando o carteiro chegava, e o aluno pulava no carro e ia para casa o mais rápido possível. Há algo de romântico em esperar uma carta pelo correio, uma carta que define seu destino.

Estou na aula de francês, a última do dia, quando alguém grita:

— A UVA tuitou! Divulgaram os resultados!

Madame Hunt diz:

— *Calmez-vous, calmez-vous*.

Mas todo mundo está se levantando e pegando o celular, sem prestar atenção.

É agora. Minhas mãos estão tremendo quando acesso o sistema; meu coração bate a um milhão de quilômetros por minuto, esperando o site carregar.

A Universidade da Virgínia recebeu mais de 30.000 formulários de candidatura este ano. O Comitê de Admissão examinou seu formulário e avaliou com atenção suas credenciais acadêmicas, pessoais e extracurriculares, e embora seu formulário fosse muito forte, lamentamos informar...

Não pode ser real. Estou em um pesadelo e vou acordar a qualquer momento. Acorde, acorde, acorde.

Ao longe, ouço vozes ao meu redor. Ouço um grito de alegria no corredor. O sinal toca, e as pessoas pulam das cadeiras e saem correndo porta afora.

— Eles só costumam divulgar depois do horário escolar — murmura madame Hunt.

Ergo o olhar, e ela está me observando com olhos tristes e solidários. Olhos de mãe. São os olhos dela que acabam comigo.

Está tudo arruinado. Meu peito dói. É difícil respirar. Todos os meus planos, tudo com que eu estava contando, nada vai ser real agora. Eu voltando para jantar em casa no domingo, lavando roupa durante a semana à noite com Kitty, Peter me acompanhando até as aulas, eu estudando a noite toda na Biblioteca Clemons. Acabou.

Nada vai ser como o planejado.

Olho para o celular e leio as palavras novamente. *Lamentamos informar...* Minha visão fica borrada. Eu leio tudo de novo, desde o começo. Não entrei nem na lista de espera. Não tenho nem isso.

Eu me levanto, pego a minha bolsa e saio da sala. Sinto um vazio no peito, mas ao mesmo tempo uma percepção intensa do meu coração disparado, dos ouvidos latejando. Parece que todas as partes estão se movendo e continuando a funcionar como sempre, mas estou completamente entorpecida. Eu não entrei. Eu não vou para a UVA. Eles não me querem.

Estou indo até meu armário, ainda atordoada, quando quase esbarro em Peter, que está dobrando a esquina. Ele me segura.

— E aí? — Os olhos dele estão brilhantes, ansiosos e cheios de expectativa.

Minha voz sai parecendo muito distante.

— Eu não entrei.

Ele fica boquiaberto.

— Espere... como assim?

Consigo sentir um caroço se formando na minha garganta.

— Não entrei.

— Nem na lista de espera?

Balanço a cabeça.

— Merda. — A palavra é uma expiração longa. Peter parece perplexo. Ele solta meu braço. Percebo que não sabe o que dizer.

— Tenho que ir — digo, dando as costas para ele.

— Espere... eu vou com você!

— Não vai, não. Você tem jogo de despedida hoje. Não pode perder.

— Covey, não estou nem aí pro jogo.

— Não, eu prefiro que você vá. Só... Eu ligo para você mais tarde.

Ele estica a mão para mim, e eu desvio dele e saio andando pelo corredor. Peter chama meu nome, mas eu não paro. Tenho que chegar ao carro antes de começar a chorar. Ainda não. Só mais cem passos, e cem depois desses cem.

Chego no estacionamento antes de as lágrimas caírem. Eu choro durante todo o caminho para casa. Choro tanto que mal consigo enxergar, e preciso parar no estacionamento do McDonald's para chorar mais um pouco. Está começando a ficar claro que não é um pesadelo, isto é real, e no outono eu não vou para a UVA com o Peter. Todo mundo vai ficar muito decepcionado. Estavam esperando que eu entrasse. Todos nós achávamos que eu ia conseguir. Eu nunca devia ter falado tanto sobre querer entrar lá. Devia ter ficado quieta, não permitir que vissem quanto eu queria isso. Agora, todos vão ficar preocupados comigo, e vai ser pior do que os olhos tristes de mãe de madame Hunt.

Quando chego em casa, pego o celular e subo para o meu quarto. Tiro as roupas da escola, visto um pijama, me deito na cama e olho o celular. Tenho ligações perdidas de papai, de Margot e de

Peter. Entro no Instagram, e meu feed está cheio de gente postando as fotos das reações por terem entrado na UVA. Minha prima Haven entrou; ela postou uma imagem da tela com a carta de aceitação. Mas ela não vai estudar lá. Ela vai para Wellesley, sua primeira escolha. Ela nem liga para a UVA. Era sua opção segura. Tenho certeza de que ela vai fingir solidariedade quando descobrir que eu não entrei, mas por dentro vai se sentir superior. Emily Nussbaum entrou. Ela postou uma foto dela com um moletom e um boné da UVA. Caramba, todo mundo entrou? Eu achava que minhas notas eram melhores do que as dela. Parece que me enganei.

Pouco tempo depois, ouço a porta da frente se abrir e os passos de Kitty subindo a escada correndo. Ela abre a porta do meu quarto, mas eu estou deitada de lado, os olhos fechados, fingindo dormir.

— Lara Jean? — sussurra ela.

Eu não respondo. Preciso de mais um tempo até poder encarar Kitty e papai e dizer que não consegui entrar. Faço respiração pesada e natural, e escuto Kitty recuar e fechar a porta em silêncio. Não muito tempo depois, adormeço de verdade.

Quando acordo, está escuro lá fora. É sempre deprimente adormecer quando ainda está claro e acordar no escuro. Meus olhos parecem inchados e doloridos. No andar de baixo, ouço água na pia da cozinha e o estalar de talheres e pratos. Desço a escada e paro antes de chegar ao último degrau.

— Eu não entrei na UVA.

Papai se vira; as mangas da camisa estão enroladas, os braços estão cheios de sabão, e os olhos estão ainda mais tristes que os de madame Hunt. Olhos de pai. Ele fecha a torneira e vai até a escada, me puxa e me abraça com força. Os braços ainda estão molhados.

— Sinto muito, querida. — Estamos quase da mesma altura porque ainda estou na escada. Estou me forçando a não chorar, mas quando papai finalmente me solta, ele levanta meu queixo e examina meu rosto com preocupação, e preciso de todo o meu controle para não desmoronar ali mesmo. — Sei quanto isso era importante para você.

Fico engolindo em seco para segurar as lágrimas.

— Ainda não parece real.

Ele tira o cabelo dos meus olhos.

— Tudo vai dar certo. Eu prometo.

— É que... eu não queria deixar vocês — digo, e não consigo mais segurar, as lágrimas começam a escorrer pelo meu rosto. Papai as limpa com a mesma rapidez com que caem. Ele parece prestes a chorar também, o que me deixa pior, porque eu tinha planejado ser corajosa, e veja só.

Colocando o braço nos meus ombros, ele admite:

— Por egoísmo, eu estava ansioso para ter você tão perto de casa. Mas você ainda vai entrar em uma ótima faculdade, Lara Jean.

— Mas não vai ser a UVA — sussurro.

Papai me abraça.

— Sinto muito — repete ele.

Ele está sentado ao meu lado na escada, os braços ainda nos meus ombros, quando Kitty chega do passeio com Jamie Fox-Pickle. Ela olha para mim e para o papai e larga a coleira.

— Você não entrou?

Eu limpo o rosto e tento dar de ombros.

— Não. Tudo bem. Acho que não era para ser.

— Sinto muito — diz ela, a voz baixa, os olhos tristes.

— Venha me dar um abraço, pelo menos — peço, e ela vem.

Nós três ficamos sentados na escada por um tempo, o braço de papai nos meus ombros, a mão de Kitty no meu joelho.

Papai faz um sanduíche de peito de peru, e eu como, depois volto para o quarto e me deito na cama para olhar o celular de novo. Ouço uma batida na janela. É Peter, ainda com o uniforme de lacrosse. Eu pulo da cama e abro a janela para ele entrar. Peter observa meu rosto.

— Ei, olhinhos de coelho.

É assim que ele me chama quando eu choro. Isso me faz rir, e é bom rir. Eu estico os braços para abraçá-lo, mas ele me impede.

— Você não vai querer me abraçar agora. Eu não tomei banho depois do jogo. Vim direto para cá.

Eu o abraço mesmo assim, e Peter não está fedendo, na minha opinião.

— Por que não tocou a campainha? — pergunto, olhando para ele e passando os braços pela sua cintura.

— Achei que seu pai podia não gostar por eu aparecer tão tarde. Você está bem?

— Mais ou menos. — Eu o solto e me sento na cama, e ele se senta à minha escrivaninha. — Na verdade, não.

— É, eu também não. — Depois de uma pausa longa, Peter diz: — Tenho a sensação de que eu não falei as coisas certas mais cedo. Eu fiquei chateado. Não achei que isso fosse acontecer.

Olho para a colcha.

— Eu sei. Eu também não.

— É absurdo. Suas notas são muito melhores que as minhas. Cary entrou, e você é melhor do que ele!

— Ah, mas eu não jogo lacrosse nem golfe.

Eu tento não parecer amarga, mas preciso me esforçar. Um pensamento muito traidor e mesquinho surge na minha cabeça: não é justo Peter estudar lá, e eu, não, se eu mereço mais. Eu me dediquei mais. Tirei notas melhores, tenho uma pontuação melhor nas provas.

— Que se fodam.

— Peter.

— Foi mal. Que se danem. — Ele suspira. — Isso é loucura.

Automaticamente, respondo:

— Bom, não é *loucura*. A UVA é uma faculdade muito concorrida. Não estou com raiva. Só queria ir estudar lá.

Ele assente.

— É, eu também.

De repente, ouvimos a descarga no corredor, e nós dois ficamos paralisados.

— É melhor você ir — sussurro.

Peter me dá mais um abraço antes de pular a janela. Fico ali parada, vendo-o correr pela rua até onde estacionou o carro. Depois que ele vai embora, olho meu celular, e há duas ligações perdidas de Margot e uma mensagem de texto que diz Sinto muito.

É nessa hora que começo a chorar de novo, porque é quando finalmente parece real.

9

Quando eu acordo de manhã, a primeira coisa em que penso é que não vou para a UVA, que nem sei para onde vou. Durante toda a vida, não precisei me preocupar com isso. Eu sempre soube onde devia estar. Minha casa.

Deitada na cama, começo uma lista mental de todas as coisas que vou perder por não ir a uma faculdade perto de casa. Os acontecimentos.

A primeira menstruação de Kitty. Meu pai é obstetra, então não é como se ele não soubesse lidar com isso, mas estou esperando por esse momento, quero fazer um discurso sobre o que é ser mulher que Kitty vai odiar. Pode demorar mais um ou dois anos. Mas eu fiquei menstruada aos doze, e Margot aos onze, então quem sabe? Quando aconteceu comigo, Margot me falou sobre absorventes e que tipo usar em que dias, e para dormir de bruços quando as cólicas estão muito fortes. Ela me fez sentir como se estivesse entrando para um clube secreto, só de mulheres. Minha irmã mais velha conseguiu amenizar a tristeza que senti por estar crescendo. Kitty provavelmente não vai ter nenhuma das duas irmãs mais velhas aqui, mas tem a sra. Rothschild, que mora do outro lado da rua. Ela está tão apegada à sra. Rothschild que, para falar a verdade, provavelmente vai preferir uma conversa sobre menstruação com ela. Mesmo se no futuro o papai e a sra. Rothschild terminarem, sei que ela nunca dará as costas para Kitty. Elas ficaram muito próximas.

Também vou perder o aniversário de Kitty. Eu nunca estive longe no aniversário dela. Vou ter que lembrar papai para que ele continue a nossa tradição da faixa de feliz aniversário.

Pela primeira vez na vida, todas as garotas Song vão estar morando separadas. Nós três provavelmente nunca mais vamos morar na mesma casa. Vamos voltar nos feriados e recessos, mas não vai ser igual. Não vai ser como era. Mas acho que as coisas já estão diferentes desde que Margot foi para a faculdade. A questão é que você se acostuma. Antes mesmo de perceber, você se habitua às novas condições, e vai ser assim com Kitty também.

No café da manhã, fico olhando na direção dela, memorizando as coisinhas pequenas. As pernas finas, os joelhos ossudos, o jeito como assiste à tevê com um sorrisinho no rosto. Ela só vai ser nova assim por mais um tempinho. Antes de eu ir embora, devia fazer mais coisas especiais com ela, só nós duas.

No intervalo de seu programa, ela se vira para mim.

— Por que você está me encarando?

— Por nada. É só que vou sentir saudade de você.

Kitty bebe o restinho de leite do cereal.

— Posso ficar com seu quarto?

— O quê? Não!

— Mas você não vai estar morando aqui. Por que seu quarto tem que ficar lá, sendo desperdiçado?

— Por que você quer o meu quarto e não o de Margot? O dela é maior.

Ela responde, pragmática:

— O seu é mais perto do banheiro e tem iluminação melhor.

Tenho medo de mudanças, mas Kitty mergulha com tudo. Vai de cabeça. É assim que ela lida com as coisas.

— Você vai sentir saudades de mim, eu sei, então pare de fingir que não vai.

— Eu sempre quis saber como seria ser filha única — diz ela, cantarolando. Quando franzo a testa, ela logo acrescenta: — Brincadeirinha!

Sei que Kitty só está sendo Kitty, mas, involuntariamente, sinto uma pontada de mágoa. Por que alguém ia querer ser filha única?

O que tem de bom em não ter ninguém para aquecer seus pés em uma noite fria de inverno?

— Você vai sentir saudades de mim — repito, mais para mim mesma do que para ela. De todo modo, ela não me escuta. O programa dela recomeçou.

Quando chego à escola, vou direto para a sala da sra. Duvall a fim de lhe dar a notícia. Assim que ela vê a minha expressão, diz:

— Vamos sentar. — Ela sai de detrás da mesa e fecha a porta às minhas costas. Senta-se na cadeira ao lado da minha. — Me conte.

Eu respiro fundo.

— Eu não passei para a UVA. — Seria de se esperar que, já tendo repetido aquilo algumas vezes, teria ficado mais fácil dizer essas palavras, mas não. Fica cada vez pior.

— Eu estou surpresa. Muito, muito surpresa. — Ela dá um suspiro. — Você era uma forte candidata, Lara Jean. É uma aluna maravilhosa. Eu soube que eles receberam alguns milhares de inscrições a mais este ano. Mesmo assim, eu esperaria que você fosse no mínimo para a lista de espera. — Só posso responder com um dar de ombros, porque não confio na minha voz agora. Ela se inclina e me abraça. — Uma fonte do departamento de admissões da William and Mary me disse que vão enviar as respostas hoje, então se prepare. E ainda tem a UNC e a Universidade de Richmond. Para qual mais você se candidatou? Virginia Tech?

Eu balanço a cabeça.

— James Madison.

— Todas são boas universidades. Você vai ficar bem, Lara Jean. Não estou nem um pouco preocupada com você.

Não digo o que estou pensando, que nós duas também achávamos que eu passaria para a UVA. Só ofereço um sorriso fraco.

Quando saio, vejo Chris nos armários. Conto a notícia sobre a UVA, e ela diz:

— Você devia ir comigo trabalhar em uma fazenda na Costa Rica.

Perplexa, encosto na parede e digo:

— Espere... o quê?

— Eu contei isso pra você.

— Não, acho que não contou.

Eu sabia que Chris não iria para uma das grandes universidades, que cursaria uma faculdade comunitária, que dura dois anos, e depois veria o que fazer. Ela não tem as notas necessárias nem muita disposição para seguir a vida acadêmica. Mas ela nunca me falou nada sobre a Costa Rica.

—Vou tirar um ano de folga e trabalhar numa fazenda. São umas cinco horas diárias, e eles dão alojamento e comida. É incrível.

— Mas o que você entende de trabalhar numa fazenda?

— Nada! Não importa. Você só tem que estar disposto a trabalhar. Eles ensinam tudo. Eu também poderia trabalhar em uma escola de surfe na Nova Zelândia ou aprender a fazer vinho na Itália. Ou seja, posso ir para qualquer lugar. Não parece incrível?

— Parece... — Tento sorrir, mas meu rosto está tenso. — Sua mãe aceitou isso numa boa?

Chris cutuca a unha do polegar.

— Sei lá, eu tenho dezoito anos. Ela não tem muita opção.

Olho para ela com dúvida. A mãe de Chris é durona. Tenho dificuldade de imaginá-la concordando com esse plano.

— Eu falei que viveria assim por um ano e voltaria para cursar uma faculdade comunitária, depois faria transferência para uma faculdade tradicional — admite ela. — Mas quem sabe o que vai acontecer? Um ano é muito tempo. Pode ser que eu me case com um DJ, entre para uma banda ou lance a minha própria linha de biquínis.

— Tudo parece tão glamoroso.

Quero ficar empolgada por ela, mas não consigo reunir forças para sentir isso. É bom Chris ter seus próprios planos com os quais ficar animada, algo que mais ninguém da turma vai fazer. Mas parece que tudo ao meu redor está mudando de formas inesperadas, quando eu só queria que permanecesse igual.

— Você vai me escrever? — pergunto.

— Vou botar tudo no Snapchat.

— Eu não tenho Snapchat e não é a mesma coisa. — Dou um pequeno chute, de leve, nela. — Me mande um cartão-postal de todos os lugares novos que visitar, por favor.

— Quem sabe se vai ter uma agência dos correios por perto? Não sei como os correios funcionam na Costa Rica.

— Bom, você pode tentar.

— Eu vou tentar — promete ela.

Não vi Chris com muita frequência este ano. Ela arrumou um emprego de recepcionista no Applebee's e ficou muito amiga do pessoal do trabalho. São todos mais velhos, alguns têm filhos, e eles pagam as próprias contas. Tenho certeza de que Chris não contou que ainda mora com os pais e não paga conta nenhuma. Quando eu a visitei lá mês passado, uma das garçonetes fez um comentário sobre estar torcendo para ganhar gorjetas suficientes naquela noite para pagar o aluguel, em seguida olhou para Chris e disse: "Você sabe como é." Chris assentiu e disse que sabia. Quando olhei para ela sem entender, ela fingiu não ver.

O sinal toca, e saímos andando para as nossas primeiras aulas do dia.

— Kavinsky deve estar surtando porque você não passou para a UVA — diz Chris, olhando seu reflexo no vidro de uma porta por onde passamos. — Vocês vão namorar a distância?

— Vamos. — Sinto uma pressão no peito. — Eu acho.

— Você devia arrumar umas pessoas para ficarem de olho na situação. Uns espiões, sabe? Acho que ouvi que Gillian McDougal passou para lá. Ela tomaria conta dele por você.

Eu olho para ela.

— Chris, eu confio no Peter.

— Eu sei, não estou falando dele! Estou falando de outras garotas do alojamento dele. Passando no quarto dele. Você devia dar uma foto sua para lhe fazer companhia, se é que você me entende. — Ela franze a testa para mim. — Você está entendendo?

— Tipo uma foto sexy? De jeito nenhum! — Começo a me afastar dela. — Olha, eu tenho que ir para a aula. — A última coisa que quero é pensar em Peter com outras garotas. Ainda estou tentando me acostumar com a ideia de que não vamos estar juntos na UVA no outono.

Chris revira os olhos.

— Calma. Não estou falando de *nudes*. Eu jamais sugeriria isso, ainda mais para você. Estou falando de uma foto estilo pin-up, mas não brega. Sexy. Uma coisa que Kavinsky possa pendurar na parede do quarto.

— Por que eu ia querer que ele pendurasse uma foto sexy minha na parede do quarto, para todo mundo ver?

Chris estica o braço e me dá um peteleco na testa.

— Ai! — Eu a empurro e massageio onde ela me atingiu. — Doeu!

—Você mereceu por fazer uma pergunta tão burra. — Ela suspira. — Estou falando de fazer isso como medida preventiva. Uma foto sua na parede dele é uma forma de marcar território. Kavinsky é bonito. E é atleta. Você acha que as outras garotas vão respeitar o fato de ele estar em um namoro a distância? — Ela baixa a voz e diz: — Com uma namorada virgem?

Eu ofego e olho ao redor para ver se alguém ouviu.

— Chris! — sussurro. —Você pode não fazer isso?

— Eu só estou tentando ajudar você! Você tem que proteger o que é seu, Lara Jean. Se eu conhecesse um cara bonito na Costa Rica com uma namorada que morasse longe e que nem *dormisse* com ele? Acho que eu não levaria o relacionamento deles muito a sério. — Ela dá de ombros e me olha com expressão de "desculpa, mas não me arrependo". — E você devia emoldurar a foto, para as pessoas saberem que ninguém deve se meter com você. Uma foto emoldurada é sinal de algo permanente. Uma foto colada com durex na parede pode facilmente ir parar na lata de lixo.

Eu mordo o lábio, pensando.

— Então talvez uma foto minha cozinhando, de avental...

— Sem nada por baixo? — Chris ri, e logo dou um peteleco na testa dela.

— Ai!

— Fala sério, então!

O sinal toca de novo, e cada uma vai para um lado. Não consigo me ver presenteando Peter com uma foto sexy, mas isso me deu uma ideia: posso dar um *scrapbook* para ele. Nossos maiores sucessos. Assim, quando estiver com saudades de mim na UVA, ele pode olhar. E deixar em cima da mesa, para qualquer "outra garota" que possa passar lá ver. Claro que não vou mencionar essa ideia para Chris, ela só riria e me chamaria de vovó Lara Jean. Mas sei que Peter vai amar.

10

Passo o dia tensa, esperando notícias da William and Mary. Meu foco está todo no celular, esperando que vibre, esperando que o e-mail chegue. Estou na aula de inglês avançado, e o sr. O'Bryan precisa me perguntar três vezes sobre a tradição escrava na narrativa de *Amada*.

Quando vibra, é Margot perguntando se já tive notícias, e quando vibra de novo, é Peter me perguntando se já sei de alguma coisa. Mas nada da William and Mary.

Depois, quando estou no banheiro feminino no intervalo entre as aulas, finalmente vibra, e corro para fechar a calça jeans para poder verificar o celular. É um e-mail da UNC, em Chapel Hill, avisando que minha candidatura foi atualizada. Fico na cabine do banheiro, e apesar de não esperar entrar de verdade, meu coração dispara enquanto clico no link.

Lista de espera.

Eu devia ficar feliz, porque a UNC é muito concorrida, e a lista de espera é melhor do que nada, e eu teria ficado feliz... se já tivesse entrado na UVA. Mas acaba sendo outro soco no estômago. E se eu não entrar em nenhuma? O que vou fazer? Consigo ver minha tia Carrie e meu tio Victor: *Pobre Lara Jean, não entrou na UVA nem na UNC. Ela é tão diferente da irmã; Margot é tão esforçada.*

Quando chego na mesa do almoço, Peter está me esperando com expressão ansiosa no rosto.

— Teve alguma notícia?

Eu me sento ao lado dele.

— Entrei na lista de espera da UNC.

— Ah, merda. Bem, é impossível entrar lá quando se é de fora do estado, a menos que você seja jogadora de basquete. Para falar a verdade, entrar na lista de espera já é impressionante.

— Acho que sim.

— Que se danem — diz ele. — Quem quer estudar lá, afinal?

— Um monte de gente.

Eu desembrulho meu sanduíche, mas não consigo dar uma mordida porque meu estômago está pesado.

Peter dá de ombros, contrariado. Sei que ele só está tentando me fazer sentir melhor, mas a UNC é uma ótima faculdade, e ele sabe disso e eu também, então não adianta fingir que não é.

Durante todo o almoço, fico tomando minha Cherry Coke sem vontade e ouvindo os garotos falarem sobre o jogo que vai ser realizado em poucos dias. Peter olha para mim em determinado momento e aperta minha perna de um jeito tranquilizador, mas não consigo nem dar um sorriso.

Quando os garotos se levantam para irem para a sala de musculação, ficamos só Peter e eu à mesa, e ele pergunta, preocupado:

— Você não vai comer nada?

— Não estou com fome.

Ele solta um suspiro.

— Devia ser você indo para a UVA, não eu.

E com isso, *puf*, o pensamentozinho traidor que tive na noite anterior sobre eu merecer mais do que ele desaparece como perfume no ar. Eu sei quanto Peter se dedicou ao lacrosse. Ele mereceu a vaga. Não devia estar pensando essas coisas. Não é certo.

— Não diga isso. Você conquistou a sua vaga. Merece ir para a UVA.

Com a cabeça baixa, ele diz:

— Mas você também. — De repente, ele levanta a cabeça, os olhos brilhando. — Você se lembra de Toney Lewis? — Eu balanço a cabeça. — Ele era do último ano quando nós éramos do primeiro. Ele estudou em uma faculdade comunitária por dois anos e depois pediu transferência para a UVA! Aposto que você também pode fazer isso, mas provavelmente mais cedo, porque vai fazer uma faculdade regular de quatro anos. Pedir transferência é um milhão de vezes mais fácil!

— Acho que é verdade...

Nunca tinha passado pela minha cabeça pedir transferência. Ainda estou me acostumando com a ideia de que não vou estudar na UVA.

— Não é? Então no outono você vai para a William and Mary ou para a Universidade de Richmond ou para onde você entrar, e vamos nos visitar o tempo todo, e você vai pedir transferência ano que vem, e aí vai ficar comigo na UVA! Onde é seu lugar!

A esperança se acende dentro de mim.

— Você acha mesmo que vai ser fácil assim eu entrar?

— Vai! Você devia ter entrado agora! Acredite em mim, Covey.

Lentamente, eu assinto.

— É. Tá. Tá.

Peter dá um suspiro de alívio.

— Que bom. Então nós temos um plano.

Roubo uma batata frita do prato dele. Já consigo sentir meu apetite voltando. Estou roubando outra batata quando meu celular vibra. Eu o pego e olho: é um e-mail do departamento de admissões da William and Mary. Peter olha por cima do meu ombro e depois para mim, os olhos arregalados. A perna dele balança junto da minha enquanto esperamos a página carregar.

É com grande prazer que lhe oferecemos admissão ao College of William and Mary...

Sinto uma onda de alívio. Graças a Deus.

Peter pula do banco, me pega no colo e me gira.

— Lara Jean entrou na William and Mary! — grita ele para a mesa e para quem mais estiver ouvindo.

Todo mundo da nossa mesa comemora.

— Está vendo? — diz Peter, me abraçando. — Eu falei que tudo ia dar certo.

Eu o abraço com força. Mais do que tudo, sinto alívio. Alívio por ter entrado, alívio por ter um plano.

— Vamos fazer dar certo até você voltar para cá — diz ele em voz baixa, escondendo o rosto no meu pescoço. — Fica a duas horas de distância, isso não é nada. Aposto que seu pai vai deixar você levar o carro. Kitty ainda não precisa dele. E vou fazer a viagem com você algumas vezes, para você ficar à vontade. Vai ficar tudo bem, Covey.

Eu estou assentindo.

Quando me sento novamente, mando uma mensagem de texto para Margot, Kitty, a sra. Rothschild e meu pai.

```
Eu entrei na W&M!!!
```

Coloco os pontos de exclamação a mais por garantia, para mostrar que estou empolgada, para garantir que eles não vão mais sentir pena de mim, que está tudo ótimo agora.

Meu pai responde com vários emojis. A sra. Rothschild responde `Mandou bem, garota!!!!!` Margot escreve `VIVAAAA! Vamos comemorar de verdade semana que vem!`

Depois do almoço, eu passo na sala da sra. Duvall para contar a boa notícia, e ela fica animada.

— Sei que é sua segunda escolha, mas em alguns aspectos a William and Mary pode ser melhor do que a UVA. É menor. Acho que uma garota como você pode brilhar lá, Lara Jean.

Dou um sorriso e recebo um abraço, mas por dentro estou pensando *Parece que ela não achava que uma garota como eu pudesse brilhar na UVA.*

Até o final da semana, fico sabendo que também fui aceita na James Madison e na Universidade de Richmond, o que me deixa feliz, mas ainda estou decidida pela William and Mary. Já fui a Williamsburg muitas vezes com a minha família e consigo me imaginar lá. É um campus pequeno e bonito. E não fica muito longe de casa, são apenas duas horas de distância. Então eu vou para lá, vou estudar muito, e depois de um ano vou pedir transferência para a UVA, e tudo vai ser exatamente como planejamos.

11

Sou eu que vou ao aeroporto buscar Margot e Ravi enquanto papai dá os toques finais no jantar e Kitty faz o dever de casa. Coloco o endereço no GPS só por garantia e chego lá sem incidentes, graças a Deus. Nosso aeroporto é pequeno, então eu dou uma volta enquanto espero os dois saírem.

Quando encosto o carro, Margot e Ravi estão esperando, sentados nas malas. Eu estaciono, pulo para fora, corro para Margot e jogo os braços em volta dela. O cabelo está recém-cortado na altura do queixo, ela usa suéter e calça legging e, quando a aperto com força, penso: *Nossa, como senti saudade da minha irmã!*

Eu a solto e dou uma boa olhada em Ravi, que é mais alto do que eu pensava. Ele é alto e magro, com pele morena, cabelo e olhos escuros e cílios longos. É muito diferente de Josh, mas parece muito o tipo de garoto com quem Margot namoraria. Tem uma covinha na bochecha direita.

— É bom conhecer você na vida real, Lara Jean — diz ele, e na mesma hora fico impressionada com o sotaque. Meu nome parece muito mais chique enfeitado com o sotaque inglês.

Estou nervosa, mas vejo que a camiseta dele diz ARMADA DE DUMBLEDORE e relaxo. Ele é fã de Harry Potter, como a gente.

— É bom conhecer você também. De que casa você é?

Ele pega as bagagens dos dois e as coloca no porta-malas.

— Vamos ver se você consegue adivinhar. Sua irmã errou.

— Só porque você estava tentando me impressionar durante o primeiro mês em que nos conhecemos — protesta ela. Ravi ri e se senta no banco traseiro. Ele não tenta sentar na frente, o que, para mim, conta a favor de seu caráter.. Margot olha para mim. — Quer que eu dirija?

Fico tentada a dizer sim, porque eu sempre prefiro que Margot dirija, mas balanço a cabeça e sacudo as chaves bem alto.

— Pode deixar.

Ela ergue as sobrancelhas, como quem está impressionada.

— Que bom.

Ela vai para o lado do carona e me acomodo no banco do motorista. Olho para Ravi pelo retrovisor.

— Ravi, quando você for embora da minha casa já vou ter descoberto a *sua* casa.

Quando chegamos, papai, Kitty e a sra. Rothschild estão nos esperando na sala. Margot parece surpresa ao vê-la sentada no sofá com papai, os pés descalços no colo dele. Eu estou tão acostumada com a presença dela que parece que já faz parte da família. Não tinha me ocorrido quanto aquilo poderia abalar Margot. Mas a verdade é que a sra. Rothschild e Margot não passaram muito tempo juntas porque minha irmã está longe, na faculdade; ela não estava aqui quando a sra. Rothschild e papai começaram a namorar e só voltou para casa uma vez, no Natal.

Assim que a sra. Rothschild vê Margot, ela dá um pulo para abraçá-la e elogiar seu cabelo. Ela também abraça Ravi.

— Nossa, você é muito alto! — comenta ela, e ele ri, mas Margot está com um sorriso duro no rosto.

Até ver Kitty, que envolve em um abraço de urso e, segundos depois, grita:

— Ah, meu Deus, Kitty! Você usa sutiã agora?

Kitty ofega e faz cara feia para ela, as bochechas em um tom vermelho furioso.

Encabulada, Margot diz com movimentos labiais: *Desculpa*.

Ravi se adianta e aperta a mão de papai.

— Oi, dr. Covey, sou Ravi. Obrigado por me convidar.

— Ah, ficamos felizes em receber você, Ravi — diz papai.

Ravi sorri para Kitty, levanta a mão em um cumprimento e diz com algum constrangimento:

— Oi, Kitty.

Kitty assente sem fazer contato visual.

— Oi.

Margot ainda está olhando para Kitty sem acreditar. Eu estava aqui o tempo todo, e por isso tenho dificuldade de ver quanto Kitty cresceu em um ano, mas é verdade, ela cresceu. Não tanto os seios, o sutiã é puramente decorativo, mas de outras formas.

— Ravi, quer beber alguma coisa? — pergunta a sra. Rothschild. — Temos suco, Fresca, Coca diet, água.

— O que é Fresca? — pergunta Ravi, as sobrancelhas franzidas.

Os olhos dela se iluminam.

— É um refrigerante de *grapefruit* delicioso. Com zero calorias! Você precisa experimentar. — Margot observa a sra. Rothschild ir até a cozinha e abrir o armário onde ficam os copos. Enquanto enche um de gelo, ela diz: — Margot, e você? Quer alguma coisa?

— Eu estou bem — responde Margot em um tom agradável, mas consigo perceber que ela não gosta de, dentro da sua própria casa, alguém que não mora aqui lhe oferecer uma bebida.

Quando a sra. Rothschild volta com a Fresca de Ravi, ela lhe entrega o copo com um floreio. Ele agradece e toma um gole.

— Bem refrescante — diz Ravi, e ela abre um sorriso.

Papai bate palmas.

— Vamos levar as malas lá para cima? Assim vocês podem descansar antes do jantar. O quarto de hóspedes está arrumado. — Ele olha para mim com carinho e diz: — Lara Jean deixou chinelos novos e um roupão para você, Ravi.

Antes que Ravi possa responder, Margot diz:

— Ah, que gentil. Mas, na verdade, acho que Ravi vai ficar comigo no meu quarto.

Parece que Margot largou uma bomba no meio da sala. Kitty e eu trocamos olhares de *AH, MEU DEUS*, os olhos arregalados. Papai parece atordoado e sem saber o que dizer. Ao arrumar o quarto de hóspedes para Ravi, deixar o conjunto de toalhas dobradas na ponta da cama e pegar o roupão e os chinelos, não passou pela minha cabeça que ele ficaria no quarto de Margot. Era óbvio que esse pensamento também não tinha passado pela cabeça do papai.

O rosto do papai vai ficando mais vermelho a cada segundo.

— Ah, hã... não sei se...

Margot junta os lábios com nervosismo enquanto espera papai terminar a frase. Estamos todos aguardando, mas ele não consegue pensar no que dizer em seguida. Seu olhar desvia para a sra. Rothschild em busca de apoio, e ela encosta a mão nas costas dele.

O pobre Ravi parece extremamente desconfortável. Meu primeiro pensamento foi que ele era Corvinal, como Margot; agora, estou pensando que é Lufa-Lufa, como eu. Ele diz, em voz baixa:

— Eu não me importo de ficar no quarto de hóspedes. Não quero criar nenhum problema.

Papai começa a responder, mas Margot é mais rápida.

— Não, não tem o menor problema — garante ela. — Vamos tirar o resto das coisas do carro.

Assim que eles saem, Kitty e eu nos viramos uma para a outra. Ao mesmo tempo, nós dizemos:

— Ah, meu Deus.

— Por que eles precisam ficar juntos no mesmo quarto? — repete Kitty. — Precisam tanto assim fazer sexo?

— Já chega, Kitty — diz papai, no tom mais ríspido que já o vi usar com ela.

Ele se vira e sai, e ouço o som da porta do seu escritório se fechando. É para lá que ele vai quando está com muita raiva. A sra. Rothschild olha para Kitty com severidade e vai atrás dele.

Kitty e eu nos olhamos de novo.

— Ih — falo.

— Ele não precisava surtar — retruca Kitty, de mau humor. — Não sou eu que quero botar o namorado na minha cama.

— Ele não fez por mal. — Eu a puxo para perto de mim e abraço seus ombros ossudos. — Gogo tem muita coragem, hein?

Ela é muito impressionante, a minha irmã. Só sinto pena de papai. Essa não é uma briga que ele esteja acostumado a ter... na verdade, ele não está acostumado a nenhum tipo de briga.

Claro que mando uma mensagem na mesma hora para Peter e conto tudo. Ele responde com um monte de emojis de olhos arregalados. E:

Acha que seu pai nos deixaria ficar no mesmo quarto??

Eu ignoro a pergunta.

Quando Ravi sobe para tomar banho e trocar de roupa, a sra. Rothschild diz que tem um jantar com as amigas e precisa ir. Consigo perceber que Margot fica aliviada. Depois que a sra. Rothschild sai, Kitty leva James Fox-Pickle para dar uma volta, e Margot e eu vamos para a cozinha preparar uma salada para acompanhar o frango que papai está assando. Estou ansiosa para ter um momento sozinha com ela para podermos falar sobre a situação de quem vai dormir onde, mas não tenho a oportunidade de perguntar, porque assim que entramos na cozinha Margot sussurra para mim:

— Por que você não me falou que papai e a sra. Rothschild estão namorando sério?

— Eu falei que ela vem jantar quase todas as noites! — respondo sussurrando.

Começo a lavar uma cesta de tomates cereja para o som da água corrente abafar nossa conversa.

— Ela está andando pela casa como se morasse aqui! E desde quando temos Fresca? Nós nunca fomos uma família que bebe isso.

Começo a cortar os tomates ao meio.

— Ela adora, então eu sempre compro quando vou ao mercado. É bem gostoso. Ravi pareceu gostar.

— Não é essa a questão!

— Qual é o seu problema com a sra. Rothschild, assim do nada? Vocês se deram bem quando você veio no Natal... — Eu paro de falar na hora que papai entra na cozinha.

— Margot, posso falar com você um minuto?

Margot finge estar ocupada contando os talheres.

— Claro, o que foi, pai?

Papai olha para mim, e eu volto a me concentrar nos tomates. Vou ficar para dar apoio moral.

— Eu prefiro que Ravi fique no quarto de hóspedes.

Margot morde o lábio.

— Por quê?

Há um silêncio constrangido, e papai diz:

— Eu só não fico à vontade...

— Mas, papai, nós estamos na faculdade... Você sabe que nós já dividimos uma cama antes, não é?

— Eu tinha minhas suspeitas, mas obrigado por confirmar — diz ele com sarcasmo.

— Eu tenho quase vinte anos. Moro longe de casa, a milhares de quilômetros, há quase dois anos. — Margot olha para mim, e eu me encolho. Eu devia ter saído quando tive oportunidade. — Lara Jean e eu não somos mais crianças...

— Ei, não me meta nisso — falo no tom mais brincalhão que consigo.

Papai suspira.

— Margot, se você quiser bater o pé em relação a isso, eu não vou impedir. Mas eu gostaria de lembrar que esta ainda é a minha casa.

— Eu achava que era *nossa* casa. — Ela sabe que venceu a batalha, então deixa a voz leve como um suspiro.

— Bom, vocês não pagam a hipoteca, eu pago, então isso devia tornar a casa um pouco mais minha. — Com essa piada final de pai, ele coloca luvas de cozinha e tira o frango, que sai estalando do forno.

Quando nos sentamos para comer, papai fica de pé na cabeceira e corta o frango com a faca elétrica nova e chique que a sra. Rothschild lhe deu de presente de aniversário.

— Ravi, você prefere a carne mais escura ou a branca?

Ravi pigarreia.

— Hã, desculpa, mas eu não como carne.

Papai olha para Margot, horrorizado.

— Margot, você não disse que Ravi é vegetariano!

— Desculpa — diz ela, fazendo uma careta. — Eu esqueci completamente. Mas Ravi adora salada!

— Adoro mesmo — garante ele para papai.

— Eu fico com a porção de Ravi — eu me ofereço. — Aceito as duas coxas.

Papai as corta para mim e diz:

— Ravi, amanhã de manhã vou fazer uma enchilada incrível no café da manhã. Sem carne!

— Nós vamos a Washington amanhã de manhã. Talvez no último dia dele aqui? — diz Margot, sorrindo.

— Combinado — confirma papai.

Kitty está estranhamente quieta. Não sei se de nervosismo por ter um garoto que ela não conhece na mesa da sala de jantar ou se é porque está ficando mais velha e passando a interagir de uma maneira menos infantil com gente nova. Se bem que imagino que um garoto de vinte e um anos está mais para um homem jovem.

Ravi tem ótimos modos, provavelmente por ser inglês. Não é verdade que os ingleses têm modos melhores do que os americanos? Ele pede desculpas o tempo todo. "Desculpa, será que eu posso…" "Desculpa, pode repetir?" O sotaque dele é um charme. Eu fico dizendo "Como?" para fazer com que ele repita tudo.

Da minha parte, tento descontrair o clima conversando sobre a Inglaterra. Pergunto por que os ingleses chamam as escolas particulares de públicas, se onde ele estudou era parecido com Hogwarts, se ele já conheceu a família real. As respostas dele são: porque são abertas ao público pagante; eles tinham monitores e monitores-chefe, mas não tinham quadribol; e ele uma vez viu o príncipe William em Wimbledon, mas foi só a parte de trás da cabeça dele.

Depois do jantar, o plano é Ravi, Margot, Peter e eu irmos ao cinema. Margot convida Kitty para ir junto, mas ela recusa e dá o dever de casa como desculpa. Acho que ela fica nervosa perto de Ravi.

Eu me arrumo no quarto, passo um pouco de perfume, um pouco de brilho labial, visto um suéter sobre a blusinha e calça jeans porque é frio no cinema. Fico pronta rápido, mas a porta de Margot está fechada, e consigo ouvi-los conversando baixinho, mas exaltados. É estranho ver a porta dela fechada. Sinto-me como uma espiã quando estou parada ali do lado de fora, mas é esquisito, porque quem sabe se Ravi está sem camisa ou algo assim? É tudo tão adulto, aquela porta fechada, aquelas vozes sussurradas.

Do corredor, pigarreio e digo:

— Vocês estão prontos? Falei para Peter que o encontraríamos às oito.

Margot abre a porta.

— Prontos — diz ela, e não parece feliz.

Ravi sai atrás dela, carregando a mala.

— Vou só deixar isto no quarto de hóspedes e estou pronto — comenta ele.

Assim que ele sai, sussurro para Margot:

— Aconteceu alguma coisa?

— Ravi não quer perder pontos com o papai por dividir o quarto comigo. Eu falei que não tinha problema, mas ele não se sente à vontade.

— É muita consideração da parte dele. — Eu não ia dizer isso para Margot, mas era a coisa certa a se fazer. Ravi só sobe no meu conceito.

— Ele tem muita consideração pelos outros — diz ela, relutante.

— E também é muito bonito.

Um sorriso se abre no rosto dela.

— É, tem isso também.

Peter já está no cinema quando nós chegamos, tenho certeza de que por causa de Margot. Ele não vê problema nenhum em se atrasar para sair comigo, mas nunca ousaria deixar minha irmã mais velha esperando. Ravi compra todos os ingressos, o que impressiona Peter.

— Nossa, que educado — sussurra ele para mim quando nos sentamos.

Ele dá um jeito de ficarmos na seguinte ordem: eu, Peter, Ravi e Margot, assim os dois podem continuar conversando sobre futebol. Margot me olha por cima da cabeça deles, achando graça, e consigo ver que todo o clima desagradável de antes passou.

Depois do filme, Peter sugere irmos comer frozen custard.

— Você já comeu creme frozen custard? — pergunta ele a Ravi.

— Não.

— É uma delícia, Rav — comenta ele. — É caseiro.

— Genial — fala Ravi.

Quando os garotos estão na fila, Margot diz para mim:

— Acho que Peter está apaixonado... pelo meu namorado. — Nós duas caímos na gargalhada.

Ainda estamos rindo quando eles voltam para nossa mesa. Peter me entrega o meu com amêndoa caramelizada e creme.

— O que é tão engraçado?

Eu só balanço a cabeça e enfio a colher no creme.

— Espere, temos que comemorar que minha irmã passou para a William and Mary! — diz Margot.

Meu sorriso parece congelado quando todo mundo bate seus copinhos no meu.

— Muito bem, Lara Jean. Jon Stewart estudou lá, não foi? — pergunta Ravi.

— Ah, sim, estudou — respondo, surpresa. — Isso é algo bem aleatório para você saber.

— Ravi é o rei da cultura inútil — diz Margot, lambendo a colher. — Não peça para ele falar sobre os hábitos de acasalamento dos bonobos.

— Duas palavras — diz Ravi. Ele olha de Peter para mim e sussurra: — Esgrima peniana.

Margot fica tão animada perto de Ravi. Houve uma época em que achei que ela e Josh tinham sido feitos um para o outro, mas agora não tenho mais certeza. Quando falam sobre política, os dois têm o mesmo tipo de paixão, e ficam indo e voltando, um desafiando o outro, mas também fazendo concessões. Eles parecem duas pedras soltando fagulhas. Consigo imaginá-los em um programa de tevê como residentes que competem entre si em um hospital e que primeiro, de má vontade, se respeitam, e depois acabam se apaixonando loucamente. Ou dois assessores políticos na Casa Branca, ou jornalistas. Ravi está estudando bioengenharia, o que não tem muito a ver com a antropologia de Margot, mas não há dúvida de que eles formam uma ótima dupla.

No dia seguinte, Margot leva Ravi para Washington, e os dois visitam alguns dos museus do National Mall, o Lincoln Memorial e a Casa Branca. Eles me convidaram, com Kitty, para irmos também, mas respondi não em nome de nós duas porque eu tinha certeza de que eles iam querer um tempo sozinhos e porque eu queria ficar quietinha em casa para trabalhar no *scrapbook* de Peter. Quando eles voltam à noite, pergunto a Ravi do que ele mais gostou em Washington, e ele diz que o National Museum of African American History and Culture ganhou disparado, e me arrependo de não ter ido com eles, pois nunca estive nesse museu.

Nós colocamos na Netflix um programa da BBC sobre o qual Margot vive falando e que foi filmado perto de onde Ravi cresceu, e ele mostra lugares marcantes na sua vida, como onde foi seu primeiro emprego e seu primeiro encontro com uma garota. Nós comemos sorvete direto do pote, e percebo que papai gosta de Ravi, pois fica insistindo para ele tomar mais. Tenho certeza de que ele reparou que Ravi está no quarto de hóspedes, e sei que ficou grato. Espero que Ravi e Margot continuem namorando, porque eu consigo imaginá-lo na nossa família para sempre. Ou pelo menos que fiquem juntos tempo o bastante para que eu e Margot façamos uma viagem para Londres e fiquemos na casa dele!

Ravi tem que ir para o Texas na tarde seguinte, e embora eu esteja triste de ele ir, também fico um pouco feliz, porque vamos ter Margot só para nós antes de ela voltar para a Escócia.

Quando nos despedimos, eu aponto para ele e digo:
— Lufa-Lufa.
Ele sorri.
—Você acertou de primeira. — Ele aponta para mim. — Lufa-Lufa?
Eu também sorrio.
—Você acertou de primeira.

Naquela noite, estamos no meu quarto assistindo a um programa no meu laptop quando Margot toca no assunto da faculdade, e é assim que sei que, de certo modo, ela também estava esperando Ravi ir embora para poder falar comigo sobre coisas sérias. Antes de começarmos o episódio seguinte, ela me olha e diz:
— Podemos falar sobre a UVA? Como você está se sentindo agora?
— Eu fiquei triste, mas está tudo bem. Eu ainda vou estudar lá. — Margot me olha sem entender, e explico: —Vou pedir transferência depois do primeiro ano. Falei com a sra. Duvall, e ela disse

que, se eu tirar boas notas na William and Mary, com certeza conseguirei ir pra lá por transferência.

Ela franze a testa.

— Por que você está falando de pedir transferência da William and Mary se nem começou lá ainda? — Como eu não respondo, ela diz: — É por causa do Peter?

— Não! Quer dizer, ele é um dos motivos, mas não é o único. — Eu hesito antes de declarar o que ainda não tinha dito em voz alta. — Sabe aquela sensação de que você devia estar em um determinado lugar? Quando visitei a William and Mary, eu não tive essa sensação. Não como tive na UVA.

— Pode ser que nenhuma faculdade deixe você com a mesma sensação que você teve com a UVA — diz Margot.

— Pode ser... e é por isso que vou pedir transferência depois de um ano.

Ela suspira.

— Só não quero que você deixe de aproveitar toda a experiência na William and Mary porque preferia estar com Peter na UVA. O primeiro ano é tão importante. Você devia pelo menos dar uma chance. Pode ser que você acabe adorando lá. — Ela me lança um olhar intenso. — Lembra o que a mamãe dizia sobre faculdade e namorados?

Como eu poderia esquecer?

Não seja a garota que vai para a faculdade namorando.

— Eu lembro — respondo.

Margot pega meu laptop e entra no site da William and Mary.

— Esse campus é tão bonito. Olhe esse cata-vento! Tudo parece saído de um vilarejo inglês.

Eu me animo.

— Até que parece mesmo. — É tão bonito quanto o campus da UVA? Não, não para mim, mas acho que nenhum lugar é tão bonito quanto Charlottesville.

— E, olha, a William and Mary tem um clube de guacamole. E um clube para quem gosta de observar tempestades. E, ah, meu

Deus! Uma coisa chamada clube dos bruxos e trouxas! É o maior clube de Harry Potter nas universidades americanas.

— Uau. Isso é muito legal. Tem clube para quem gosta de assar bolos e biscoitos?

Ela verifica.

— Não. Mas você pode criar um!

— Pode ser... Seria divertido... — Talvez eu *devesse* me juntar a um ou dois clubes.

Ela abre um sorriso para mim.

— Está vendo? Tem muita coisa com que ficar animada. E não se esqueça da Cheese Shop.

A Cheese Shop é uma loja ao lado do campus. Lá são vendidos queijos, é claro, mas também geleias, pães e vinhos diferentes e massas gourmet. Fazem um ótimo sanduíche de rosbife com molho da casa, uma mostarda com maionese que já tentei imitar, mas não ficou tão gostosa quanto a da loja, com o pão fresco deles. Papai adora comprar novas mostardas e comer sanduíche no Cheese Shop. Ele ficaria feliz de ter uma desculpa para ir lá. E Kitty adora o outlet de Williamsburg. Lá vende uma pipoca que é doce e salgada ao mesmo tempo, bastante viciante. Ela é feita na hora e sai tão quente que até derrete um pouco o saco.

— Quem sabe eu possa até arrumar um emprego no Colonial Williamsburg — falo, tentando entrar no clima. — Eu poderia bater manteiga. Usar um traje de época. Tipo um vestido de algodão com avental, ou o que quer que usassem no período colonial. Já ouvi falar que eles não têm permissão de conversar usando nossas expressões atuais, só o arcaico, e as crianças sempre tentam fazer com que eles pisem na bola. Pode ser divertido. A única coisa é que não sei se contratariam uma oriental, porque não respeitaria muito a precisão histórica...

— Lara Jean, nós vivemos na época de *Hamilton*! Phillipa Soo é descendente de chineses, lembra? Se ela pode fazer o papel de Eliza Hamilton, você pode bater manteiga. E se alguém se recusar a contratar você, vamos expor nas redes sociais e fazer com que contratem. — Margot inclina a cabeça e olha para mim. — Está vendo? Tem tanta coisa com que se empolgar, se você se permitir. — Ela apoia as mãos nos meus ombros.

— Eu estou tentando. Estou mesmo.

— Só dê uma chance à William and Mary. Não a descarte antes mesmo de estar lá. Tá?

Eu faço que sim.

— Tá.

12

A MANHÃ SEGUINTE ESTÁ CINZA E CHUVOSA, E FICAMOS SÓ NÓS TRÊS em casa porque papai deixou um bilhete na geladeira dizendo que recebeu uma chamada do hospital e que vai nos ver no jantar. Margot ainda está sofrendo com o fuso horário, e por isso se levantou cedo e fez ovos mexidos com bacon. Estou colocando os ovos em uma torrada com manteiga e ouvindo a chuva bater no telhado quando digo:

— E se eu não for à aula hoje e, em vez disso, a gente fizer alguma coisa divertida?

Kitty se anima.

— Tipo o quê?

— Você, não. Você vai ter que ir para a escola. Eu praticamente acabei. Ninguém liga mais se eu falto ou não.

— Acho que papai vai ligar — diz Margot.

— Mas, se nós pudéssemos fazer qualquer coisa... o que faríamos?

— Qualquer coisa? — Margot morde o bacon. — Nós pegaríamos o trem para Nova York, entraríamos na loteria de *Hamilton* e ganharíamos.

— Vocês não podem ir sem mim — reclama Kitty.

— Fica quieta, E Peggy — digo, rindo.

Ela me lança um olhar irritado.

— Não me chame de "E Peggy".

— Você nem sabe do que estamos falando, então fica na sua.

— Sei que você está rindo como uma bruxa. E também sei sobre *Hamilton*, porque você ouve a trilha sonora o dia todo. — Ela canta: — *"Talk less; smile more."*

— Para sua informação, é uma gravação do elenco, não trilha sonora — digo, e ela exagera na hora de revirar os olhos.

Na verdade, se Kitty é alguém, é uma Jefferson. Esperta, cheia de estilo, com respostas rápidas. Margot é uma Angelica, sem dúvida. Ela veleja o próprio barco desde pequenininha. Sempre soube quem era e o que queria. Acho que sou uma Eliza, apesar de preferir ser uma Angelica. Na verdade, *eu* provavelmente sou E Peggy. Mas não quero ser a E Peggy da minha própria história. Eu quero ser o Hamilton.

Chove o dia todo, e assim que chegamos da escola a primeira coisa que Kitty e eu fazemos é vestir de novo os pijamas. Margot nem tirou o dela. Ela está de óculos, o cabelo preso em um coque no alto da cabeça (está curto demais para ficar preso sem cair), Kitty usa uma camiseta larga, e eu me sinto feliz de estar frio o bastante para eu botar o meu pijama vermelho de flanela. Papai é o único que ainda está de roupa do dia a dia.

Para o jantar, nós pedimos duas pizzas grandes, uma de mozarela (para Kitty) e outra com tudo que temos direito. Estamos no sofá da sala, enfiando fatias de pizza com queijo derretido na boca, quando papai diz de repente:

— Meninas, quero conversar com vocês sobre um assunto. — Ele pigarreia, como costuma fazer quando fica nervoso. Kitty e eu nos entreolhamos, curiosas. — Eu gostaria de pedir Trina em casamento.

Coloco as mãos sobre a boca.

— Ah, meu Deus!

Os olhos de Kitty se arregalam, a boca fica frouxa, ela larga a pizza de lado e solta um grito tão alto que Jamie Fox-Pickle dá um pulo. Ela se joga no papai, que ri. Eu pulo e abraço as costas dele.

Não consigo parar de sorrir. Até olhar para Margot, cujo rosto está impassível. Papai também está olhando para ela, os olhos esperançosos e nervosos.

— Margot? Ainda está aí? O que você acha, querida?
— Acho fantástico.
— Sério?
Ela assente.
— Sem dúvida. Acho Trina ótima. E, Kitty, você a adora, não é? — Kitty está ocupada demais gritando e pulando no sofá com Jamie para responder. Em voz baixa, Margot diz: — Fico feliz por você, papai. De verdade.

É o *sem dúvida* que a entrega. Papai está aliviado demais para reparar, mas eu reparo. Claro que é estranho para Margot. Ela ainda não está acostumada a ver a sra. Rothschild na nossa cozinha. Não teve oportunidade de ver todas as formas como a sra. Rothschild e papai fazem sentido juntos. Para Margot, ela ainda é só nossa vizinha que usava shortinho curto e biquíni cortininha para cortar a grama.

— Preciso da ajuda de vocês com o pedido — diz papai. — Lara Jean, você deve ter algumas ideias para me dar, não é?

— Ah, se tenho — respondo, confiante. — O pessoal está fazendo os convites para o baile de formatura, então tive muita inspiração recentemente.

Margot se vira para mim e ri, e quase parece real.

— Tenho certeza de que papai vai querer algo melhor do que "Quer casar comigo?" escrito com creme de barbear no capô do carro, Lara Jean.

— Os convites estão mais sofisticados agora do que na sua época, Gogo.

Estou brincando também, provocando-a para que ela possa se sentir normal de novo depois da bomba que papai soltou.

— *Minha* época? Só sou dois anos mais velha que você. — Ela tenta falar com leveza, mas consigo ouvir a tensão em sua voz.

— Dois anos são como anos de cachorro quando o assunto é o ensino médio, não é, Kitty?

Eu a puxo e abraço com força. Kitty se contorce para se soltar.

— É, vocês duas são seres pré-históricos — diz ela. — Posso participar do pedido também, papai?

— Claro. Não posso me casar sem vocês. — Ele parece prestes a chorar. — Nós somos uma equipe, não somos?

Kitty está pulando como uma criancinha.

— Somos! — Ela está feliz da vida, e Margot também vê como isso é importante para ela.

— Quando vai fazer o pedido? — pergunta Margot.

— Hoje! — sugere Kitty.

Eu faço cara feia para ela.

— Não! Não dá tempo de pensar no jeito perfeito. Precisamos de uma semana, pelo menos. Além do mais, você nem tem anel. Espere aí, tem?

Papai tira os óculos e seca os olhos.

— Claro que não. Eu queria falar com vocês primeiro. Quero que vocês três estejam aqui para o pedido, então vou deixar para quando você voltar no verão, Margot.

— Falta muito — protesta Kitty.

— É, não espere tanto, papai — diz Margot.

— Bom, vocês vão ter que me ajudar a escolher a aliança — diz papai.

— Lara Jean tem o olho melhor para esse tipo de coisa — comenta Margot serenamente. — Além do mais, eu não conheço a sra. Rothschild direito. Não me sinto confiante para escolher uma aliança de que ela gostaria.

Uma sombra surge no rosto de papai. Foi o *eu não conheço a sra. Rothschild direito* que a fez surgir.

Eu me apresso para fazer minha melhor voz de Hermione.

— "Não me sinto confiante"? — provoco. — Ei, você sabe que ainda é americana, não é, Gogo? Nós não falamos com toda essa classe nos Estados Unidos.

Ela ri; nós todos rimos. Depois, como acho que ela também reparou naquela sombra, ela diz:

— Não deixem de tirar um monte de fotos, para eu poder ver.

— Nós vamos — responde papai, grato. — Vamos filmar, seja qual for a resposta. Deus, espero que ela diga sim!

— Ela vai dizer sim, com certeza — todas nós dizemos.

Margot e eu estamos embrulhando fatias de pizza em plástico e depois em papel-alumínio.

— Eu falei que duas pizzas era muito — diz ela.

— Pode ficar para o lanche da tarde de Kitty — retruco. — Peter também vai querer comer. — Eu olho para a sala, onde Kitty e papai estão aconchegados no sofá, vendo tevê. E sussurro para Margot: — O que você acha de verdade sobre o papai pedir a sra. Rothschild em casamento?

— Acho loucura — sussurra ela. — Ela mora do outro lado da rua, pelo amor de Deus. Eles podem namorar como dois adultos. Qual é o sentido de *se casar*?

— Talvez queiram oficializar a coisa toda. Talvez seja por Kitty.

— Eles nem estão namorando há tanto tempo! Faz o quê, seis meses?

— Um pouco mais do que isso. Mas, Gogo, eles se conhecem há anos.

Ela empilha as fatias embrulhadas de pizza.

—Você consegue imaginar como vai ser estranho ela vir morar aqui?

A pergunta dela me faz hesitar. A sra. Rothschild passa *bastante* tempo aqui em casa, mas não é o mesmo que morar aqui. Ela tem o jeito dela de fazer as coisas, e nós também. Ela usa sapatos dentro de casa, mas nós não usamos aqui, então ela os tira quando vem nos visitar. E, agora que estou pensando, ela nunca dormiu aqui; sempre volta para casa no fim da noite. Isso pode ser meio estranho. Além do mais, ela guarda pão na geladeira, coisa que eu odeio, e, para ser sincera, a cadela dela, Simone, solta muito pelo e acho que gosta de fazer xixi no tapete. Mas a questão é que como eu não vou para a UVA, não vou ficar aqui por muito mais tempo, vou morar no alojamento da faculdade.

— Mas nenhuma de nós vai morar aqui em tempo integral — digo. — Só Kitty, e ela está feliz da vida.

Margot não responde imediatamente.

— Sim, elas parecem bem próximas. — Ela vai até o freezer abrir espaço para a pizza e, de costas para mim, diz: — Não esqueça, temos que ir comprar seu vestido do baile antes de eu ir embora.

— Ah, vai ser ótimo! — Parece que foi ontem que saímos para comprar o vestido do baile de Margot, e agora é a minha vez.

Papai, que eu não percebi que tinha entrado na cozinha, diz:

— Será que Trina pode ir com vocês?

Ele me olha com esperança. Mas não é para mim que ele devia estar olhando. Eu já adoro a sra. Rothschild. É Margot que ela precisa conquistar. Olho para Margot, que está me encarando com os olhos arregalados e em pânico.

— Hum... — digo. — Acho que só deviam ir garotas Song desta vez.

Papai assente, como se entendesse.

— Ah. Tudo bem. — Em seguida, fala para Margot: — Nós dois podemos ter um tempo de pai e filha antes de você ir embora? Talvez pegar as bicicletas para fazer uma trilha?

— Parece ótimo — responde ela.

Quando ele vira as costas, Margot diz com movimentos labiais: *Obrigada*. Eu me sinto desleal com a sra. Rothschild, mas Margot é minha irmã. Tenho que ficar do lado dela.

Acho que Margot está se sentindo um pouco culpada por deixar a sra. Rothschild de fora do passeio, porque fica tentando fazer com que o evento pareça mais do que é. Quando vamos ao shopping no dia seguinte depois da aula, ela anuncia que cada uma de nós vai escolher dois vestidos, e que vou ter que experimentar todos para darmos notas a eles. Ela até imprimiu emojis de "curti" e "não curti" e fez plaquinhas.

O provador está lotado, e há vestidos por toda parte. Margot dá a Kitty a função de pendurar novamente as roupas, mas Kitty já desistiu e passou a jogar Candy Crush no celular de Margot.

Margot me entrega uma das escolhas dela primeiro, um vestido preto esvoaçante com mangas curtas.

—Você pode prender o cabelo se usar esse vestido.

Sem nem olhar, Kitty diz:

— Eu iria de cabelo solto e ondulado.

Margot faz uma careta para ela no espelho.

— Mas preto combina comigo? — pergunto.

—Você devia usar preto com mais frequência — diz Margot. — Fica bem em você.

Kitty cutuca um machucado na perna.

— Quando chegar o meu baile de formatura, eu vou usar um vestido de couro justíssimo — diz ela.

— Pode ficar quente na Virgínia em maio — digo enquanto Margot fecha meu zíper. — Mas você pode usar um vestido de couro no baile de volta às aulas, que é em outubro.

Nós olhamos meu reflexo no espelho. O corpete do vestido está grande, e o preto me deixa com cara de bruxa, mas uma bruxa com um vestido desajustado.

— Acho que você precisa de peitos maiores para esse vestido — diz Kitty.

Ela levanta a plaquinha de "não curti".

Eu franzo a testa para ela pelo espelho. Mas está certa.

— É, acho que sim.

— Mamãe tinha peitos grandes? — pergunta Kitty de repente.

— Hum... Acho que estavam mais para pequenos — diz Margot. — Tipo bojo 38?

— Que tamanho você usa? — pergunta ela.

— 40.

Olhando para mim, Kitty diz:

— Então os de Lara Jean são pequenos como os da mamãe.

— Ei, eu tenho quase o tamanho 40! — protesto. — Sou um 38 grande. Quase 40. Alguém pode abrir meu zíper?

— Tri tem peitos grandes — comenta Kitty.

— São naturais? — pergunta Margot enquanto abre o zíper.

Eu tiro o vestido e o entrego para Kitty pendurar.

— Acho que são.

— São. Eu a vi de biquíni, e eles se espalham quando ela se deita, e é assim que a gente descobre. Os falsos ficam no lugar como bolas de sorvete. — Kitty pega o celular de Margot de novo. — Além disso, eu perguntei.

— Se fossem falsos, duvido que ela fosse dizer — diz Margot.

Kitty franze a testa para ela.

— Tri não mente para mim.

— Não estou dizendo que ela mentiria; estou dizendo que ela pode querer guardar segredo sobre uma cirurgia plástica! O que é direito dela!

Kitty só dá de ombros tranquilamente.

Visto depressa o vestido seguinte para encerrar o assunto dos peitos da sra. Rothschild.

— O que vocês acham deste?

As duas balançam a cabeça e pegam a plaquinha de "não curti" ao mesmo tempo. Pelo menos, elas estão unidas em não gostar do meu vestido.

— Onde está o que eu escolhi? Experimente o meu agora. — Kitty pega um vestido branco apertado com decote nos ombros que eu não usaria nem em um milhão de anos, e ela sabe disso. — Só quero ver como fica em você.

Tento agradá-la, e Kitty insiste que é o melhor vestido de todos, porque ela quer escolher o vencedor. No final, nenhum dos vestidos tem o meu estilo, mas isso não me incomoda. Ainda falta mais de um mês para o baile, e quero olhar alguns brechós antes de decidir comprar algo de uma loja normal. Gosto da ideia de um vestido usado, um vestido que tem um passado, que passou por muitas coisas, um vestido que uma garota como Stormy pode ter usado em um baile.

Quando Margot parte para a Escócia na manhã seguinte, ela me faz prometer mandar fotos de vestidos em potencial, para ela poder palpitar. Ela não diz mais nada sobre a sra. Rothschild, e não diria mesmo, porque não é do feitio dela.

13

— Acho que o baile é bem parecido com a véspera de Ano-Novo — comenta Lucas.

Ele, Chris e eu estamos na enfermaria, porque a enfermeira saiu para almoçar e não se incomoda se ficarmos no sofá dela. Como estamos perto do final do último ano, todos são generosos.

— A véspera de Ano-Novo não tem nada a ver com o baile — diz Chris com desprezo, cutucando as unhas.

— Você quer me deixar terminar? — Lucas suspira e recomeça: — Como eu estava *dizendo*, o baile é sobrecarregado com o peso de todas as expectativas que depositamos nele. Uma noite perfeita que todo adolescente americano deve ter no ensino médio. Nós passamos tanto tempo e gastamos tanto dinheiro e nos sentimos obrigados... não, nos sentimos *merecedores* de uma noite épica. Nada pode resistir a toda essa pressão.

Acho que minha noite perfeita durante o ensino médio vai acabar sendo um momento qualquer, que não foi planejado nem esperado, só aconteceu. Acho que já tive umas doze noites perfeitas com Peter, então não preciso que o baile seja épico. Quando imagino a noite do meu baile, vejo Peter de smoking, sendo educado com meu pai, colocando um corsage, um buquê de punho, em Kitty. Nós todos tirando uma foto perto da lareira. Faço uma anotação mental para pedir que Peter compre um corsage pequeno para ela também.

— Isso quer dizer que você não vai? — pergunto a Lucas.

Ele suspira de novo.

— Não sei. Não tem ninguém aqui com quem eu queira ir.

— Se eu não fosse com Peter, ia convidar você — comento. E olho de Lucas para Chris. — Ei, por que vocês não vão juntos?

— Eu não vou ao baile — retruca Chris. — Acho que vou para alguma boate em Washington com o pessoal do Applebee's.

— Chris, você não pode faltar ao baile. Pode ir para boates com seus amigos do Applebee's a qualquer hora. Nós só temos um baile do último ano.

Meu aniversário é no dia seguinte ao baile, e estou um pouco chateada porque Chris parece ter esquecido. Se ela for para boates em Washington, é provável que passe todo o fim de semana fora, então nem vou vê-la no dia do meu aniversário.

— O baile vai ser chato. Sem querer ofender. Tenho certeza de que você vai se divertir, Lara Jean. Você vai com o rei do baile. E qual é o nome daquela garota que é sua amiga agora? Tammy?

— Pammy. Mas não vai ser divertido sem você lá.

Ela passa o braço pelo meu ombro.

— Aahh.

— Nós sempre dissemos que iríamos ao baile juntas e depois veríamos o sol nascer no parquinho do ensino fundamental!

— Você pode ver o sol nascer com Kavinsky.

— Não é a mesma coisa!

— Calma — diz Chris. — Você provavelmente vai perder sua virgindade nessa noite mesmo, então eu vou ser a última coisa em que você vai estar pensando.

— Eu não estava planejando fazer sexo na noite do baile! — sussurro. Olho para Lucas, que está me observando com os olhos arregalados.

— Lara Jean... você e Kavinsky ainda não transaram?

Eu olho para ver se ninguém no corredor está ouvindo.

— Não, mas não conte para ninguém, por favor. Não que eu tenha vergonha nem nada. Só não quero que todo mundo fique sabendo da minha vida.

— Eu entendo, claro, mas, nossa — diz ele, ainda parecendo chocado. — Que... nossa.

— Por que é tão "nossa"? — pergunto a ele, e consigo sentir as bochechas quentes.

— Ele é tão... gostoso.

Eu dou uma gargalhada.

— É verdade.

— Fazer sexo na noite do baile é tão comum por um motivo — argumenta Chris. — Eu sei, é tradição, mas também é porque todo mundo está arrumado, a gente pode ficar fora a noite toda... A maioria das pessoas nunca mais vai ficar tão bonita e arrumada quanto na noite do baile, o que é muito triste. Todas aquelas meninas meio maria vai com as outras fazendo as unhas e escova no cabelo. Tão sem graça.

— Você não faz escova no cabelo? — pergunta Lucas.

Chris revira os olhos.

— Claro.

— Então por que você está criticando as outras pessoas por... — digo.

— Olhe, não é essa a questão. A questão é... — Ela franze a testa. — Espere, do que a gente estava falando?

— Escova, manicure, garotas tipo maria vai com as outras — resume Lucas.

— Antes disso.

— Sexo? — sugiro.

— Isso! A questão é que perder a virgindade na noite do baile é um clichê, mas clichês existem por um motivo. Tem um lado prático na história. Você pode ficar fora a noite toda, está linda etc. Faz sentido.

— Eu não vou fazer sexo pela primeira vez porque é conveniente e meu cabelo vai estar bonito, Chris.

— Tudo bem.

Não tenho certeza, mas imagino que minha primeira vez vai ser quando eu estiver na faculdade, no meu quarto, como uma adulta. É difícil imaginar isso acontecendo agora, enquanto ainda moro com meu pai, enquanto eu continuo sendo a Lara Jean, irmã e filha. Na faculdade, vou ser só Lara Jean.

14

Fica decidido que papai vai fazer o pedido para a sra. Rothschild no sábado, depois de caminharem por uma das trilhas favoritas deles. Será perto da cachoeira. O plano é Peter, Kitty e eu nos escondermos entre as árvores e gravar a coisa toda, depois aparecer com uma cesta para um piquenique romântico. Papai ficou nervoso com o vídeo, para o caso de a sra. Rothschild dizer não, mas Kitty implorou. "É para Margot", ficou dizendo, mas na verdade ela é xereta e quer ver tudo acontecer. Claro que eu também quero. Peter é, literalmente, o motorista da rodada. Ele vai nos levar de carro.

Naquela manhã, antes de sair para pegar a sra. Rothschild, papai diz:

— Pessoal, se parecer que não vai ser um sim, vocês podem parar de filmar?

Eu estou embrulhando com cuidado sanduíches de rosbife em papel-manteiga.

— Ela vai dizer sim.

— Só me prometam que vão embora sem chamar atenção.

Ele olha com intensidade para Kitty.

— Pode deixar, dr. Covey — diz Peter, levantando a mão para bater na dele.

Quando eles se cumprimentam, digo:

— Papai, você pegou a aliança?

— Peguei! — Mas ele franze a testa. — Peguei? — Ele bate nos bolsos e abre o bolso interno da jaqueta. — Droga, esqueci!

Ele corre escada acima. Peter e eu trocamos um olhar.

— Nunca vi seu pai tão estressado — diz ele, comendo uma uva. — Ele costuma ser tão tranquilo.

Eu dou um tapa na mão de Peter, que está indo pegar mais uvas.

— Ele está assim a semana toda — comenta Kitty, antes de roubar uma uva também.

Papai desce correndo com a aliança de noivado. Kitty e eu o ajudamos a escolher. É um modelo princesa em ouro branco com um aro de diamantes em volta. Eu estava segura sobre o estilo princesa, e Kitty, sobre o aro.

Papai vai buscar a sra. Rothschild, e eu termino de montar a cesta de piquenique. Fico feliz de ter uma desculpa para usá-la. Comprei em uma venda de garagem séculos atrás, mas nunca havia usado. Coloco uma garrafa de champanhe, um cacho perfeito de uva, os sanduíches, queijo brie e torradas.

— Coloque uma garrafa de água também — sugere Peter. — Eles vão precisar depois da caminhada.

— E provavelmente depois de tanto chorar quando ela disser sim — diz Kitty.

— Que tal colocar uma música para quando ele se ajoelhar? — sugere Peter.

— Nós não discutimos essa parte do plano, e papai já está bastante nervoso — digo. — Ele não pode ficar imaginando que vamos estar escondidos no mato esperando para botar uma música. Vai deixá-lo com vergonha.

— Além do mais, podemos colocar a música no vídeo depois — diz Kitty. — Temos que conseguir ouvir os diálogos.

Eu olho para ela.

— Katherine, isso não é um filme. É a vida real.

Eu os deixo na cozinha e vou ao banheiro do andar de baixo. Depois que lavo as mãos, estou fechando a torneira quando ouço Kitty dizer:

— Peter, depois que Lara Jean for embora, você ainda vai vir me visitar às vezes?

— Claro que vou.

— Mesmo se vocês terminarem?

Há uma pausa.

— Nós não vamos terminar.

— Mas e se terminarem? — insiste ela.

— Nós não vamos.

Ela o ignora.

— Porque a gente não vê mais o Josh, e ele também disse que viria nos visitar.

Peter ri com deboche.

— É sério? Você está me comparando ao Sanderson? *Eu?* Sou de um nível totalmente diferente. Fico até ofendido de você nos comparar.

Kitty solta uma gargalhada aliviada, do tipo que mais parece um sussurro.

— É, você está certo.

—Acredite em mim, garota. Você e eu temos uma coisa só nossa.

Eu o amo tanto por isso que sinto vontade de chorar. Ele vai cuidar de Kitty por mim, sei que vai.

Papai nos disse que eles chegariam à cachoeira por volta do meio-dia, então temos que chegar às onze e quarenta e cinco para assumirmos nossas posições. Acabamos chegando mais cedo ainda só por segurança, por insistência de Kitty.

Escolhemos um esconderijo longe o bastante para a sra. Rothschild não nos ver, mas perto o bastante para enxergarmos o que está acontecendo. Kitty e eu nos escondemos atrás de uma árvore, e Peter se agacha atrás de outra bem perto, o celular a postos, pronto para gravar. Kitty queria ser a responsável pela filmagem, mas tomei a decisão definitiva de que devia ser Peter, porque ele não estará emocionalmente envolvido no momento e vai ficar com a mão mais firme.

Pouco depois do meio-dia, eles aparecem na trilha. A sra. Rothschild está rindo de alguma coisa e papai está rindo de forma pouco natural, com aquela mesma expressão nervosa no rosto. É estranho vê-los interagindo quando ela não sabe que estamos observando. Kitty estava certa; é um pouco como um filme. Ele parece mais jovem perto dela, talvez porque está apaixonado. Os dois se aproximam da cachoeira, e a sra. Rothschild suspira de felicidade.

— Caramba, é tão lindo aqui — diz ela.

— Não consigo ouvir quase nada — sussurra Kitty para mim.

— A cachoeira faz muito barulho.

— Shh. Quem está fazendo barulho é você.

—Vamos tirar uma foto — diz papai, remexendo no bolso do casaco.

— Eu achava que você era moralmente contra selfies! — Ela ri. — Espere, me deixe ajeitar o cabelo para essa ocasião tão rara.

A sra. Rothschild solta o cabelo do rabo de cavalo e tenta arrumá-lo em volta do rosto. Em seguida, coloca o que parece uma pastilha para tosse ou uma bala na boca.

Papai está demorando tanto que por um segundo fico com medo de ele ter perdido o anel ou a coragem, mas aí ele se ajoelha. Pigarreia. Está acontecendo. Eu seguro a mão de Kitty e aperto. Os olhos dela estão brilhando. Meu coração está explodindo.

— Trina, eu nunca achei que fosse me apaixonar de novo. Achei que já tinha tirado a sorte grande, e estava satisfeito com isso, porque eu tinha as minhas meninas. Eu não percebi que faltava alguma coisa. Aí, você chegou.

As mãos da sra. Rothschild estão sobre a boca. Seus olhos estão cheios de lágrimas.

— Eu quero passar o resto da vida com você, Trina.

A sra. Rothschild engasga com a bala, e papai dá um pulo e começa a bater nas costas dela. Ela está tossindo muito.

Da árvore onde está, Peter sussurra:

— Eu devia ir lá fazer a manobra de Heimlich nela? Eu sei fazer.

— Peter, meu pai é médico! — sussurro em resposta. — Ele sabe o que fazer.

Quando a tosse diminui, ela se empertiga e seca os olhos.

— Espere. Você está me pedindo em casamento?

— Eu estou tentando — diz papai. — Você está bem?

— Sim! — Ela bate com as mãos nas bochechas.

— Sim, você está bem, ou sim, você quer se casar comigo? — pergunta papai, e está brincando só um pouco.

— Sim, quero me casar com você! — grita ela, e papai a abraça, e eles se beijam.

— Isso parece meio particular — sussurro para Kitty.

— Faz parte do show — sussurra ela em resposta.

Papai entrega a caixa para a sra. Rothschild. Não consigo entender o que ele diz em seguida, mas, seja o que for, ela começa a rir.

— O que ele está dizendo? — pergunta Kitty, na mesma hora que Peter diz: — O que ele disse?

— Não consigo ouvir! Quietos, os dois! Vocês estão estragando o vídeo!

É nessa hora que a sra. Rothschild olha na nossa direção.

Droga.

Nós nos escondemos atrás das árvores, e ouço a voz zombeteira de papai dizer:

— Pode sair, pessoal. Ela disse sim!

Nós saímos correndo de detrás das árvores; Kitty se joga nos braços da sra. Rothschild. Elas caem na grama, e a sra. Rothschild está sem fôlego de tanto rir, as gargalhadas ecoando pela floresta. Eu abraço o papai, e Peter continua bancando o cinegrafista, gravando o momento para a posteridade como o bom namorado que é.

— Você está feliz? — pergunto, olhando para o meu pai.

Com os olhos cheios de lágrimas, ele assente e me abraça mais forte.

E é assim que nossa pequena família cresce.

15

É A PRIMEIRA NOITE EM QUE ESTAMOS TODOS JUNTOS PARA JANTAR depois do noivado, e papai está na cozinha preparando salada. Nós, as garotas, estamos na sala conversando. Kitty está fazendo dever de casa, a sra. Rothschild, tomando uma taça de vinho branco. Tudo está muito agradável, o momento perfeito para eu tocar no assunto do casamento. Passei a semana anterior trabalhando em um *mood board* para papai e a sra. Rothschild: tem imagens do filme *Orgulho e Preconceito*, uma parede de rosas como fundo para a área das fotos, imagens de *As Virgens Suicidas* e arranjos de flores em garrafas de vinho, uma referência aos vinhedos de Charlottesville.

Quando mostro para a sra. Rothschild no meu laptop, ela parece um pouco assustada. Apoia a taça de vinho na mesa e olha a tela com mais atenção.

— Está lindo, Lara Jean. Muito mesmo. Você dedicou muito tempo a isso!

Tanto tempo, na verdade, que perdi o jogo de lacrosse de Peter desta semana e uma noite de filmes na casa de Pammy. Mas isso aqui é importante. Claro que não falo nada em voz alta, só dou um sorriso singelo.

— Era mais ou menos isso o que vocês estavam pensando?

— Bem... para ser sincera, acho que estávamos pensando em só casar no cartório. Vender a minha casa e descobrir como todas as minhas tralhas vão caber aqui já é dor de cabeça suficiente.

Papai chega com uma saladeira de madeira nas mãos. Secamente, diz:

— Então você está dizendo que se casar comigo é uma dor de cabeça?

Ela revira os olhos.

—Você sabe o que estou dizendo, Dan! Você também não tem tempo de planejar uma grande festa de casamento. — Ela toma um gole de vinho e se vira para mim. — Seu pai e eu já fomos casados, então nenhum de nós tem vontade de fazer um alvoroço. Acho que vou até usar um vestido que já tenho.

— É *claro* que a gente devia fazer um alvoroço. Você sabe quantos anos papai demorou para encontrar alguém que comesse a comida dele e visse os documentários com ele? — Eu balanço a cabeça. — Sra. Rothschild, você é um milagre. Isso nós *temos* que comemorar. — Grito para meu pai, que voltou a desaparecer na cozinha. — Ouviu isso, pai? A sra. Rothschild quer ir ao *cartório*. Por favor, faça ela desistir dessa ideia.

— Você pode parar de me chamar de sra. Rothschild? Agora que vou ser sua madrasta má, você devia pelo menos me chamar de Trina. Ou Tri. Como preferir.

— Que tal Madrasta? — sugiro, toda inocente. — Acho bom.

Ela dá um tapa em mim.

— Garota! Vou bater em você.

Rindo, eu me afasto dela.

— Vamos voltar a falar do casamento. Não sei se é um assunto delicado ou não, mas você guardou as fotos do seu primeiro casamento? Quero ver qual era seu estilo de noiva.

A sra. Rothschild faz uma careta.

— Acho que joguei tudo fora. Talvez tenha uma foto no meio de algum álbum. Ainda bem que me casei antes de as redes sociais virarem moda. Dá para imaginar se separar e ter que apagar todas as fotos do casamento?

— Não dá azar falar sobre divórcio quando você está planejando seu casamento?

Ela ri.

— Ah, então já estamos ferrados. — Eu devo parecer assustada, porque ela diz: — Estou brincando! Vou procurar uma foto do casamento se você quiser, mas, sinceramente, não sinto muito orgulho. Maquiagem com olhos esfumados era moda na época, e eu exagerei um pouco. Além do mais, fiz aquela coisa do começo dos anos 2000 com o lápis de boca chocolate e o batom com um efeito cintilante.

Eu tento manter o rosto neutro.

— Tá, tudo bem. E o vestido?

— De um ombro só, modelo sereia. Deixou minha bunda incrível.

— Entendo.

— Pare de me julgar!

Papai apoia a mão no ombro da sra. Rothschild.

— E se a gente fizesse aqui em casa?

— No quintal? — Ela pensa. — Acho que pode ser legal. Um churrasco com a família e alguns amigos?

— Papai não tem amigos — comenta Kitty do outro lado da sala, com o livro de matemática no colo.

Papai franze a testa para ela.

— Eu tenho amigos, sim. Tem o dr. Kang, do hospital, e tem Marjorie e tia D. Mas, er, sim, eu convidaria poucas pessoas.

— E a vovó — diz Kitty, e papai e a sra. Rothschild parecem nervosos com a menção à vovó. A mãe do papai não é a pessoa mais simpática do mundo.

— Não se esqueçam da nossa outra avó — falo.

A vovó Nana e a sra. Rothschild se conheceram no Dia de Ação de Graças e, embora papai não a tenha apresentado abertamente como sua namorada, vovó é esperta e não deixa passar nada. Ela interrogou a sra. Rothschild, querendo saber se ela tinha filhos, quanto tempo estava divorciada, se tinha dívidas. A sra. Rothschild se saiu bem, e quando acompanhei vovó até o carro para me despedir, ela disse que a sra. Rothschild "não era de se jogar fora". Disse que ela usava roupas jovens demais para sua idade, mas também que tinha muita energia e uma certa vivacidade.

— Eu já tive uma grande festa de casamento — diz a sra. Rothschild. — Agora, eu também gostaria de convidar poucas pessoas. Alguns amigos da faculdade, Shelly do trabalho. Minha irmã Jeanie, meus amigos da aula de SoulCycle.

— Podemos ser suas madrinhas? — pergunta Kitty, e a sra. Rothschild ri.

— Kitty! Você não pode pedir isso. — Mas me viro para a sra. Rothschild, esperando para ver o que ela vai dizer.

— Claro — diz ela. — Lara Jean, você aceitaria?

— Seria uma honra.

— Então vocês três e minha amiga Kristen, porque ela vai me matar se eu não a chamar.

Eu bato palmas.

— Agora que isso está resolvido, vamos voltar ao vestido. Acho que o fato de a cerimônia ser realizada no quintal deve influenciar seu vestido.

— Desde que tenha mangas, para que meus braços flácidos não fiquem balançando — diz ela.

— Sra. Roth... quer dizer, Trina, você não tem braços flácidos — falo. Ela está muito em forma de tanto fazer Pilates e ir às aulas de SoulCycle.

Os olhos de Kitty se iluminam.

— O que são braços flácidos? Parece meio nojento.

— Venha aqui que eu mostro.

Kitty obedece, e a sra. Rothschild levanta os braços e os estica; mas no último segundo pega Kitty e faz cócegas nela. As duas estão morrendo de rir.

Sem fôlego, a sra. Rothschild diz:

— Nojento? Vou ensinar você a não chamar sua futura madrasta má de nojenta!

Acho que nunca vi papai tão feliz.

Naquela noite, no nosso banheiro, Kitty escova os dentes enquanto eu passo um esfoliante novo que comprei em um site de beleza coreano. É de cascas de noz e mirtilo.

— Potes de vidro e toalhas xadrez... mas usados de uma forma elegante — reflito.

— Potes de vidro estão batidos — diz Kitty. — Olhe no Pinterest. Está todo mundo usando.

As palavras dela têm um quê de verdade.

— Bom, eu vou usar uma coroa de flores. Nem ligo se você disser que está batido.

— Você não pode usar coroa de flores — diz ela secamente.

— Por quê?

Ela cospe a pasta de dentes.

— Você está velha demais. Isso é para daminhas.

— Não, você não está visualizando o que quero dizer. Eu não estava pensando em uma flor como mosquitinho. Estava imaginando rosas pequenas cor-de-rosa e pêssego, com muitas folhas. De um verde meio pálido, sabe?

Ela balança a cabeça, determinada.

— Nós não somos fadas da floresta. É afetado demais. Sei que Gogo vai concordar comigo.

Tenho a sensação horrível de que vai mesmo. Decido deixar essa discussão de lado por enquanto. Não vai ser vencida hoje.

— Quanto aos vestidos, eu estava pensando em usarmos algo vintage. Não off-white, mas de um branco como se tivesse sido manchado de chá. Meio estilo camisola. Bem etéreo. Não de fada, mais para um ser celestial.

— Eu vou de smoking.

Eu quase engasgo.

— O quê?

— Smoking. Com tênis All Star combinando.

— Só por cima do meu cadáver!

Kitty dá de ombros.

— Kitty, esse casamento não é black-tie. Smoking não vai combinar com esse tipo de festa de casamento, em um quintal! Nós três temos que ir iguais! As garotas Song!

— Eu já falei para Tri e para papai, e os dois adoraram a ideia de eu ir de smoking, então esquece. — Ela está com aquela expressão obstinada que faz quando bate o pé. Como um touro.

— Então, no mínimo, você devia usar um terno de anarruga. Vai estar muito quente para um smoking, e anarruga deixa a pele respirar.

Sinto que fiz uma concessão e ela também devia fazer, mas, não.

— Não é você quem decide tudo, Lara Jean. Não é o seu casamento.

— Eu sei!

— Não se esqueça disso.

Eu estico a mão para sacudi-la, mas ela sai correndo antes que eu possa fazer isso. Por cima do ombro, grita:

— Cuide da sua vida!

16

Fomos liberados mais cedo, e ando apressada pelo corredor para encontrar Peter no armário dele quando a sra. Duvall me para.

— Lara Jean! Você vem ao encontro esta noite?

— Hum... — Eu não me lembro de nada sobre um encontro. Ela me repreende.

— Eu mandei um e-mail lembrando na semana passada! É uma reuniãozinha para estudantes das redondezas que passaram para a William and Mary. Alguns alunos daqui vão, mas pessoas de outras escolas também estarão lá. É uma oportunidade de conhecer gente antes de ir para lá.

— Ah... — Eu vi o e-mail, mas tinha esquecido. — Eu adoraria ir, mas não posso, tenho um... compromisso de família.

Tecnicamente, é verdade. Peter e eu vamos a uma venda de móveis usados em Richmond porque ele precisa comprar umas mesas de canto para o antiquário da mãe, e eu estou procurando uma mesa onde colocar o bolo no casamento de papai e de Trina.

A sra. Duvall me lança um olhar demorado e diz:

— Bom, tenho certeza de que vai haver outra. Muita gente faria qualquer coisa para estar no seu lugar, Lara Jean, mas certamente você já sabe disso.

— Eu sei — garanto a ela, e vou escapulindo para me encontrar com Peter.

A venda acaba sendo uma droga, ao menos para mim. Peter consegue as mesinhas, mas não vejo nada que combine com um casamento de atmosfera etérea a céu aberto. Vejo uma cômoda que talvez servisse, se eu a pintasse, ou se usasse estêncil para enchê-la de desenhos de botões de rosas, mas custa trezentos dólares, e tenho a impressão de que papai e Trina não aceitariam o preço. Tiro uma foto só por garantia.

Peter e eu vamos a um lugar sobre o qual li na internet, chamado Croaker's Spot, onde comemos peixe frito e pão de milho amanteigado pingando de molho adocicado.

— Richmond é legal — diz ele, limpando molho do queixo. — Pena que a William and Mary não fica em Richmond. Fica mais perto da UVA.

— Só é trinta minutos mais perto. De qualquer modo, eu estava pensando e não vai demorar nem um ano inteiro até eu pedir transferência para a UVA. — Começo a contar os meses nos dedos. — São nove meses, na verdade. E vou passar as férias de inverno em casa, depois temos o recesso de primavera.

— Exatamente.

Quando chego em casa, está escuro lá fora, e papai, Trina e Kitty estão à mesa da cozinha terminando de jantar. Papai começa a se levantar quando eu entro.

— Sente-se, vou preparar um prato para você — diz ele. Com uma piscadela, comenta: — Trina fez frango com limão.

O frango com limão de Trina é só peito de frango temperado com limão e cozido com óleo Pam, mas é a especialidade dela e é bem gostoso. Eu me sento e digo:

— Não, obrigada, eu estou empanturrada.

— Serviram jantar no encontro da William and Mary? — quer saber papai, se sentando. — Como foi?

— Como você soube do encontro? — pergunto, me inclinando para fazer carinho em Simone, a cadela de Trina, que me seguiu até a cozinha e agora está sentada aos meus pés na esperança de pegar algum resto de comida.

— Mandaram um convite pelo correio. Eu coloquei na porta da geladeira!

— Ah, ops. Eu não fui. Fui a Richmond com Peter procurar uma mesa de bolo para o casamento.

Papai franze a testa.

— Você foi até Richmond no meio da semana? Atrás de uma mesa de bolo?

Oh-oh. Eu me apresso a pegar o celular para mostrar a eles.

— É meio cara, mas podemos deixar as gavetas entreabertas, cheias de rosas. Mesmo que a gente não compre exatamente essa cômoda, se vocês gostarem, tenho certeza de que conseguiria encontrar algo parecido.

Papai se inclina para olhar.

— Gavetas cheias de rosas? Me parece caro, além de nada ecologicamente correto.

— Bom, acho que dá para usar margaridas, mas o efeito não é o mesmo. — Olho para Kitty antes de continuar. — Quero voltar a falar dos vestidos das madrinhas.

— Espere um minuto, eu quero voltar a falar de você ter faltado ao encontro da sua faculdade para ir a Richmond — interrompe papai.

— Não se preocupe, pai, tenho certeza de que vai haver um monte de outros encontros até o início do ano letivo. Kitty, em relação aos vestidos das madrinhas...

Sem nem se virar para mim, Kitty diz:

— Use você a tal camisola.

Escolho ignorar o fato de que ela chamou o vestido de camisola e digo:

— Não vai ficar bom se for só eu. A beleza está no conjunto. Todas nós combinando, muito etéreas, como anjos. Assim, se torna um visual, uma coisa só. Se só eu usar, não vai dar certo. Tem que ser nós três. — Não sei quantas vezes mais eu preciso dizer a palavra "etérea" para fazer as pessoas entenderem qual é o clima desse casamento.

— Se você quer que a gente fique combinando — diz Kitty —, pode usar smoking também. Eu não me incomodaria com isso.

Respiro fundo para não acabar gritando com ela.

— Bom, vamos ver o que Margot tem a dizer sobre tudo isso.

— Margot não vai se importar com nada.

Kitty fica de pé para botar o prato na pia e, quando está de costas, eu levanto as mãos em um gesto de que vou estrangulá-la.

— Eu vi — diz ela. Eu juro, ela tem olhos na parte de trás da cabeça.

— Trina, o que você acha? — pergunto.

— Sinceramente, para mim faz a menor diferença o que vocês vão usar, mas você vai ter que chegar a um acordo com Margot e Kristen. Elas podem querer outras coisas.

— Só para você saber — comento com delicadeza —, é "não faz a menor diferença" em vez de "faz a menor diferença". Porque, se você usar a afirmativa, quer dizer que faz diferença.

Trina revira os olhos, e Kitty se senta na cadeira e diz:

— Por que você é assim, Lara Jean?

Eu a empurro e me dirijo a Trina:

— Kristen já é uma mulher madura, então tenho certeza de que vai aceitar o que nós quisermos. Ela é adulta.

Trina não parece ter tanta certeza.

— Ela não vai querer nada com os braços de fora. Vai tentar convencer você a colocar um cardigã combinando por cima.

— Hum, não.

Trina levanta as mãos.

—Você tem que resolver isso com Kristen. Como eu falei, faz a menor diferença para mim. — Ela fica vesga olhando para mim, e eu e Kitty caímos na gargalhada.

— Espere um minuto, podemos voltar a falar desse encontro ao qual você não foi? — pergunta papai, a testa franzida. — Me pareceu um evento legal.

— Eu vou ao próximo — prometo. Claro que não estou falando sério.

Não faz sentido eu ir aos encontros e me apegar a pessoas se só vou ficar lá nove meses.

agora e para sempre, Lara Jean

★ ★ ★

Depois de servir uma tigelinha de sorvete, subo e mando uma mensagem para Margot, para ver se ela está acordada. Ela está, então ligo na mesma hora para buscar apoio na questão do vestido, e Kitty está certa: não faz diferença para Margot.

— Eu faço o que vocês quiserem fazer.

— Os lugares mais quentes do inferno estão reservados para aqueles que não se manifestam em tempos de crise — comento, lambendo a colher.

Ela ri.

— Achei que os lugares mais quentes do inferno estivessem reservados para as mulheres que não ajudam outras mulheres.

— Bom, acho que o inferno tem muitos lugares bem quentes. Mas, sinceramente, você não acha que Kitty vai ficar meio boba de smoking? É um casamento pequeno, no nosso quintal. É para ser etéreo!

— Acho que ela não vai ficar mais boba que você usando uma coroa de flores. Deixe que ela use o smoking, e você pode usar sua coroa de flores, e eu vou ficar neutra. Na verdade, eu e a sra. Rothschild mal nos conhecemos, então não vejo muito sentido de eu ser madrinha. Sei que ela está fazendo isso para ser legal, mas não é necessário. É um pouco de exagero.

Agora, estou arrependida de ter tocado no assunto e forçado a questão do smoking contra a coroa de flores. A última coisa que quero é Margot pensando em não vir ao casamento. Ela, no máximo, aceita Trina. Na mesma hora, eu digo:

— Bom, nós não temos que usar coroas de flores. Você e eu poderíamos usar vestidos lisos, e Kitty, o smoking. Ficaria bem bonito.

— Como foi o encontro da William and Mary hoje? Você conheceu alguém legal?

— Como é que eu era a única que não estava sabendo desse encontro?

— Estava na porta da geladeira.

— Ah. Eu não fui.

Há uma pausa.

— Lara Jean, você já pagou a taxa de matrícula da William and Mary?

— Eu vou pagar! É até o dia primeiro de maio.

— Você está pensando em mudar de ideia?

— Não! Só não cuidei disso ainda. As coisas andam loucas aqui, com o casamento para organizar e tudo o mais.

— Parece que está virando uma grande festa. Achei que eles quisessem fazer uma coisa simples.

— Nós estamos vendo as opções. Vai ser simples. Só acho que devia ser um dia muito especial, para ficar nas nossas memórias.

Depois que desligamos o telefone, eu desço e coloco a tigela de sorvete na pia. Na volta, paro na sala, onde tem um retrato de casamento da mamãe e do papai acima da lareira. O vestido dela é de renda com mangas curtas e uma saia esvoaçante. O cabelo está preso em um coque lateral, com algumas mechas soltas. Ela usa brincos de diamante que nunca a vi usar no dia a dia. Ela quase nunca usava joias, nem maquiagem. Papai está de terno cinza, mas ainda não tem nenhum fio de cabelo grisalho; as bochechas estão lisas como um pêssego, sem barba por fazer. Ela está como me lembro dela, mas papai está bem mais jovem.

Percebo que vamos ter que tirar a foto dali. Seria desagradável para Trina ter que olhar para o retrato todos os dias. Ela não parece se incomodar com isso agora, mas, depois que estiver morando aqui, depois que eles estiverem casados, é bem provável que ela mude de opinião. Eu poderia pendurar no meu quarto, mas Margot talvez queira também. Vou perguntar isso quando ela voltar.

Kristen, a amiga de Trina, vem jantar na nossa casa esta semana, armada com uma garrafa de vinho rosé e uma pilha de revistas de noiva. Pelo jeito como Trina tinha falado de Kristen, eu estava imaginando uma pessoa intimidante e alta, mas Kristen tem a minha altura. Ela tem cabelo castanho cortado acima dos ombros e pele bronzeada. Fico impressionada com sua coleção da revista *Martha Stewart Weddings*, com edições de anos e anos.

— Só não amasse os cantos — diz ela, o que me faz franzir a testa. Como se eu fosse fazer uma coisa dessas.

— Acho que devíamos discutir o chá de panela primeiro. — Ela está fazendo carinho em Jamie Fox-Pickle; a cabeça clara dele repousada no colo dela. Eu nunca o vi gostar de um desconhecido tão rápido, o que interpreto como bom sinal.

— Pensei que um chá poderia ser divertido — digo. — Eu faria sanduichinhos de pão sem casca e *scones* pequenininhos e nata...

— Eu estava pensando em uma festa no SoulCycle — diz Kristen. — Eu encomendaria tops de cores néon dizendo "Time Trina". Nós podemos fechar uma aula!

Tento não parecer decepcionada ao fazer que sim e murmurar "Hum..."

— Pessoal, as duas ideias parecem ótimas, mas não quero chá de panela — diz Trina. Eu e Kristen ofegamos. Com um sorriso de quem pede desculpas, ela explica: — Nós já temos muita coisa. O objetivo de um chá de panela é dar à noiva tudo que ela precisa para montar a nova casa, e não consigo pensar em nada de que precisaríamos.

— Nós não temos sorveteira — comento. Ando querendo experimentar fazer sorvetes há um tempo, mas a sorveteira que quero custa mais de quatrocentos dólares. — E papai sempre fala de uma máquina de massas.

— Nós podemos comprar essas coisas. Afinal, somos adultos. — Kristen abre a boca para se opor, mas Trina diz: — Kris, estou determinada. Nada de chá de panela. Já tenho mais de quarenta anos, caramba. Já passei por isso antes.

— Não sei o que isso tem a ver — retruca Kristen, com rigidez. — O objetivo do chá de panela é fazer a noiva se sentir especial e amada. Mas tudo bem. Se for tão importante para você, não vamos fazer.

— Obrigada — diz Trina. Ela se inclina e passa o braço em volta da amiga, que faz uma expressão inflexível.

— Mas a despedida de solteira não é negociável. Você tem que ter uma. Ponto final.

— Não me oponho a isso — diz Trina, sorrindo. — Talvez nós possamos aproveitar a sua ideia da aula de SoulCycle para a despedida de solteira.

— De jeito nenhum. Nós temos que ser ambiciosas. Que tal Las Vegas? Você ama Las Vegas. Vou mandar e-mails para as meninas hoje, assim dá para o marido de Sarah arrumar uma suíte no Bellagio...

— Não sei se Las Vegas é uma boa ideia. A despedida de solteira tem que ser aqui e tem que ser liberada para menores, para as meninas poderem ir.

— Que meninas? — pergunta Kristen.

Trina aponta para mim.

— As minhas meninas. — Ela sorri para mim timidamente, e eu retribuo o sorriso, sentindo as bochechas esquentarem.

— E se nós fôssemos a um karaokê? — sugiro, e Trina bate palmas de alegria.

Kristen fica de queixo caído.

— Sem querer ofender, Lara Jean, mas o que está acontecendo aqui, Trina? Você não pode levar suas futuras enteadas para sua despedida de solteira. Isso não está certo. Não vamos poder comemorar como se deve. Como antigamente, enchendo a cara até cair, para você aproveitar seus últimos momentos de solteira.

Trina olha para mim e balança a cabeça.

— Só para deixar registrado, eu nunca "enchi a cara até cair". — Para Kristen, ela diz: — Kris, eu não penso nelas como minhas futuras enteadas. Elas são só... as garotas. Mas não se preocupe. Nós vamos nos divertir. Margot está na faculdade e Lara Jean está praticamente lá. Elas podem ficar perto de um pouco de sangria e chardonnay.

— Você adora mesmo vinho branco — comento, e Trina dá um tapa no meu ombro.

Kristen suspira alto.

— Bom, e a caçula?

— Kitty é madura para a idade — diz Trina.

Kristen cruza os braços.

— Eu vou bater o pé nisso. Você não pode levar uma criança para uma despedida de solteira. Não é apropriado.

— Kris!

Nesse momento, sinto que tenho que me manifestar.

— Concordo com Kristen. Nós não vamos poder levar Kitty ao karaokê. Ela é muito nova. Não vão deixar uma garota de onze anos entrar.

— Mas ela vai ficar tão decepcionada.

— Ela vai superar — falo.

Kristen toma um gole de vinho rosé e diz:

— Decepção é bom para as crianças, as prepara para o mundo real, onde nem tudo gira em torno delas e do que estão sentindo.

Trina revira os olhos.

— Se você insistir em não levarmos Kitty para a despedida de solteira, eu vou insistir em não ter nada em formato de pênis. Estou falando sério, Kris. Nada de bolo de pênis, nada de canudos de pênis, nem de macarrão de pênis. Sem pênis, ponto final.

Eu fico vermelha. Existe macarrão em formato de pênis?

— Tudo bem. — Kristen faz um beicinho.

— Tudo bem. Podemos falar do casamento de verdade, por favor?

Eu corro para pegar o laptop e abro o *mood board*, e é nessa hora que Kitty decide nos agraciar com sua presença. Ela estava na sala vendo tevê.

— Em que ponto do planejamento estamos? — quer saber ela.

Kristen olha para ela antes de dizer:

— Vamos falar de comida.

— Que tal food trucks? — sugiro. — Tipo, um de waffle?

Kristen franze os lábios.

— Eu estava pensando em churrasco. Trina adora churrasco.

— Hum... — falo. — Mas muita gente faz churrasco, não faz? É meio...

— Batido? — sugere Kitty.

— Eu ia dizer comum. — Mas, é.

— Mas Trina adora churrasco!

— Vocês podem parar de falar de mim como se eu não estivesse aqui? — diz Trina. — Eu amo churrasco. E que tal potes de vidro?

Estou esperando Kitty falar mal dos potes de conserva de novo, mas ela não comenta nada do tipo. Só diz:

— O que acham de flores comestíveis nas bebidas?

Tenho certeza de que ela roubou essa ideia de mim.

Trina faz uma dancinha na cadeira.

— Isso! Adorei!

— Podemos arrumar uma poncheira e botar umas flores flutuando — acrescento.

Kristen me olha com aprovação.

Animada, eu digo com pompa:

— Quanto aos bolos, precisamos fazer um bolo de casamento e um bolo do noivo.

— Nós precisamos mesmo de dois bolos? — pergunta Trina, roendo a unha. — Não vai ter tanta gente assim.

— Estamos no sul dos Estados Unidos. Temos que fazer um bolo do noivo. Para o bolo da cerimônia, eu estava pensando em um simples com cobertura de glacê de baunilha. — Trina sorri para mim. É o bolo favorito dela, nada complicado. Não é muito empolgante de fazer, mas é seu preferido. — Para o do papai, eu estava pensando... em um bolo de Thin Mint! Bolo de chocolate com cobertura de menta, mas com Thin Mints esmigalhados em cima.

Tenho grandes planos para esse bolo.

Desta vez, é Kitty que acena com aprovação. Pela primeira vez em semanas, sinto-me mais à vontade comigo mesma.

17

Kitty está misturando diferentes esmaltes em um prato de papel enquanto eu pesquiso "penteados de celebridades" para o cabelo de Trina no casamento. Estou deitada no sofá, com as costas apoiadas em almofadas, e Kitty está no chão, com vidros de esmalte ao redor. De repente, ela pergunta:

—Você já pensou se papai e Trina tiverem um bebê e ele for parecido com o papai?

Kitty pensa em coisas que jamais teriam passado pela minha cabeça. Eu nunca tinha pensado nisso, que eles podiam ter um bebê e que esse suposto bebê não se pareceria conosco. O bebê seria uma mistura do papai e Trina. Ninguém teria que imaginar de quem ele é filho ou quem puxou o quê de quem. As pessoas saberiam, naturalmente.

— Mas os dois são tão velhos — respondo.

—Trina tem quarenta e três. Dá para ficar grávida aos quarenta e três. A mãe de Maddie acabou de ter um bebê, e ela tem quarenta e três anos.

—Verdade...

— E se for menino?

Papai com um filho. É um pensamento surpreendente. Ele não é muito esportivo, não como seria de se esperar tradicionalmente de um homem. Quer dizer, ele gosta de andar de bicicleta e joga tênis em dupla na primavera. Mas tenho certeza de que há coisas que ia querer fazer com um filho que não faz conosco porque nenhuma de nós está interessada. Pescar, talvez? Ele não liga para futebol americano. Trina gosta mais do que ele.

Quando minha mãe estava grávida de Kitty, Margot queria outra irmã, mas eu queria um irmão. As garotas Song e seu irmãozinho.

Acho que, no final das contas, seria legal ter um irmão. Ainda mais porque eu não vou estar morando aqui e não vou ter que ouvir o choro no meio da noite. Minha parte vai ser só comprar botinhas de bebê e suéteres com raposas ou coelhos.

— Se escolherem o nome Tate, nós podemos chamá-lo de Tater Tot — reflito.

Duas bolotas vermelhas aparecem nas bochechas de Kitty, e de repente ela parece ser tão pequena quanto a imagino na minha cabeça: uma garotinha.

— Eu não quero que eles tenham um bebê. Se eles tiverem um bebê, eu vou ser a filha do meio. Eu não vou ser nada.

— Ei! Eu sou a do meio agora!

— Margot é a mais velha e a mais inteligente, e você é a mais bonita. — *Eu sou a mais bonita? Kitty acha que eu sou a mais bonita?* Eu tento não parecer feliz demais, porque ela ainda está falando. — Eu sou só a caçula. Se eles tiverem um bebê, não vou ser nem isso.

Coloco o computador de lado.

— Kitty, você é muito mais do que a garota Song mais nova. Você é a garota Song rebelde. A cruel. A levada. — Kitty está repuxando os lábios, tentando não sorrir ao ouvir isso. Acrescento: — E, aconteça o que acontecer, Trina ama você; ela sempre vai amar, mesmo que tenha um bebê, coisa que não acho que vá acontecer. — Eu paro. — Espere, você estava falando sério quando falou que eu era a mais bonita?

— Não, retiro isso. Acho que eu vou ser a mais bonita quando chegar ao ensino médio. Você pode ser a boazinha. — Eu pulo do sofá e a pego pelos ombros, como se fosse sacudi-la, e ela ri.

— Eu não quero ser a boazinha.

— Mas você é. — Ela não fala como um insulto, mas não exatamente como um elogio. — O que você queria ter que eu tenho?

— Sua cara de pau.

— O que mais?

— Seu nariz. Você tem um narizinho bolotinha. — Eu bato no nariz dela. — E você de mim?

Kitty dá de ombros.

— Sei lá. — Ela cai na gargalhada e eu a sacudo pelos ombros.

Ainda estou pensando em tudo isso mais tarde. Eu não tinha pensado em papai e Trina tendo um bebê. Mas Trina não tem filhos, só o "bebê peludo", a golden retriever Simone. Talvez queira ter um bebê. E papai nunca disse, mas pode ser que queira tentar mais uma vez para ver se tem um menino. O bebê seria dezoito anos mais novo do que eu. Que pensamento estranho. E mais estranho ainda: eu já tenho idade para ter um bebê também.

O que Peter e eu faríamos se eu engravidasse? Não consigo nem imaginar o que aconteceria. Só consigo ver a expressão na cara de papai quando eu lhe contasse a notícia, e é nesse ponto que eu paro de pensar no assunto.

Na manhã seguinte, a caminho da escola, no carro de Peter, dou uma olhada no perfil dele.

— Gosto de como sua pele é tão lisinha — comento. — Que nem a de um bebê.

— Eu conseguiria ter uma barba, se quisesse — diz ele, tocando no queixo. — Uma bem densa.

— Não conseguiria, não — digo com carinho. — Mas, quem sabe um dia, quando você for um homem crescido.

Ele franze a testa.

— Eu *sou* um homem crescido. Tenho dezoito anos!

Dou uma risada debochada.

— Você nem prepara seu próprio almoço. Sabe lavar roupa?

— Eu sou um homem nos quesitos que importam — gaba-se ele, e eu reviro os olhos.

— O que você faria se fosse convocado para a guerra? — pergunto.

— Hã… estudantes universitários não são dispensados? Ainda existe convocação?

Não sei a resposta para nenhuma das duas perguntas, então sigo em frente.

— O que você faria se eu ficasse grávida agora?

— Lara Jean, a gente nem está transando. Seria a imaculada conceição.

— E se nós estivéssemos?

Ele grunhe.

—Você e suas perguntas! Não sei. Como eu posso saber o que eu faria?

— O que você *acha* que faria?

Peter não hesita.

— O que você quisesse fazer.

— Você não ia querer decidir junto? — Eu o estou testando, mas não sei em relação a quê.

— Não seria eu quem teria que carregar um bebê por nove meses. O corpo é seu, não meu.

A resposta dele me agrada, mas continuo em frente.

— E se eu dissesse... vamos ter o bebê e nos casar?

Mais uma vez, Peter não hesita.

— Eu diria claro. Vamos lá!

Agora, sou eu quem está franzindo a testa.

— Sério? Assim, de repente? A maior decisão da sua vida e você só diz claro?

— É. Porque eu *tenho* certeza.

Eu me inclino até ele e coloco as mãos nas bochechas lisinhas.

— É assim que eu sei que você ainda é um garoto. Porque você tem tanta certeza.

Ele franze a testa para mim.

— Por que você está falando isso como se fosse uma coisa ruim?

Eu o solto.

—Você está sempre tão certo de si mesmo. Você nunca fica em dúvida.

— Bom, eu tenho certeza de uma coisa — diz ele, olhando diretamente à frente. — Tenho certeza de que eu nunca seria igual ao meu pai, independentemente da idade que eu tenha.

Fico em silêncio, sentindo culpa por ter implicado com ele e trazido à tona sentimentos ruins. Quero perguntar se o pai ainda está tentando se aproximar dele para fazer as pazes, mas a expressão no rosto de Peter me impede de seguir em frente. Eu só queria que o pai dele pudesse consertar as coisas entre os dois antes de o filho ir para a faculdade. Porque agora Peter ainda é um garoto, e, no fundo, acho que todos os garotos querem conhecer seus pais, independentemente de que tipo de homem eles sejam.

Depois da aula, nós vamos ao drive-thru, e Peter já está devorando o sanduíche antes de sairmos do estacionamento. Entre mordidas de sanduíche de frango frito, ele diz:

— Você estava falando sério quando disse mais cedo que não conseguia se ver casando comigo?

— Eu não disse isso!

— Você disse mais ou menos. Disse que eu ainda sou um garoto e que não podia se casar com um garoto.

Pronto, eu o magoei.

— Não foi isso que quis dizer. Eu quis dizer que não consigo me imaginar casando agora. Nós ainda somos bebês. Como poderíamos *ter* um bebê? — Sem pensar, acrescento depressa: — De qualquer modo, meu pai me deu um kit contraceptivo para levar para a faculdade, então nós não vamos ter que nos preocupar com uma gravidez.

Peter quase engasga no sanduíche.

— Kit contraceptivo?

— Isso. Camisinhas e... — Barreiras dentais. — Peter, você sabe o que é uma barreira dental?

— Uma o quê? É alguma coisa usada por dentistas?

Eu dou uma risada.

— Não. Essa é para sexo oral. E eu achando que você era um grande especialista e que *você* seria quem *me* ensinaria tudo na faculdade!

Meu coração acelera enquanto espero que ele faça uma piada sobre nós dois finalmente transarmos na faculdade, mas ele não faz. Ele só franze a testa e diz:

— Não gosto que seu pai ache que estamos transando quando isso não é verdade.

— Ele só quer que a gente tome cuidado. Ele trabalha com isso, lembra? — Dou um tapinha no joelho dele. — Seja como for, eu não vou engravidar, então tudo bem.

Ele amassa o guardanapo e joga no saco de papel, os olhos ainda na rua.

— Seus pais se conheceram na faculdade, não foi?

Fico surpresa por ele se lembrar disso. Eu não me lembro de ter contado essa história para ele.

— Foi.

— Quantos anos eles tinham? Dezoito? Dezenove?

Sei que tem algum motivo para Peter ficar perguntando sobre isso.

—Vinte, eu acho.

O rosto dele perde um pouco da vivacidade, mas só um pouco.

— Certo, vinte. Eu tenho dezoito e você vai fazer dezoito no mês que vem.Vinte é só dois anos a mais. Quando a gente para pra pensar, dois anos não fazem muita diferença, não é? — Ele sorri para mim. — Seus pais se conheceram com vinte anos. Nós nos conhecemos com...

— Doze — falo.

Peter franze a testa, irritado por eu ter estragado a argumentação dele.

— Tá, nós nos conhecemos quando éramos crianças, mas só ficamos juntos com dezessete...

— Eu tinha dezesseis.

— Só ficamos juntos *de verdade* quando nós dois tínhamos dezessete. Que é praticamente a mesma coisa que dezoito, que é praticamente a mesma coisa que vinte. — Ele está com uma expressão satisfeita, como se fosse um advogado prestes a vencer um caso.

— É uma linha de raciocínio muito forçada e deturpada. Você já pensou em ser advogado?

— Não, mas agora eu estou pensando. Quem sabe?

— A UVA tem uma ótima faculdade de direito — comento.

De repente sinto uma angústia, porque o começo da faculdade é uma coisa, mas escolher cursar direito? Isso é tão distante, e quem sabe o que vai acontecer até lá? Quando esse momento chegar, vamos ser pessoas muito diferentes. Ao pensar em Peter com vinte, vinte e poucos anos, sinto uma espécie de saudade do homem que posso nunca chegar a conhecer. Agora, hoje, ele ainda é um garoto, e eu o conheço melhor do que ninguém, mas e se não for sempre assim? Nossos caminhos já estão se afastando, um pouco mais a cada dia, quanto mais nos aproximamos de agosto.

18

Trina colocou a casa à venda algumas semanas depois de ela e papai ficarem noivos. Kristen é corretora de imóveis e disse que agora era a hora de vender, porque as pessoas gostam de comprar na primavera. Ela estava certa; um casal fez uma proposta na mesma semana, mais cedo do que qualquer um poderia ter imaginado. Papai e Trina achavam que a casa ia ficar à venda por pelo menos um mês, mas agora o pessoal da mudança está levando caixas e mais caixas para nossa casa, e tudo está acontecendo na velocidade da luz.

Nunca houve uma grande discussão sobre quem ia morar com quem; só pareceu certo que Trina viesse para cá. Primeiro, nossa casa é maior, mas também é mais fácil fazer a mudança de uma pessoa do que de quatro. Teoricamente. Para uma pessoa, Trina tem muita tralha. Muitas caixas de roupas e sapatos, os equipamentos de exercício, algumas peças de mobília, uma cabeceira enorme forrada de veludo que sei que provoca horrores no papai.

— Se fosse eu, não ia querer me mudar para a casa de outra mulher — diz Chris.

Ela está perto da janela do meu quarto, vendo Trina orientar os funcionários do caminhão de mudança. Chris passou na minha casa a caminho do trabalho para pegar um par de sapatos emprestado.

— Que outra mulher? — pergunto.

— Sua mãe! Eu sempre teria a sensação de que a casa ainda é dela. Que ela escolheu a mobília, o papel de parede…

— Na verdade, Margot e eu escolhemos boa parte. Eu escolhi o papel de parede da sala de jantar; ela escolheu a cor do banheiro do andar de cima. — Eu lembro que Margot, mamãe e eu nos sentamos no chão da sala com todos os catálogos de papel de parede e amostras de carpete e de cores de tinta. Ficamos a tarde toda examinando detalhadamente cada catálogo, com Margot e eu brigando sobre qual tom de azul era o certo para o banheiro que dividiríamos. Eu pensei em azul-turquesa, e Margot pensou em azul-celeste. Por fim, mamãe nos fez jogar pedra, papel e tesoura para decidir, e Margot ganhou. Eu fiquei emburrada até vencê-la na escolha do papel de parede.

— Só estou dizendo. Se eu fosse Trina, ia querer começar do zero — diz Chris.

— Bom, isso é meio impossível quando seu futuro marido tem três filhas.

—Você entendeu. Tão do zero quanto possível.

— Eles compraram uma cama nova, pelo menos. Chega amanhã. Chris se anima com isso e se senta na minha cama.

— Eca, é bizarro pensar em seu pai fazendo sexo.

Eu dou um tapa na perna dela.

— Eu não penso nisso! Então, por favor, não toque no assunto.

Ela puxa os fiapos do short curto.

—Trina tem um corpo lindo.

— Eu estou falando sério, Chris!

— Só estou falando que mataria para ter um corpo daquele na idade dela.

— Ela não é tão velha.

— Mesmo assim. — Chris me olha com doçura. — Se eu abrir a janela, posso fumar aqui?

—Acho que você já sabe a resposta a essa pergunta, Christina.

Ela faz beicinho, mas é só cena, porque ela sabe que eu não ia dizer sim.

— Ugh. Os Estados Unidos são tão irritantes com relação ao fumo. Tão limitados.

Agora que Chris vai para a Costa Rica, ela olha com desprezo para tudo que é americano. Ainda não consigo acreditar que ela vai embora.

—Você não vai mesmo ao baile? — pergunto.

— Não vou mesmo.

—Você vai se arrepender de não ir — aviso. — Quando estiver trabalhando na fazenda na Costa Rica, vai se lembrar de repente de que não foi ao baile e vai sentir um arrependimento horrível, e vai ter sido culpa sua.

— Duvido muito! — diz ela com uma risada.

Depois que Chris sai para trabalhar, fico no computador na cozinha pesquisando vestidos de madrinha e/ou de baile, e papai e Trina entram em casa quando terminam de conversar com o pessoal da mudança. Tento parecer ocupada, como se estivesse estudando, para o caso de eles me pedirem para ajudar. A espertinha da Kitty sumiu nos últimos dias, e estou arrependida de não ter feito a mesma coisa.

Papai se serve de um copo de água e seca o suor na testa.

—Você precisa mesmo trazer a esteira? — pergunta ele a Trina. — Nem está funcionando direito.

— Está funcionando muito bem.

Ele engole o resto da água.

— Nunca vi você usar.

Ela franze a testa.

— Isso não quer dizer que eu não uso. Quer dizer que não uso na *sua* frente.

— Certo. E quando foi a última vez que você usou?

Ela semicerra os olhos.

— Não é da sua conta.

—Trina!

— *Dan!*

Esse é um novo lado de papai: brigão, que perde um pouco a paciência. Trina desperta isso nele, e sei que pode parecer estranho, mas fico feliz por isso. É uma coisa que eu nunca tinha percebido que havia sumido nele. Existe a vida pacata, uma vida contente, sem altos e baixos radicais, e existem todos os atritos de quando se está apaixonado por alguém. Trina demora uma eternidade para ficar pronta, o que deixa papai louco, e debocha dos hobbies dele, como a observação de pássaros e os documentários. Mas eles combinam.

19

Tem um jogo de lacrosse hoje, mas Pammy não pode ir porque precisa trabalhar, e é claro que Chris nunca se dignaria a ir a um jogo de lacrosse, então levo Kitty comigo. Ela se faz de difícil, refletindo em voz alta que pode ser chato, mas quando eu digo "Deixa pra lá, então", ela logo topa.

Nas arquibancadas, encontramos a mãe de Peter e o irmão mais novo dele, Owen, então nos sentamos com eles. Ele e Kitty fingem que o outro não existe; o garoto joga no celular dele, e ela, no dela. Owen é alto, mas se senta curvado, o cabelo caindo nos olhos.

Nós conversamos um pouco sobre o noivado do meu pai com Trina e conto algumas das minhas ideias para o casamento. Ela assente o tempo todo e diz de repente:

— Pelo que sei, você também merece parabéns.

— Por quê? — pergunto, confusa.

— William and Mary!

— Ah! Obrigada.

— Sei que você queria estudar na UVA, mas talvez seja melhor assim. — Ela me dá um sorriso solidário.

Eu também sorrio para ela, em dúvida. Não sei o que "melhor assim" quer dizer exatamente. Ela ficou feliz por eu não estar indo para a UVA com Peter? Acha que isso quer dizer que vamos terminar?

— Williamsburg nem é tão longe de Charlottesville mesmo.

— Hum, é verdade — responde ela.

Peter marca um ponto, e nós duas nos levantamos e comemoramos. Quando me sento novamente, Kitty pergunta:

— A gente pode comprar pipoca?

— Claro — respondo, feliz de ter uma desculpa para me levantar. Para a mãe e o irmão de Peter, ofereço: — Vocês querem alguma coisa?

— Pipoca — diz Owen, sem tirar os olhos da tela do celular.

— Vocês podem dividir — diz a mãe de Peter.

Desço a arquibancada e estou indo para a lanchonete quando reparo em um homem meio de lado, os braços cruzados, vendo o jogo. Ele é alto e tem cabelo castanho. É bonito. Quando vira a cabeça e o vejo de perfil, sei quem é, porque conheço aquele rosto. Conheço aquele queixo, aqueles olhos. Ele é o pai de Peter. É como ver uma versão mais velha de Peter, e fico paralisada, hipnotizada.

Ele me vê olhando e dá um sorriso simpático. Sinto que não tenho escolha a não ser dar um passo à frente e perguntar:

— Com licença... mas você é o pai do Peter?

— Você é amiga dele?

— Sou Lara Jean Covey. Hum, a namorada dele. — Ele parece levar um susto, mas se recupera e estica a mão. Eu a aperto com firmeza, querendo causar uma boa impressão. — Nossa, você é igualzinho a ele.

Ele ri, e fico surpresa com quanto Peter puxou dele.

— Ele é igualzinho a mim, você quer dizer.

Eu também dou uma risada.

— Certo. Você nasceu primeiro.

Há um silêncio constrangedor, e ele pigarreia e pergunta:

— Como ele está?

— Ah, está bem. Está ótimo. Você soube que ele vai estudar na UVA com uma bolsa de lacrosse?

Ele assente, sorrindo.

— A mãe dele me contou. Estou orgulhoso. Sei que não posso levar nenhum crédito por isso, mas mesmo assim. Estou muito orgulhoso do garoto. — Os olhos dele se desviam para o campo, para Peter. — Eu só queria vê-lo jogar. Senti falta disso. — Ele hesita antes de dizer: — Por favor, não conte a Peter que eu estive aqui.

Fico tão surpresa que só consigo dizer:
— Ah... tudo bem.
— Obrigado, eu agradeço. Foi um prazer conhecê-la, Lara Jean.
— O prazer foi meu, sr. Kavinsky.

Sigo de volta à arquibancada, e só quando estou na metade do caminho é que percebo que esqueci a pipoca, então tenho que descer de novo. Quando chego na lanchonete, o pai de Peter foi embora.

Nosso time acaba perdendo, mas Peter marca três pontos, e é um bom jogo para ele. Fico feliz de o pai tê-lo visto jogar, mas queria não ter concordado em guardar segredo. Sinto dor no estômago só de pensar que não posso falar nada.

No carro, ainda estou pensando no pai dele, mas Kitty diz:
— Foi esquisito o que a mãe de Peter disse sobre ser bom você não estudar na UVA.
— Você também achou isso?
— Não tinha como achar outra coisa — diz ela.

Olho meus retrovisores laterais antes de virar à esquerda para sair do estacionamento da escola.
— Acho que ela não quis ser *cruel*. Ela só não quer ver Peter se magoar, só isso. — Nem eu, então talvez seja melhor eu não dizer nada para ele sobre ter visto seu pai. E se ele ficar empolgado com a presença do pai e acabar se magoando de novo? De repente, eu digo: — Quer parar e tomar um sorvete de iogurte?

É claro que Kitty concorda.

Peter vai para a minha casa depois de tomar banho, e, assim que vejo como ele está feliz, decido não dizer nada.

Estamos deitados no chão da sala usando máscaras faciais. Se o pessoal da escola o visse agora! Ele pergunta, com os dentes trincados:
— O que essa máscara faz?
— Deixa a pele iluminada.
— Oi, Clarice — grunhe ele, virando-se para mim.

— Do que você está falando?

— É de *O Silêncio dos Inocentes*!

— Ah, eu não vi esse filme. Parecia assustador.

Peter se senta ereto. Ele sempre tem dificuldades para ficar parado.

— Nós temos que ver agora. Isso é ridículo. Não posso namorar uma pessoa que não viu *O Silêncio dos Inocentes*.

— Hã, tenho certeza de que é minha vez de escolher o filme.

— Covey, pare com isso! É um clássico — exclama Peter, na mesma hora que o celular dele vibra. Ele atende, e ouço a voz da mãe dele na linha. — Oi, mãe... estou na casa da Lara Jean. Vou para casa daqui a pouco... Também amo você.

Quando ele desliga o telefone, eu digo:

— Ei, esqueci de contar antes, mas, no jogo de hoje, sua mãe disse que talvez fosse melhor eu não ter entrado na UVA.

— *O quê?* — Ele se senta e tira a máscara do rosto.

— Bom, ela não disse bem assim, mas acho que foi isso que quis dizer.

— Quais foram as palavras exatas dela?

Eu também tiro a máscara.

— Ela me deu parabéns por ter entrado na William and Mary e acho que disse "Sei que você queria estudar na UVA, mas talvez seja melhor assim".

Peter relaxa.

— Ah, ela sempre fala assim. Ela olha o lado bom das coisas. É bem parecida com você.

Não foi o que pareceu para mim, mas não insisto, porque Peter é muito protetor em relação à mãe. Acho que teve que ser, porque sempre foram só eles três. Mas e se ele não precisasse ser? E se Peter tiver uma chance real de ter um relacionamento com o pai? E se esta noite tiver sido prova disso? Casualmente, eu pergunto:

— Ei, quantos convites de formatura você pediu?

— Dez. Minha família é pequena. Por quê?

— Eu só estava pensando. Eu pedi cinquenta, para a minha avó poder mandar uns para a nossa família na Coreia. — Hesito antes de continuar: — Você acha que vai mandar um para o seu pai?

Ele franze a testa.

— Não. Por que eu mandaria? — Ele pega o celular. — Vamos ver que filmes faltam. Se não dá para ver *O Silêncio dos Inocentes*, poderíamos assistir a *Trainspotting* ou *Duro de Matar*.

Não digo nada por um momento, mas aí pego o celular da mão dele.

— É minha vez de escolher! E escolho... *O Fabuloso Destino de Amélie Poulain*!

Para uma pessoa que já fez questão de alardear que não via comédias românticas nem filmes estrangeiros, Peter ama *O Fabuloso Destino de Amélie Poulain*. É sobre uma garota francesa que tem medo de viver no mundo, então tem fantasias estapafúrdias, com abajures que falam, pinturas que se mexem e crepes que parecem discos. Este filme me deixa com vontade de morar em Paris.

— Como será que você ficaria de franja? — reflete Peter. — Lindinha, aposto. — No final do filme, quando ela faz uma torta de ameixa, ele se vira para mim e diz: — Você sabe fazer torta de ameixa? Parece deliciosa.

— Sabe de uma coisa? Pequenas tortinhas de ameixa podem ser uma boa ideia para a mesa de sobremesas. — Eu começo a pesquisar receitas no celular.

— Não se esqueça de me chamar quando for testar a receita — diz Peter, bocejando.

20

Trina e eu estamos no sofá tomando chá. Estou mostrando a ela fotos de arranjos florais quando papai entra pela porta da frente e desaba no sofá conosco.

— Dia longo? — pergunta Trina.

— O mais longo de todos — responde ele, fechando os olhos.

—Tenho uma pergunta — digo.

Ele abre os olhos.

— Sim, filha do meio?

— O que vocês estão pensando para a primeira dança?

Ele geme.

— Estou cansado demais agora para pensar em danças.

— Por favor. É seu casamento! Precisa se interessar, papai.

Trina ri e cutuca a lateral dele com o pé.

— Precisa se interessar, Dan!

— Tudo bem, tudo bem. Bom, Trina é fã de Shania Twain. — Eles sorriem um para o outro. — Então… que tal "From This Moment On"?

— Aww — diz ela. — Você me conhece mesmo.

— Shania Twain? — repito. — É ela quem canta aquela música "Man! I Feel Like a Woman"?

Trina segura a caneca como se fosse um microfone e inclina a cabeça.

— *"From this moment, I will love you"* — canta ela, desafinada.

—Acho que não conheço essa música — digo, tentando parecer neutra.

— Bote para tocar no celular — pede ela para papai.

— Não julgue — avisa ele, e bota a música.

É a música mais nada a ver com ele que já ouvi. Mas ele fica com um sorriso bobo no rosto o tempo todo, que só aumenta quando Trina envolve os ombros dele com um dos braços e o faz balançar com o ritmo.

— É perfeita — digo, e de repente sinto vontade de chorar. Eu pigarreio. — Agora que a música está escolhida, podemos começar a avançar pela lista. Ando discutindo com a Tilly's Treats por causa dos pudins de banana em potinhos de conserva, e eles dizem que não podem fazer por menos de sete dólares cada um.

Papai franze a testa.

— Parece meio caro, não?

— Não se preocupe, vou fazer uma visita a uma confeitaria de Richmond, e se o preço do frete não for muito alto, pode ser a solução. — Viro as páginas do meu fichário. — Eu ando tão focada nas sobremesas que não tive oportunidade de me reunir com a banda com que fiz contato. Eles vão tocar em Keswick este fim de semana, então talvez eu vá vê-los.

Papai olha para mim com preocupação.

— Querida, parece que você substituiu os doces pelo planejamento do casamento para aliviar o estresse. Isso está meio exagerado.

— A banda não é exatamente uma *banda* — digo rapidamente. — É um vocalista e um cara com um violão. Eles estão começando, então os valores são bem razoáveis. Vou saber mais quando os conhecer pessoalmente.

— Eles não têm vídeos que você possa assistir? — pergunta Trina.

— Claro, mas não é a mesma coisa.

— Acho que não precisamos de uma banda — diz papai, trocando um olhar com Trina. — Acho que ficaríamos ótimos botando música para tocar no computador.

— Isso é bom, mas teríamos que alugar o equipamento de som. — Eu começo a folhear o fichário, e Trina apoia a mão no meu braço.

— Querida, acho ótimo você querer nos ajudar com isso e fico muito agradecida. Mas, sinceramente, eu ia preferir que você não se estressasse com isso. Seu pai e eu não ligamos para os detalhes. Nós só queremos nos casar. Não precisamos de food truck nem de pudins de banana. Ficaríamos felizes mesmo só de pedir churrasco no BBQ Exchange. — Eu começo a falar, mas ela me impede. — Você só tem um último ano do ensino médio e quero que o aproveite. Você tem um namorado gato e acabou de entrar em uma ótima faculdade. Seu aniversário está chegando. É hora de vocês serem jovens, comemorarem e aproveitarem a companhia um do outro!

— Com certos limites, claro — completa papai rapidamente.

— Mas eu não estou estressada — protesto. — Me concentrar no casamento me dá uma sensação de paz! É bem tranquilizador para mim.

— E você tem ajudado muito, mas acho que tem outras coisas em que você devia estar pensando. Como terminar o último ano e se preparar para a faculdade. — Papai está com aquela expressão firme e impassível no rosto, a que vejo tão raramente.

Eu franzo a testa.

— Então é isso, vocês não querem mais que eu ajude com o casamento?

— Eu ainda quero que você fique encarregada dos vestidos das madrinhas, e adoraria que você fizesse nosso bolo de casamento... — diz Trina.

— E o bolo do noivo? — interrompo.

— Claro. Mas o resto nós vamos resolver. Juro que estamos fazendo isso para o seu bem, Lara Jean. Chega de discutir preços com prestadores de serviço.

— Chega de viagens improvisadas para Richmond atrás de mesas de bolo — acrescenta papai.

Dou um suspiro relutante.

— Se vocês têm certeza...

Trina assente.

— Seja jovem. Concentre-se em encontrar um vestido para o baile. Você já começou a procurar?

— Mais ou menos. — Só agora estou me dando conta de que estamos a menos de um mês do baile e eu ainda não tenho vestido. — Se vocês têm certeza...

— Nós temos certeza — diz papai, e Trina assente.

Enquanto subo a escada, ouço papai sussurrar para ela:

— Por que você a está encorajando a ir aproveitar o namorado gato dela?

Eu quase dou uma gargalhada alta.

— Não foi isso que eu quis dizer! — retruca Trina.

Ele faz um som de reprovação.

— Foi o que pareceu.

— Ai, meu Deus, não precisa ser tão literal, Dan. Além do mais, o namorado dela *é* gato.

Pesquiso vestidos de baile no computador e dou uma gargalhada toda vez que penso em papai chamando Peter de meu "namorado gato". Depois de uma hora pesquisando, tenho certeza de que encontrei o vestido certo. É no estilo bailarina, com corpete de tecido metálico trançado e saia de tule. O site chama a cor de rosa-antigo. Stormy vai ficar satisfeita.

Com isso resolvido, entro no site da William and Mary e pago a taxa de matrícula, como devia ter feito semanas antes.

Na mesma semana, no caminho para a escola, Peter diz que escapou de fazer uma entrega para a mãe dele e que pode ir comigo ver a banda tocar em Keswick.

— Acontece que papai e Trina não querem a banda — digo, chateada. — Não querem quase nada, na verdade. Eles querem que seja um casamento barato. Vão pegar umas caixas de som emprestadas e botar música do computador. Adivinha que música eles escolheram para a primeira dança?

— Qual?

— "From This Moment On", da Shania Twain.

Ele franze a testa.

— Nunca ouvi falar.

— É muito brega, mas, ao que parece, eles adoram. Sabia que a gente não tem uma música? Uma música nossa?

— Tudo bem, vamos escolher uma.

— Não funciona assim. Não se *escolhe* a música. A música escolhe você. Que nem o Chapéu Seletor.

Peter assente com vigor. Ele finalmente terminou de ler os sete livros do Harry Potter e sempre quer provar que entende minhas referências.

— Entendi.

— Tem que... acontecer. Um momento. E a música transcende o momento, sabe? A música da minha mãe e do meu pai era "Wonderful Tonight", do Eric Clapton. Eles dançaram no casamento deles.

— E como se tornou a música deles?

— Foi a primeira música lenta que eles dançaram na faculdade. Foi em um baile, pouco depois de começarem a namorar. Já vi fotos daquela noite. Papai vestia um terno grande demais e o cabelo da minha mãe estava preso em um coque banana.

— Que tal assim: a próxima música que tocar vai ser a nossa música. Vamos deixar o destino escolher.

— Nós não podemos fazer o nosso destino.

— Claro que podemos. — Peter estica a mão e liga o rádio.

— Espere! Qualquer estação de rádio? E se não for uma música lenta?

— Tudo bem, vamos botar na Lite 101.

Peter aperta o botão.

— O Ursinho Pooh não sabe o que fazer, está com um pote de mel preso no focinho — diz uma mulher.

— Que merda é essa? — pergunta Peter.

— Essa não pode ser a nossa música.

— Melhor de três?

— Não vamos forçar a barra. Vamos saber quando ouvirmos, eu acho.

— Talvez a gente ouça no baile — comenta Peter. — Ah, isso me lembra uma coisa. De que cor é o seu vestido? A minha mãe vai pedir à amiga florista para fazer seu corsage.

— É rosa-antigo. — Chegou pelo correio ontem, e quando experimentei, Trina disse que era o vestido "mais Lara Jean" que ela já tinha visto. Mandei uma foto para Stormy, que respondeu com um "Uh la la" e um emoji de mulher dançando.

— O que é rosa-antigo? — pergunta Peter.

— É um tom de rosa meio dourado. — Peter continua parecendo confuso, então suspiro e digo: — É só falar para a sua mãe. Ela vai saber. E você pode levar um corsage menor para Kitty e fingir que foi ideia sua?

— Claro, mas eu poderia ter tido essa ideia sozinho, sabe? — resmunga ele. — Você devia me dar a oportunidade de ter minhas próprias ideias.

Eu dou um tapinha no joelho dele.

— Só não esqueça.

21

Está tarde. Fico na cama dando uma olhada no meu kit de boas-vindas da William and Mary. Acontece que a William and Mary não permite que calouros tenham carros no campus, e estou prestes a ligar para Peter para contar isso quando recebo uma mensagem de texto de John Ambrose McClaren. Fico surpresa ao ver o nome dele no celular, faz tanto tempo que não nos falamos. Então, leio a mensagem de texto.

> Stormy morreu dormindo noite passada. O enterro será em Rhode Island na quarta. Achei que você podia querer saber.

Continuo sentada por um momento, atordoada. Como pode ser? Da última vez que a vi, ela estava bem. Estava ótima. Era a Stormy. Ela não pode ter morrido. Não a minha Stormy. Stormy, que era sempre o centro das atenções, que me ensinou a passar batom vermelho para que, nas suas palavras, "durasse até depois de uma noite de beijos e muito champanhe".

Começo a chorar e não consigo parar. O ar não chega aos meus pulmões. Mal enxergo, de tantas lágrimas. Elas ficam caindo no celular e enxugo o rosto com as costas da mão. O que eu digo para John? Ela era avó dele, e ele era seu neto preferido. Eles eram muito próximos.

Primeiro, digito Sinto muito. Tem alguma coisa que eu possa fazer? Mas apago, porque o que eu poderia fazer para ajudar?

> Sinto muito. Ela era a pessoa mais cheia de vida que eu já conheci. Vou sentir muita falta dela.

Obrigado. Eu sei que ela também amava você.

A mensagem dele traz novas lágrimas aos meus olhos.

Stormy sempre dizia que ainda sentia como se tivesse vinte e poucos anos. Que às vezes sonhava que era uma garota de novo, que via os ex-maridos e eles estavam velhos, mas ela ainda era Stormy. Ela dizia que, quando acordava de manhã, ficava surpresa de estar naquele corpo velho com ossos velhos. "Mas ainda tenho pernas lindas", dizia ela. E tinha mesmo.

É quase um alívio o enterro ser em Rhode Island, muito longe para eu ir. Não vou a um enterro desde que minha mãe morreu. Eu tinha nove anos, Margot, onze, e Kitty, apenas dois. A lembrança mais nítida que tenho daquele dia é de estar sentada ao lado do meu pai, Kitty nos braços dele, e sentir o corpo dele tremendo ao meu lado enquanto ele chorava em silêncio. As bochechas de Kitty estavam molhadas das lágrimas dele. Ela não entendeu nada, só que ele estava triste. Ficava dizendo "Não chora, papai", e ele tentava sorrir para ela, mas o sorriso parecia se derreter. Eu nunca tinha me sentido daquele jeito, como se mais nada fosse seguro e não pudesse voltar a ser.

Agora, estou chorando de novo, por Stormy, pela minha mãe, por tudo.

Ela queria que eu transcrevesse suas memórias. Queria que o livro se chamasse *Tempos tempestuosos*. Nós nunca chegamos a fazer isso. Como as pessoas vão saber a história dela agora?

Peter liga, mas estou triste demais para conversar, então deixo cair na caixa postal. Acho que devia ligar para John, mas não me sinto no direito. Stormy era avó dele, e eu era apenas uma voluntária no lar para idosos onde ela morava. A pessoa com quem quero falar é minha irmã, porque ela também conhecia Stormy e porque ela sempre me faz sentir melhor, mas é madrugada na Escócia.

Ligo para Margot no dia seguinte, assim que acordo. Choro de novo quando dou a notícia para ela, e ela chora comigo. É Margot quem tem a ideia de fazer uma cerimônia em homenagem a ela em Belleview.

— Você poderia fazer um pequeno discurso, servir cookies, e as pessoas poderiam contar suas histórias com ela. Tenho certeza de que os amigos dela gostariam disso, já que não vão poder ir ao enterro.

Eu assoo o nariz.

— Tenho certeza de que Stormy também ia gostar.

— Eu queria poder estar aí.

— Eu também — concordo, e minha voz falha. Eu sempre me sinto mais forte com Margot ao meu lado.

— Mas Peter vai estar lá — diz ela.

Antes de sair para a escola, ligo para Janette, minha antiga chefe em Belleview, e falo sobre a ideia da cerimônia. Ela concorda na mesma hora e diz que poderíamos fazer na quinta-feira à tarde, antes do bingo.

Quando chego à escola e conto a Peter sobre a cerimônia de Stormy, o rosto dele muda.

— Merda. Eu tenho que ir naquele Dia no Gramado com a minha mãe.

Dias no Gramado são eventos organizados para os calouros da UVA. São datas específicas em que você reserva uma vaga e vai com seus pais, assiste a algumas aulas, visita os alojamentos. É um dia importante. Era algo pelo qual eu estava ansiosa quando achava que poderia ir para lá.

— Mas eu não preciso ir — oferece ele.

— Não pode. Sua mãe mataria você. Você tem que ir.

— Eu não ligo — diz ele, e eu acredito.

— Não tem problema. Você não conhecia Stormy.

— Eu sei. Mas queria estar lá por você.

— O que vale é a intenção.

Em vez de usar preto, escolho um vestido leve que Stormy me disse que havia gostado. É branco com miosótis azuis bordados na saia, mangas curtas bufantes um pouco caídas no ombro e cintura marcada. Como comprei no fim do verão, só tive oportunidade de usar uma vez. Parei em Belleview quando estava indo encontrar Peter no cinema, e Stormy disse que eu parecia uma garota de um filme italiano. Por isso, escolho esse vestido com as sandálias brancas que comprei para a formatura e um par de luvinhas brancas de renda que sei que ela iria adorar. Eu as encontrei em um brechó em Richmond chamado Bygones, e, quando as coloco, quase consigo imaginar Stormy as usando em um dos bailes dela ou nas suas festas de sábado à noite. Não estou com o anel de diamante rosa. Quero usá-lo pela primeira vez no baile, como Stormy desejava.

Levo a poncheira, uma tigela de cristal com amendoins, uma pilha de guardanapos com cerejas bordadas que consegui em uma venda de garagem, a toalha de mesa que usamos no Dia de Ação de Graças. Coloco algumas rosas no piano, onde Stormy se sentava. Faço um ponche com refrigerante de gengibre e suco de frutas gelado. Tudo sem álcool. Sei que Stormy protestaria, mas nem todos os residentes podem beber por causa dos remédios. Porém, deixo uma garrafa de champanhe ao lado da poncheira para quem quiser complementar um pouco sua bebida. Por fim, coloco Frank Sinatra para tocar, que Stormy sempre dizia que devia ter sido o segundo marido dela.

John disse que iria se conseguisse voltar de Rhode Island a tempo, e estou meio nervosa com isso, porque não o vejo há quase um ano, desde meu último aniversário. Nós nunca chegamos a namorar, não de verdade, mas foi por pouco, e, para mim, isso faz toda a diferença.

Algumas pessoas entram. Uma das enfermeiras empurra a sra. Armbruster na cadeira de rodas. Ela está sofrendo de demência, mas havia sido muito amiga de Stormy. O sr. Perelli, Alicia, a recepcionista Shanice, Janette. É um grupo legal e pequeno. A verdade é que conheço cada vez menos gente ali. Algumas pessoas foram morar com os filhos, outras faleceram. E também não vejo tantos rostos familiares entre os funcionários. Belleview mudou muito desde a última vez que estive aqui como voluntária.

Fico de pé na frente da sala, meu coração batendo desesperado no peito. Estou nervosa para fazer meu discurso. Sinto medo de gaguejar e me confundir na hora de falar, de não lhe fazer justiça. Quero falar direito, deixar Stormy orgulhosa. Todo mundo me encara com um olhar de expectativa, menos a sra. Armbruster, que está tricotando e olhando para o nada. Meus joelhos tremem embaixo da saia. Eu respiro fundo e estou prestes a começar a falar quando John Ambrose McClaren entra usando uma camisa de botão bem passada com calça cáqui. Ele se senta no sofá ao lado de Alicia. Eu aceno para ele e, em resposta, ele me dá um sorriso encorajador.

Respiro fundo.

— O ano era 1952. — Eu pigarreio e olho para o papel. — Era verão, e Frank Sinatra estava tocando no rádio. Lana Turner e Ava Gardner eram as estrelas do momento. Stormy tinha dezoito anos. Participava da banda marcial, havia sido eleita a garota que tinha as pernas mais bonitas, e sempre tinha um encontro no sábado à noite. Naquela noite em particular, ela saiu com um garoto chamado Walt. Por causa de um desafio, ela foi nadar nua no lago da cidade. Stormy não podia recusar um desafio.

O sr. Perelli ri e diz:

— É, não podia mesmo.

Outras pessoas murmuraram concordando:

— Nunca podia.

— Um fazendeiro chamou a polícia e, quando apontaram as luzes para o lago, Stormy os mandou se virarem para ela poder sair. Ela pegou carona para casa em uma viatura naquela noite.

— Não foi a primeira nem a última vez — diz alguém, e todo mundo ri. Consigo sentir meus ombros começarem a relaxar.

— Stormy vivia mais em uma noite do que a maioria das pessoas na vida toda. Ela era uma força da natureza. Ela me ensinou que o amor... — Meus olhos se enchem de lágrimas, e eu recomeço:

— Stormy me ensinou que o amor é fazer escolhas corajosas todos os dias. Era isso que Stormy fazia. Ela sempre escolhia o amor. Ela sempre escolhia a aventura. Para ela, os dois eram a mesma coisa. E agora ela partiu em uma nova aventura, e desejamos apenas coisas boas para ela.

No sofá, John seca os olhos com a manga da camisa.

Aceno para Janette, e ela se levanta e aperta play no som. "Stormy Weather" soa na sala.

— *"Don't know why there's no sun up in the sky…"*

Depois, John abre caminho até mim com dois copos de plástico de ponche de frutas. Com tristeza, ele diz:

— Tenho certeza de que ela ia nos dizer para batizar o ponche, mas… — Ele me entrega um copo e fazemos um brinde. — A Edith Sinclair McClaren Sheehan, mais conhecida como Stormy.

— O verdadeiro nome de Stormy era Edith? É tão sério. Parece o nome de alguém que usa saia de lã e meias pesadas e bebe chá de camomila à noite. Stormy tomava coquetéis!

John ri.

— Não é?

— Então de onde veio o apelido Stormy? Por que não Edie?

— Quem sabe? — diz John, com um sorriso torto nos lábios. — Ela teria adorado seu discurso. — Ele me olha de um jeito caloroso e grato. — Você é tão boa, Lara Jean. — Fico constrangida, não sei o que dizer. Apesar de nunca termos namorado, ver John de novo é como imagino que seja ver um ex-namorado. Provoca um sentimento melancólico. Familiar, mas um pouco constrangedor, porque tem muita coisa não dita entre nós.

Então ele diz:

— Stormy vivia pedindo que eu trouxesse minha namorada para visitá-la, mas eu nunca cheguei a fazer isso. Me sinto mal por isso agora.

Da forma mais casual que consigo, pergunto:

— Ah, você está namorando?

Ele hesita por uma fração de segundo e assente.

— O nome dela é Dipti. Nós nos conhecemos em um evento do Projeto das Nações Unidas na UVA. Ela me venceu e assumiu a liderança do nosso comitê.

— Uau.

— É, ela é incrível.

Nós dois começamos a falar ao mesmo tempo.

— Você sabe onde vai fazer faculdade?

— Você já decidiu...

Nós rimos, e uma espécie de entendimento passa entre nós.

— Eu ainda não decidi — diz ele. — Estou entre a Universidade de Maryland e a William and Mary. A Universidade de Maryland tem uma boa faculdade de administração, e fica bem perto de Washington. A William and Mary está em posições mais altas nos rankings, mas Williamsburg fica no meio do nada. Por isso, ainda não sei. Meu pai está chateado porque queria que eu estudasse na UNC, mas eu não passei para lá.

— Sinto muito. — Decido não mencionar que estou na lista de espera para a UNC.

John dá de ombros.

— Eu talvez tente me transferir para lá depois do primeiro ano. E você? Vai para a UVA?

— Eu não entrei — confesso.

— Nossa! Eu soube que eles foram muito mais seletivos este ano. A menina que está em segundo lugar no ranking de notas da minha escola não entrou, e ela era a candidata perfeita. Tenho certeza de que você também era.

— Obrigada, John — digo com timidez.

— Então para onde você vai se não vai para a UVA?

— William and Mary.

O rosto dele se abre em um sorriso.

— Sério? Que legal! Para onde Kavinsky vai?

— Para a UVA.

Ele assente.

— Certo, pelo time de lacrosse.

— E... Dipti? — Eu falo como se não me lembrasse do nome dela, embora me lembre, pois o ouvi dizê-lo dois minutos antes. — Para onde ela vai?

— Ela entrou antecipadamente na Universidade de Michigan.

— Uau, é tão longe.

— Bem mais longe do que a UVA e a William and Mary, com certeza.

— E vocês vão... continuar namorando?

— Esse é o plano — diz John. — Nós vamos pelo menos experimentar o namoro a distância. E você e Peter?

— Também estamos planejando fazer isso no primeiro ano. Vou pedir transferência para a UVA no segundo.

John bate o copo no meu.

— Boa sorte, Lara Jean.

— Para você também, John Ambrose McClaren.

— Se eu acabar indo para a William and Mary, vou ligar para você.

— É bom mesmo, hein — comento.

Fico em Belleview bem mais do que pretendia. Alguém pega os discos antigos e as pessoas começam a dançar, e o sr. Perelli, apesar do quadril ruim, insiste em me ensinar a rumba. Quando Janette coloca a música "In the Mood", de Glenn Miller, eu e John nos olhamos e trocamos um sorriso secreto, os dois lembrando a festa USO. Foi como uma cena de filme. Parece que foi há muito tempo.

É estranho me sentir feliz na cerimônia póstuma de homenagem a alguém que eu amava, mas é assim que estou. Estou feliz de o dia ter corrido bem, de termos nos despedido de Stormy com estilo. É bom se despedir da maneira apropriada, ter essa oportunidade.

Quando volto de Belleview, Peter está nos degraus da porta da minha casa com um copo da Starbucks.

— Não tem ninguém em casa? — pergunto, andando rapidamente até ele. — Você teve que esperar muito?

— Que nada. — Ainda sentado, ele estica o braço e me puxa para abraçar minha cintura. — Venha se sentar. Converse um pouco comigo antes de entrarmos — diz ele, escondendo o rosto na minha barriga. Eu me sento ao lado dele. Ele pergunta: — Como foi a cerimônia em homenagem a Stormy? Como foi seu discurso?

— Foi bom, mas me conte primeiro sobre seu Dia no Gramado. — Eu pego o copo da Starbucks da mão dele e tomo um gole do café, que está frio.

— Ah. Eu assisti a uma aula. Conheci algumas pessoas. Nada muito empolgante. — Ele segura minha mão direita e passa o dedo na renda das luvas. — Que legal isso.

Tem alguma coisa que o está incomodando, alguma coisa que ele ainda não me contou.

— O que foi? Aconteceu alguma coisa?

Ele afasta o olhar.

— Meu pai apareceu hoje de manhã e queria ir com a gente.

Eu arregalo os olhos.

— E aí? Você o deixou ir?

— Não. — Peter não elabora, só diz "não".

— Parece que ele está tentando ter um relacionamento com você, Peter — digo com hesitação.

— Ele teve muitas chances. Agora é tarde demais. Já era. Eu não sou mais criança. — Ele levanta o queixo. — Sou um homem, e ele não teve a menor participação nisso. Só quer levar o crédito. Quer ficar se gabando enquanto joga golfe com os amigos dizendo que o filho vai jogar lacrosse na UVA.

Eu hesito. Penso no olhar do pai dele observando Peter no campo de lacrosse. Havia tanto orgulho nos olhos dele, tanto amor.

— Peter... e se você desse uma chance a ele?

Peter está balançando a cabeça.

— Lara Jean, você não entende. E tem sorte de não entender. Seu pai é incrível. Faria qualquer coisa por vocês. Meu pai não é assim. Só quer saber dele mesmo. Se eu deixar ele voltar à minha vida, ele vai fazer merda de novo. Não vale a pena.

— Mas talvez valha. Você nunca sabe quanto tempo tem com as pessoas. — Peter se encolhe. Eu nunca disse algo assim antes, nunca me referi à minha mãe dessa maneira, mas, depois de perder Stormy, não consigo evitar. Preciso dizer, porque é verdade e porque vou me arrepender se ficar quieta. — Não estou dizendo isso por causa do seu pai. Estou falando por sua causa. Para você não se arrepender depois. Não machuque a si mesmo só por causa dele.

— Não quero mais falar sobre ele. Eu vim fazer você se sentir melhor, não para falar do meu pai.

— Tudo bem. Mas primeiro me prometa que vai pensar em convidá-lo para a formatura. — Ele começa a falar, e eu o interrompo. — Só pense no assunto. Só isso. Ainda falta um mês. Você não precisa decidir nada agora, então não concorde nem discorde.

Peter suspira, e tenho certeza de que vai dizer que não, mas ele só pergunta:

— Como foi seu discurso?

— Foi bom. Acho que Stormy teria gostado. Falei sobre o dia em que ela foi pega nadando nua e chamaram a polícia, e ela foi para casa em uma viatura. Ah, e John conseguiu voltar a tempo.

Peter assente diplomaticamente. Eu tinha mencionado para ele que John talvez fosse, e ele só falou "Legal, legal", porque é claro que não dava para ter outra reação. Afinal, John era neto de Stormy.

— E onde McClaren vai fazer faculdade?

— Ele ainda não decidiu. Está entre a Universidade de Maryland e a William and Mary.

Peter ergue as sobrancelhas.

— Sério? Nossa, que incrível. — Ele fala de um jeito que deixa claro que não tem nada de incrível.

Eu olho para ele de um jeito engraçado.

— O quê?

— Nada. Ele sabia que você vai para lá?

— Não. Eu contei hoje. Uma coisa não tem nada a ver com a outra. Você está esquisito, Peter.

— Bom, o que você pensaria se eu dissesse que a Gen vai para a UVA?

— Não sei. Não ficaria tão incomodada assim, talvez? — Eu falo com sinceridade. Toda a minha insegurança e os meus sentimentos ruins em relação a Peter e Genevieve parecem tão distantes no passado. Peter e eu progredimos tanto depois daquilo. — Além do mais, é completamente diferente. John e eu nunca namoramos. Não nos falávamos havia meses. E, ainda por cima, ele está namorando. E nem decidiu se vai estudar lá.

— E onde a namorada dele vai estudar?

— Em Michigan.

Ele faz um som desdenhoso.

— Isso não vai durar.

— Talvez as pessoas pensem a mesma coisa de mim e você — digo baixinho.

— Literalmente, não é a mesma coisa. Nós só vamos estar separados por poucas horas, e depois você vai pedir transferência. É coisa de no máximo um ano. Eu vou para lá nos fins de semana. Literalmente, não é nada de mais.

— Você acabou de dizer literalmente duas vezes — comento, para fazê-lo sorrir. Como ele não sorri, eu digo: — Você vai ter treinos e jogos. Não vai querer ir para a William and Mary todos os fins de semana. — É a primeira vez que penso isso.

Por um momento, Peter parece magoado, mas dá de ombros e diz:

— Tudo bem, você pode vir para cá. Você vai se acostumar com o trajeto. É basicamente só pegar a I-64.

— A William and Mary não permite que os calouros tenham carro. Nem a UVA. Eu pesquisei.

Peter dá de ombros.

— Vou pedir para a minha mãe levar meu carro até a UVA quando eu quiser ir ver você. Não é longe. E você pode pegar um ônibus. Vamos dar um jeito. Não estou preocupado com a gente.

Eu estou um pouco, mas não digo, porque Peter não parece querer falar de coisas práticas. Acho que eu também não quero.

Ele se aproxima mais de mim e pergunta:

— Quer que eu fique aqui esta noite? Posso voltar depois que minha mãe for dormir. Posso distrair você se ficar triste.

— Boa tentativa — brinco, beliscando a bochecha dele.

— Josh já passou a noite aqui? Com sua irmã?

Eu penso no assunto.

— Não que eu saiba. Duvido muito, na verdade. Afinal, estamos falando da minha irmã e de Josh.

— É verdade — concorda Peter, baixando a cabeça e esfregando a bochecha contra a minha. Ele adora como minhas bochechas são macias. Sempre diz isso. — Nós não somos nada parecidos com eles.

— Foi você que falou neles — digo, mas ele começa a me beijar, e não consigo nem terminar o pensamento, muito menos a frase.

22

NA MANHÃ DO BAILE, KITTY ENTRA NO MEU QUARTO QUANDO ESTOU pintando as unhas dos pés.

— Você acha que essa cor combina com meu vestido? — pergunto.

— Parece que você mergulhou as unhas em xarope sabor tutti frutti.

Eu olho para meus pés. Parece mesmo. Talvez eu devesse usar um tom nude.

O consenso é que o vestido pede um coque. "Para mostrar as clavículas", diz Trina. Eu nunca pensei nas minhas clavículas como algo a ser exibido; na verdade, nunca dei muita atenção às minhas clavículas.

Depois do almoço, Kitty vai comigo ao salão, para supervisionar tudo. Ela diz para a cabeleireira:

— Não deixe *arrumado* demais, sabe?

A cabeleireira me olha com nervosismo pelo espelho.

— Acho que sim... Você quer que fique natural? — Ela está falando com Kitty, não comigo, porque é óbvio quem está no comando. — Tipo, um coque natural?

— Mas não natural demais. Tipo Grace Kelly. — Kitty procura uma foto no celular e mostra para ela. — Assim, mas queremos o coque de lado.

— Só não use muito laquê — peço timidamente enquanto a cabeleireira enrola meu cabelo em um nó na base do meu pescoço e mostra para Kitty.

— Ficou ótimo — afirma Kitty. Para mim, ela diz: — Lara Jean, ela precisa usar laquê se você não quiser que desmorone.

De repente, estou cheia de dúvida sobre o penteado.

— Nós temos certeza de que queremos um coque?
— Temos — responde Kitty. Para a cabeleireira, ela diz: — Nós vamos fazer o coque.

O penteado fica mais "arrumado" do que estou acostumada. Meu cabelo foi preso em um coque lateral; a raiz está esticada como a de uma bailarina. Está bonito, mas, quando olho no espelho, não me reconheço. É uma versão mais velha e sofisticada de mim que vai à ópera ou à sinfonia.

Depois de todo o tempo que a cabeleireira passou arrumando meu cabelo, eu desmonto o penteado assim que chego em casa. Kitty grita comigo enquanto penteia meu cabelo, mas eu aguento. Esta noite, quero me sentir eu mesma.

— Como você vai fazer sua grande entrada? — pergunta Kitty enquanto passa a escova pelo meu cabelo uma última vez.

— Grande entrada? — repito.

— Quando Peter chegar aqui. Como você vai entrar na sala?

Trina, que está deitada na minha cama tomando picolé, se empertiga.

— No meu baile, os pais levavam as garotas pela escada, e alguém anunciava a gente.

Eu olho para as duas como se elas fossem doidas.

— Trina, eu não vou me casar. Só vou ao baile.

— Que tal apagar todas as luzes e botar uma música, e você aparece e faz uma pose no alto da escada...

— Eu não quero fazer isso — interrompo.

Ela franze a testa.

— Qual parte?

— Tudo.

— Mas você precisa de um momento em que todo mundo olhe para você e só para você — insiste Kitty.

— Isso se chama "primeiro olhar" — explica Trina. — Não se preocupe, vou filmar tudo.

— Se tivéssemos pensado nisso antes, poderíamos caprichar e talvez viralizasse. — Kitty balança a cabeça para mim de um jeito repreendedor, como se aquilo fosse culpa minha.

— A última coisa de que preciso é de um vídeo meu viralizando. — De forma direta, continuo: — Lembra o vídeo do ofurô?

Ela parece meio envergonhada por um segundo.

— Não vamos ficar remoendo o passado — retruca Kitty, ajeitando meu cabelo.

— Ei, aniversariante — diz Trina para mim. — O plano de sair para comer churrasco amanhã à noite ainda está de pé?

— Está.

Com o falecimento de Stormy, o baile, o casamento do papai e tudo mais, não pensei muito no meu aniversário. Trina queria dar um festão, mas eu falei que preferia jantar fora com a família e comer bolo com sorvete em casa. Trina e Kitty vão fazer o bolo enquanto eu estiver no baile, e vamos ver como vai ficar!

Quando Peter e a mãe dele chegam, ainda estou correndo de um lado para outro, dando os últimos retoques.

— Pessoal, Peter e a mãe chegaram — grita meu pai do pé da escada.

— Perfume! — exclamo para Kitty, que o borrifa em mim. — Onde está minha bolsa?

Trina a joga para mim e pergunta:

—Você botou batom aí?

Eu abro para olhar.

— Botei! Onde estão meus sapatos?

— Aqui — diz Kitty, pegando-os no chão. — Coloque logo. Vou descer e dizer que você está quase pronta.

—Vou abrir uma garrafa de champanhe para os adultos — diz Trina, indo atrás dela.

Não sei por que estou tão nervosa. É só Peter. Acho que o baile tem mesmo uma magia especial. A última coisa que faço é botar o anel de Stormy, e penso em como ela deve estar me olhando agora, feliz por eu estar usando o anel dela na noite do baile, em homenagem a ela e a todos os bailes a que foi.

Quando desço a escada, Peter está sentado no sofá com a mãe. Ele está balançando o joelho, e é assim que sei que também está nervoso. Assim que me vê, ele levanta.

Peter ergue as sobrancelhas.

— Você está... *uau*.

Na última semana, ele perguntou detalhes de como era meu vestido, e eu enrolei para fazer surpresa, e fico feliz por ter feito isso, porque vale a pena ver a expressão no rosto dele.

— Você também está uau.

O smoking cai tão bem nele que parece feito sob medida, mas não é; foi alugado na After Hours Formal Wear. Eu me pergunto se a sra. Kavinsky fez alguns ajustes. Ela é excelente com agulha e linha. Eu queria que os garotos pudessem usar smoking com mais frequência, apesar de achar que tiraria um pouco da graça.

Peter coloca meu corsage no pulso; é um ranúnculo branco com mosquitinho, o arranjo exato que eu escolheria. Já estou pensando em pendurá-lo na minha cama para que seque do jeito que está.

Kitty também está arrumada. Ela colocou seu vestido favorito para aparecer nas fotos. Quando Peter lhe entrega um corsage de margaridas, o rosto de Kitty fica rosado de satisfação, e ele pisca para mim. Nós tiramos uma foto minha com ela, depois uma minha com Peter e ela, então ela diz, daquele jeito mandão:

— Agora só Peter e eu.

E eu sou empurrada para o lado com Trina, que ri.

— Os garotos da idade dela vão ver o que é bom — diz ela para mim e para a mãe de Peter, que também está sorrindo.

— Por que não estou em nenhuma foto? — pergunta papai, e é claro que tiramos uma série de fotos com ele também, e algumas com Trina e a sra. Kavinsky.

Depois, tiramos fotos do lado de fora, ao lado da árvore no quintal, ao lado do carro de Peter, nos degraus da frente, até que ele diz:

— Chega! Nós vamos acabar perdendo o baile.

Quando vamos para o carro, ele abre a porta para mim de forma galante.

No caminho, Peter fica olhando para mim toda hora. Eu mantenho o olhar voltado para a frente, mas consigo vê-lo pelo canto do olho. Nunca me senti tão admirada. Devia ser assim que Stormy se sentia o tempo todo.

Assim que chegamos ao baile, eu digo para Peter que temos que entrar na fila para a foto oficial do baile com o fotógrafo profissional. Peter diz que devíamos esperar até a fila diminuir, mas eu insisto. Quero uma foto boa para o *scrapbook* antes de o penteado desmontar. Fazemos a pose clássica, com Peter atrás de mim, as mãos na minha cintura. O fotógrafo nos deixa dar uma olhada na foto, e Peter insiste em tirar outra porque não gostou de como o cabelo dele ficou.

Depois da foto oficial, encontramos nossos amigos na pista de dança. Darrell combinou a cor da gravata com o vestido de Pammy, lilás. Chris está usando um vestido preto justo, não muito diferente do que Kitty escolheu para eu experimentar quando fomos fazer compras com Margot. Lucas parece um lorde inglês em seu terno perfeitamente ajustado. Eu consegui convencer Chris e Lucas a irem ao sugerir que os dois "dessem só uma passada". Chris disse que ia para uma boate com os amigos do trabalho de qualquer jeito, mas, pelo que parece, não vai a lugar algum tão cedo. Ela é o centro das atenções por causa do vestido.

"Style" começa a tocar, e todos nós vamos à loucura, gritando bem alto e pulando. Peter fica mais louco que todo mundo. Ele me pergunta várias vezes se estou me divertindo. Só pergunta em voz alta uma vez, mas continua querendo saber com os olhos, brilhantes e esperançosos, cheios de expectativa. Com um olhar, eu digo *Sim, sim, sim, estou me divertindo.*

Nós estamos começando a pegar o jeito de dançar música lenta. Talvez a gente devesse fazer aulas de dança de salão quando eu me transferir para a UVA, para podermos ficar bons de verdade.

Digo isso a ele, que me responde de forma afetuosa:

— Você sempre quer ir mais longe em tudo. Como com os cookies com gotas de chocolate.

— Já desisti disso.

— Como com as fantasias de Halloween.

— Eu gosto que as coisas sejam especiais. — Peter sorri para mim. — É uma pena, nós nunca vamos dançar de rosto colado.

— Talvez a gente possa encomendar pernas de pau pra você.

— Ah, você está falando de saltos altos?

Ele ri.

— Acho que não existe salto de vinte e cinco centímetros.

Eu o ignoro.

— Pena que seus braços magricelas não sejam fortes o bastante para me levantar.

Peter solta um rugido de leão ferido e me pega no colo e gira, como eu sabia que faria. É raro conhecer alguém tão bem — saber se a pessoa vai seguir pelo caminho da esquerda ou da direita. Fora da minha família, acho que ele é quem eu conheço melhor.

Claro que Peter vence o concurso de rei do baile. A rainha é Ashanti Dickson. Fico aliviada de não ser Genevieve lá em cima, dançando com ele com uma tiara na cabeça. Ashanti tem quase a mesma altura de Peter, e os dois poderiam dançar de rosto colado, mas não dançam. Ele olha para mim e pisca. Estou de pé ao lado de Marshawn Hopkins, o par de Ashanti. Ele se inclina na minha direção e diz:

— Quando eles voltarem, a gente devia ignorar os dois e sair dançando.

Isso me faz rir.

Sinto orgulho de Peter, de como ele dança com a postura certa, as costas retas. Em um momento mais intenso da música, Peter joga Ashanti para trás, e todo mundo faz o maior alvoroço, e também sinto orgulho disso. As pessoas são tão sinceras na afeição que sentem por ele. Todos podem celebrar Peter porque ele é legal e faz todo mundo se sentir bem. Ele dá mais brilho a esta noite, e todos ficam felizes por isso, e eu também. Fico feliz por ele ter essa despedida.

Uma última dança.

Nós dois estamos em silêncio. Ainda não acabou. Ainda temos o verão inteiro pela frente. Mas o ensino médio, nós dois aqui, juntos, os atuais Lara Jean e Peter, essa fase acabou. Nunca mais vamos ser as mesmas pessoas que somos hoje.

Estou me perguntando se Peter também está triste quando ele sussurra:

— Dá uma olhada no Gabe tentando botar a mão na bunda da Keisha.

Ele me vira de leve para eu poder ver. Gabe está mesmo com a mão na lombar de Keisha, como uma borboleta indecisa procurando um lugar para pousar. Dou uma risadinha. É por isso que eu gosto tanto de Peter. Ele vê coisas que eu não vejo.

— Já sei qual devia ser nossa música — diz ele.

— Qual?

Então, como magia, a voz de Al Green se espalha pelo salão do hotel. É "Let's Stay Together".

—Você os fez tocar isso — acuso, já com lágrimas nos olhos.

Ele sorri.

— É o destino.

Whatever you want to do… is all right with me-ee-ee.

Peter segura minha mão e coloca sobre o peito.

— *"Let's, let's stay together"* — canta ele. A voz soa clara e verdadeira, tudo que amo nele.

★ ★ ★

A caminho do pós-baile, Peter diz que está com fome e pergunta se podemos parar na lanchonete antes.

— Acho que vai ter pizza no pós-baile — digo. — Por que a gente não come lá?

— Mas eu quero panqueca — resmunga ele.

Nós paramos no estacionamento da lanchonete, e ele sai do carro e corre até o lado do carona para abrir minha porta.

— Está tão cavalheiro hoje — comento, o que o faz sorrir.

Nós andamos até a lanchonete, e ele abre a porta para mim cheio de pompa.

— Eu poderia me acostumar com esse tratamento real.

— Ei, eu abro portas para você — protesta ele.

Nós entramos, e eu fico paralisada. Nossa mesa, aquela em que sempre nos sentamos, está com balões cor-de-rosa amarrados em volta. Tem um bolo redondo no meio da mesa, um monte de velas, cobertura rosa com confeitos e *Feliz aniversário, Lara Jean* escrito com cobertura branca. De repente, vejo a cabeça das pessoas aparecerem de debaixo de mesas e de trás de cardápios. São todos os nossos amigos, ainda com os trajes do baile: Lucas, Gabe, o par de Gabe, Keisha, Darrell, Pammy e Chris.

— Surpresa! — Todo mundo grita.

Eu me viro.

— Ah, meu Deus, Peter!

Ele ainda está sorrindo quando olha para o relógio.

— É meia-noite. Feliz aniversário, Lara Jean.

Eu me jogo para abraçá-lo.

— Isso é exatamente o que eu queria fazer no meu aniversário na noite do baile e nem sabia.

Eu o solto e corro até a mesa.

Todo mundo se aproxima para me abraçar.

— Eu não tinha ideia de que vocês sabiam que meu aniversário era amanhã! Quer dizer, hoje!

— Claro que a gente sabia — diz Lucas.

— O garotão aqui está planejando isso há semanas — completa Darrell.

— Foi tão fofo — diz Pammy. — Ele me ligou para perguntar que tipo de assadeira devia usar para o bolo.

— Ele me ligou para perguntar isso também — diz Chris. — Eu falei: como é que eu vou saber?

— E você! — Eu bato no braço de Chris. — Achei que você ia para uma festa com seus amigos!

— Talvez eu ainda vá depois de roubar umas batatas. Minha noite está só começando, gata. — Ela me puxa para um abraço e me dá um beijo na bochecha. — Feliz aniversário, garota.

Eu me viro para Peter.

— Não consigo acreditar que você fez isso.

— Eu que fiz o bolo — se gaba ele. — Foi de caixa, mas mesmo assim. — Ele tira o paletó e pega um isqueiro no bolso para começar a acender as velas. Gabe pega uma vela acesa e o ajuda. Depois, Peter se senta na mesa e balança as pernas. — Venha.

Eu olho em volta.

— Hum…

É nessa hora que ouço as notas de abertura de "If You Were Here", dos Thompson Twins. Minhas mãos voam para as bochechas. Não consigo acreditar. Peter está recriando a cena final de *Gatinhas e Gatões*, quando Molly Ringwald e Jake Ryan se sentam em uma mesa com um bolo de aniversário entre os dois. Quando vimos o filme alguns meses atrás, eu disse que era a coisa mais romântica que eu já tinha visto. E agora ele está fazendo para mim.

— Suba antes que as velas derretam, Lara Jean — diz Chris.

Darrell e Gabe me ajudam a subir na mesa, tomando cuidado para não botar fogo no meu vestido.

— Agora você olha para mim com adoração, para eu poder me inclinar para a frente, assim — diz Peter.

Chris se adianta e afofa minha saia.

— Enrole mais a manga — diz ela para Peter, olhando para o celular e para nós. Peter obedece, e Chris assente. — Está bom, está bom.

Ela volta para onde estava e começa a fotografar. Não preciso de esforço nenhum para olhar para Peter com adoração hoje.

Quando sopro as velas e faço meu pedido, desejo sempre sentir por Peter o que estou sentindo agora.

23

A PISCINA PÚBLICA SEMPRE ABRE NO FIM DE SEMANA DO MEMORIAL Day, que cai na última segunda-feira de maio. Quando éramos pequenas, Margot e eu contávamos os dias para o feriadão. Nossa mãe fazia sanduíches de presunto e queijo e os embrulhava em papel-manteiga, levava palitos de cenoura e uma jarra grande de água saborizada. O resultado era sempre mais água do que suco. Eu implorava pelos refrigerantes vendidos lá nas máquinas ou por ponche de frutas, mas, não. Mamãe lambuzava a gente com protetor solar da mesma forma que passava manteiga em um peru. Kitty berrava como louca; não tinha paciência para essa parte. Ela sempre foi impaciente, sempre quis mais. É engraçado ver como algumas características de quando éramos bebês permanecem conosco conforme vamos crescendo. Eu nunca perceberia isso se não fosse Kitty. Ela ainda faz as mesmas caras de irritação.

Ela não está na equipe de natação este ano. Diz que não é mais divertido agora que nenhuma de suas amigas participa. Eu a vi lendo os horários das reuniões no quadro de eventos da comunidade, quando ela não sabia que eu a estava observando, e notei a tristeza em seus olhos. Acho que isso também é parte de crescer, ter de se despedir de coisas que você amava.

Todos os gramados estão recém-cortados, e o ar cheira a trevos e folhas. Os primeiros grilos do verão cantam. Essa é a trilha sonora do meu verão, de todos os verões. Peter e eu ocupamos as espreguiçadeiras mais afastadas da piscina infantil, tentando fugir do barulho. Estou estudando para minha prova de francês ou, pelo menos, tentando.

—Venha aqui para eu passar nos seus ombros primeiro — falo para Kitty, que está de pé em frente à piscina com a amiga Brielle.

—Você sabe que eu não me queimo — responde ela, e é verdade; os ombros dela já estão bronzeados como um brioche dourado. No fim do verão, vão estar escuros como casca de pão integral. O cabelo de Kitty está molhado, para trás, uma toalha envolve seus ombros. Ela ficou mais alta.

—Venha aqui mesmo assim — falo.

Kitty se aproxima das espreguiçadeiras em que Peter e eu estamos sentados, os chinelos batendo contra o chão.

Eu borrifo protetor solar e espalho nos ombros dela.

— Não importa se você não se queima. Precisa proteger a pele para não ficar toda enrugada que nem uma bolsa de couro velha.

Era o que Stormy me dizia.

Kitty ri quando digo "bolsa de couro velha".

— Como a sra. Letty. A pele dela é cor de salsicha.

— Bom, eu não estava falando de ninguém especificamente. Mas é verdade. Ela devia ter usado protetor solar quando era mais jovem. Que isso sirva de lição para você, querida irmã.

A sra. Letty é nossa vizinha, e a pele dela é flácida como massa de crepe.

Peter coloca os óculos escuros.

—Vocês são cruéis.

— Olha só quem fala! Você já encheu o gramado dela de papel higiênico!

Kitty ri e rouba um gole da minha Coca.

—Você fez isso?

—Tudo intriga da oposição — diz Peter, fazendo pouco caso.

Conforme o dia vai ficando mais quente, Peter me convence a largar o livro de francês e pular com ele na piscina. Ela está cheia de crianças pequenas, não tem ninguém da nossa idade. Steve Bledell tem piscina em casa, mas eu queria vir aqui, por causa dos velhos tempos.

— Não ouse me dar um caldo — aviso. Peter começa a nadar ao meu redor como um tubarão, apertando cada vez mais o círculo.

— Estou falando sério!

Ele mergulha e me segura pela cintura, mas não me dá caldo. Ele me beija. Sua pele está fria e lisa contra a minha. Seus lábios também.

Eu o empurro e sussurro:

— Não me beije! Tem crianças aqui!

— E daí?

— E daí que ninguém quer ver adolescentes se beijando na piscina em que crianças estão tentando brincar. Não é legal. — Sei que pareço chata, mas não ligo. Quando eu era pequena e havia adolescentes fazendo bagunça na piscina, eu sempre ficava com medo de entrar, porque parecia que a piscina era deles.

Peter cai na gargalhada.

— Você é engraçada, Covey. — Nadando de lado, ele diz: — "Não é legal." — E começa a rir de novo.

O salva-vidas toca o apito para sinalizar a hora de os adultos nadarem, e todas as crianças saem da piscina, eu e Peter também. Voltamos para as espreguiçadeiras e Peter as empurra, juntando-as.

Eu me viro de lado e, estreitando os olhos por causa do sol, pergunto:

— Qual você acha que é a idade mínima para ficar na piscina na hora dos adultos? Dezoito ou vinte e um?

— Não sei. Vinte e um? — Ele está olhando o celular.

— Talvez seja dezoito. Nós devíamos perguntar. — Coloco os óculos escuros e começo a cantar "Sixteen Going on Seventeen", de *A Noviça Rebelde*. — *"You need someone older and wiser, telling you what to do."* — Bato de leve no nariz dele para enfatizar a letra da música.

— Ei, eu sou mais velho do que você — protesta ele.

Eu passo a mão pela bochecha de Peter e canto:

— *"I am seventeen going on eighteen, I-I-I'll take care of you."*

— Promete que vai cuidar de mim? — pergunta ele.

— Cante só uma vez para mim. — Peter me olha. — Por favor. Adoro quando você canta. Sua voz é tão bonita.

Ele não consegue evitar um sorriso. É impossível para Peter ser elogiado e não sorrir.

— Eu não sei a letra.

— Sabe, sim. — Finjo balançar uma varinha na cara dele. — *Imperio!* Espere... você sabe o que isso quer dizer?

— É... uma maldição imperdoável?

— É. Impressionante, Peter K. E o que ela faz?

— Obriga você a fazer coisas que não quer.

— Muito bom, jovem bruxo. Ainda há esperança para você. Agora, cante!

— Sua bruxinha. — Ele olha ao redor para ver se tem alguém ouvindo e canta baixinho: — *"I need someone older and wiser telling me what to do... You are seventeen going on eighteen... I'll depend on you."*

Eu bato palmas de alegria. Tem algo mais empolgante do que fazer com que um garoto satisfaça aos seus caprichos? Eu me aproximo mais dele e passo os braços pelo seu pescoço.

— Agora é você quem está fazendo demonstrações públicas de afeto! — diz ele.

— Você tem mesmo uma voz bonita, Peter. Não devia ter largado o coral.

— O único motivo para eu ter me inscrito no coral foi porque todas as garotas estavam lá.

— Bom, então nem pense em entrar em um coral na UVA. Nem grupos a capela. — Falo como piada, de verdade, mas Peter parece incomodado. — Eu estou brincando! Entre para todos os grupos a capela que quiser! Os Hullabahoos são todos rapazes mesmo.

— Eu não quero entrar em nenhum grupo a capela. E também não pretendo olhar para outras garotas.

Ah.

— Claro que você vai olhar para outras garotas. Afinal, você tem olhos, não tem? Isso é tão bobo! É como quando as pessoas dizem que não enxergam cor de pele. Todo mundo vê todo mundo. Não dá para não notar.

— Não foi isso que eu quis dizer!

— Eu sei, eu sei. — Eu me sento ereta e coloco o livro de francês no colo. — Você não vai mesmo estudar para sua prova de história americana de quarta?

— A esta altura, eu só preciso passar — lembra ele.

— Deve ser bom, deve ser bom — cantarolo.

— Ei, você não vai perder sua vaga na William and Mary se tirar C em francês.

— Eu não estou preocupada com francês. Estou preocupada com minha prova de cálculo na sexta.

— Ah, bom, eles também não vão expulsar você por tirar C em cálculo.

— É verdade, mas ainda quero terminar bem — comento. Já estamos na contagem regressiva, agora que maio está quase acabando. Só temos mais uma semana de aula. Eu estico os braços e as pernas, olho para o sol e solto um suspiro feliz. — Vamos vir aqui todos os dias do fim de semana que vem?

— Não posso. Vou àquele fim de semana de treino, lembra?

— Já?

— É. É estranho... A temporada acabou e nós não vamos mais jogar juntos.

O time de lacrosse da escola não se classificou para o campeonato estadual. Eles sabiam que era difícil, porque, como Peter gosta de dizer: "Eu sou um só." Rá! No fim de semana que vem ele vai para um treinamento com o novo time da UVA.

— Você está animado para conhecer os colegas de time?

— Eu já conheço alguns caras, mas estou. Vai ser legal. — Ele estica a mão e começa a trançar uma parte do meu cabelo. — Acho que estou ficando melhor nisso.

— Você tem o verão todo para treinar — falo, me inclinando para ele poder pegar mais cabelo. Ele não diz nada.

24

O FIM DAS AULAS SEMPRE ME PROVOCA UM SENTIMENTO ESPECIAL. É o mesmo todos os anos, mas neste ano o sentimento está amplificado, porque não vai haver ano que vem. Tem um ar de encerramento. Professores vão de short e camiseta para a aula. Passam filmes enquanto arrumam as mesas. Ninguém tem mais energia para se importar. Todos nós estamos em contagem regressiva, matando tempo. Todo mundo sabe para onde vai, e o agora já parece que ficou no passado. De repente, a vida parece mais rápida e mais lenta, tudo junto. É como estar em dois lugares ao mesmo tempo.

As provas vão bem; até a de cálculo não é tão ruim quanto eu imaginava. E de repente minha jornada no ensino médio está chegando ao fim. Peter viajou para o fim de semana de treino. Só tem um dia, e já estou com tanta saudade quanto sinto do Natal quando ainda estamos em julho. Peter é meu chocolate quente, minhas luvinhas vermelhas, minha manhã de Natal.

Ele disse que ia ligar assim que voltasse do ginásio, e fico com o celular por perto, o volume no máximo. De manhã Peter me ligou quando eu estava no banho, e, quando vi, ele já tinha saído de novo. O futuro vai ser assim? Vai ser diferente quando eu tiver aulas e outras atividades, mas agora parece que estou no alto de um farol, esperando o navio do meu amor chegar. Como sou romântica, este não é um sentimento totalmente desagradável, ao menos por enquanto. Vai ser diferente quando não for mais novidade, quando não ver Peter todos os dias for a nova rotina, mas, por enquanto, há uma espécie de prazer perverso em sentir saudade.

No fim da tarde, eu desço usando a camisola branca comprida que Margot diz que me deixa com cara de um personagem da série

Os pioneiros e Kitty diz que me faz parecer um fantasma. Eu me sento na bancada com uma das pernas dobrada, abro uma lata de pêssegos em calda e como com um garfo direto da lata. Tem algo de satisfatório em morder um pêssego adocicado.

Eu solto um suspiro, e Kitty tira os olhos do computador e me encara.

— Por que você está suspirando tão alto?

— Estou com saudade... do Natal. — Mordo outro pedaço de pêssego.

Ela se anima.

— Eu também! Acho que devíamos arrumar uns cervos para nosso jardim este ano. Não daqueles vagabundos, mas sim os chiques de arame cobertos de luzes de Natal.

Suspiro de novo e coloco a lata na bancada.

— Claro. — A calda está começando a pesar no meu estômago.

— Pare de suspirar!

— Por que será que suspirar é tão bom? — reflito.

Kitty dá um suspiro alto.

— Bom, é basicamente a mesma coisa que respirar. E é bom respirar. Ar é delicioso.

— É mesmo, não é? — Eu espeto outro pedaço de pêssego. — Onde será que se compra esse tipo de cervo? Deve ter na Target.

— A gente devia ir àquela loja, Christmas Mouse. Assim, podemos fazer estoque de várias coisas. Não tem uma em Williamsburg?

— Tem, no caminho dos shoppings outlet. Sabe, acho que também precisamos de uma guirlanda nova. E, se tiver luzes de Natal lilás, pode ser legal. Daria uma sensação de terra das fadas no inverno. Talvez a árvore toda possa ser em tons pastel.

— Não vamos nos empolgar — diz Kitty, secamente.

Eu a ignoro.

— Não esqueça que agora também temos as coisas de Natal de Trina. Ela tem uma cidadezinha de Natal, lembra? Está tudo naquelas caixas na garagem. — A cidadezinha de Trina não é só um presépio. Tem uma barbearia, uma padaria e uma loja de brinquedos. É um exagero. — Eu nem sei onde vamos colocar.

Kitty dá de ombros.

— Acho que vamos ter que jogar fora algumas coisas velhas. — Caramba, Kitty não tem um pingo de sentimentalismo! Com o mesmo tom prático, ela acrescenta: — Nem tudo que a gente tem é muito legal. A saia da árvore está desfiando e com cara de mastigada. Por que guardar uma coisa só porque é velha? O novo é quase sempre melhor que o velho, sabe?

Eu desvio o olhar. Nossa mãe comprou aquela saia em uma feira de Natal da escola quando estávamos no ensino fundamental. Uma das mães era costureira. Margot e eu brigamos para escolher; ela gostou da vermelha com a barra xadrez, e eu gostei da branca porque achei que ia parecer que nossa árvore estava na neve. Mamãe escolheu a vermelha porque a branca ficaria suja rápido. A vermelha está aguentando bem, mas Kitty está certa, acho que está na hora de aposentá-la. Mas nem eu nem Margot vamos deixá-la jogar fora. Por segurança, vou pelo menos cortar um quadradinho e guardar na minha caixa de chapéu.

— Trina tem uma saia de árvore legal — digo. — É branca e peludinha. Jamie Fox-Pickle vai amar se aconchegar nela.

Meu celular toca, e eu pulo para ver se é Peter, mas é só papai dizendo que vai comprar comida tailandesa para o jantar e querendo saber se preferimos *pad thai* ou *pad see yew*. Eu suspiro de novo.

— Por Deus, Lara Jean, se você suspirar mais uma vez... — ameaça Kitty. Me olhando, ela diz: — Sei que não é do Natal que você está com saudade. Peter viajou tem um dia e você está agindo como se ele tivesse ido para a guerra.

Eu a ignoro e respondo *pad see yew* só de raiva, porque sei que Kitty prefere *pad thai*.

É nessa hora que recebo uma notificação de e-mail. É da admissão da UNC. Minha candidatura foi atualizada. Eu clico no link. *Parabéns...*

Eu fui aceita.

Como é?

Fico ali, atordoada, lendo e relendo a mensagem. Eu, Lara Jean Song Covey, fui aceita pela Universidade da Carolina do Norte, em Chapel Hill. Não consigo acreditar. Eu nunca achei que entraria. Mas entrei.

— Lara Jean, alô?

Assustada, olho para ela.

— Eu acabei de repetir uma pergunta três vezes. O que está acontecendo?

— Hum... acho que acabei de entrar na UNC.

Kitty fica boquiaberta.

— Uau!

— Louco, não é?

Eu balanço a cabeça sem acreditar. Quem imaginaria? Não eu. Tinha me esquecido da UNC depois que entrei na lista de espera.

— A UNC é uma faculdade muito difícil de entrar, Lara Jean!

— Eu sei. — Ainda estou atordoada. Depois que não entrei na UVA, fiquei muito deprimida, como se não fosse boa o suficiente para ir para lá. Mas a UNC! É mais difícil entrar na UNC sendo de fora do estado do que na UVA sendo do estado.

O sorriso de Kitty diminui um pouco.

— Mas você não vai para a William and Mary? Já não pagou a taxa de matrícula? E você não vai pedir transferência para a UVA ano que vem de qualquer forma?

A UVA. Por alguns segundos, esqueci completamente a transferência para a UVA e fiquei feliz pela UNC.

— Esse é o plano — afirmo.

Meu celular toca e meu coração dá um salto, achando que é Peter, mas não é. É uma mensagem de Chris.

```
Quer ir na Starbucks?
```

Eu respondo:

ADIVINHA. Eu entrei na UNC!

OMG!
Vou te ligar

Um segundo depois, meu celular toca e Chris grita:
— Parabéns!
— Obrigada! Quer dizer, uau. É que... é uma faculdade tão boa. Eu achei...
— E o que você vai fazer? — pergunta ela.
— Ah. — Olho para Kitty, que está me observando com olhos de águia. — Nada. Eu ainda vou para a William and Mary.
— Mas a UNC não é uma faculdade melhor?
— Está melhor no ranking. Não sei. Eu nunca fui lá.
— Então vamos — diz ela.
— Visitar? Quando?
— Agora! Uma viagem espontânea!
— Está maluca? Fica a quatro horas daqui!
— Não fica, não. Fica a três horas e vinte e cinco minutos. Acabei de pesquisar.
— Quando chegarmos lá, vão ser...
— Seis da tarde. Grande coisa. A gente dá uma volta, janta e volta. Por que não? Somos jovens. E você precisa saber para o que está dizendo não. — Antes que eu possa protestar de novo, ela completa: — Vou passar aí em dez minutos. Leve uns lanches para a viagem.
Chris desliga.
Kitty está me olhando.
— Você vai para a Carolina do Norte? Agora?
Estou me sentindo bastante eufórica no momento. Solto uma gargalhada.

— Acho que vou!

— Isso quer dizer que você vai estudar lá e não na William and Mary?

— Não, só... eu só vou visitar. Nada mudou. Mas não conta para o papai.

— Por quê?

— Porque... porque sim. Pode dizer para ele que estou com a Chris e que não venho jantar, mas não fale nada sobre a UNC.

Então vou me vestir e voo pela casa como uma louca, jogando um monte de coisas na bolsa. Ervilhas secas com wasabi, Pocky Sticks, uma garrafa de água mineral. Chris e eu nunca fizemos uma viagem de carro juntas; eu sempre quis fazer isso com ela. E que mal haveria em dar uma olhada em Chapel Hill, só para conhecer? Eu não vou estudar lá, mas é divertido pensar nisso.

Chris e eu estamos na metade do caminho quando percebo que meu celular está ficando sem bateria e que esqueci o carregador.

— Você tem carregador de carro? — pergunto.

Ela está cantando com o rádio.

— Não.

— Droga! — Nós consumimos a maior parte da bateria de Chris usando o GPS. Fico um pouco tensa de viajar para outro estado sem o celular estar totalmente carregado. Além do mais, eu pedi a Kitty para não contar ao papai aonde eu estava indo. E se acontecesse alguma coisa? — Que horas você acha que a gente vai voltar?

— Pare de se preocupar, vovó Lara Jean. Nós vamos ficar bem. — Ela abre a janela dela e a minha e começa a procurar a bolsa. Pego a bolsa dela no chão do banco de trás e tiro o maço de cigarros antes que ela bata o carro. Quando estamos em um sinal vermelho, ela acende o cigarro e dá um trago. — Vamos ser como os pioneiros. Só aumenta a aventura. Nossos antepassados não tinham celular, sabia?

— Lembre-se de que só vamos olhar. Eu ainda vou estudar na William and Mary.

—Você que se lembre: ter mais de uma opção é tudo — afirma Chris.

É o que Margot sempre diz. Essas duas têm mais em comum do que imaginam.

Passamos o resto da viagem mudando as estações do rádio, cantando e discutindo se Chris devia ou não pintar a raiz de rosa. É surpreendente como o tempo passa rápido. Chegamos a Chapel Hill em menos de três horas e trinta minutos, como Chris disse que aconteceria. Encontramos uma vaga na Franklin Street, que acho que é a rua principal. A primeira coisa que percebo é como o campus da UNC é parecido com o da UVA. Tem muitos bordos, muito verde, muitos prédios de tijolo.

— É bonito, não é? — Eu paro para admirar um corniso com flores rosa. — Fico surpresa de ter tantos cornisos aqui, sendo a flor do estado da Virgínia. Qual você acha que é a flor do estado da Carolina do Norte?

— Não faço ideia. Podemos ir jantar? Estou morrendo de fome. — Chris tem a concentração de uma mosca e, quando está com fome, é melhor todo mundo tomar cuidado.

Eu passo o braço pela cintura dela. De repente sinto um carinho enorme por ela me levar até lá para ver o que meu futuro poderia ser.

— Vamos encher essa pança, então. O que você quer? Pizza? Sanduíche? Comida chinesa?

Ela passa o braço pelos meus ombros. O humor dela já melhora quando falo de comida.

— Pode escolher. Qualquer coisa, menos comida chinesa. E pizza. Quer saber, vamos comer sushi.

Dois caras passam na rua, e Chris grita:

— Ei!

Eles se viram.

— E aí? — diz um deles.

Ele é negro, bonito, alto, musculoso e veste uma camiseta com os dizeres LUTA-LIVRE DA CAROLINA DO NORTE.

— Onde tem o melhor sushi por aqui? — pergunta Chris.

— Eu não como sushi, então não sei. — Ele olha para o amigo ruivo, que é menos bonito, mas não deixa a desejar. — Qual você prefere?

— O Spicy Nine — diz ele, sem tirar os olhos de Chris. — É só seguir a Franklin por ali que vocês vão encontrar. — Ele pisca para ela, e os dois saem andando na direção oposta.

— Devíamos ir atrás deles? — pergunta ela, o olhar os acompanhando enquanto se afastam. — Descobrir o que planejam fazer hoje?

Eu a viro na direção que eles indicaram.

— Achei que você estivesse com fome — digo.

— Ah, é. Mas foi um ponto para a UNC, não foi? Garotos mais gatos?

— Tenho certeza de que a William and Mary também tem garotos gatos. — Rapidamente, eu acrescento: — Não que isso importe para mim, porque, obviamente, eu tenho namorado.

Que ainda não me ligou, aliás. Meu celular está com cinco por cento de bateria, então, quando Peter ligar, vai ser tarde demais.

Depois que comemos sushi, nós andamos pela Franklin Street, olhando as lojas. Penso em comprar um chapéu de bola de basquete do UNC Tar Heels para Peter, mas ele provavelmente não vai usar, pois vai torcer para o Wahoo.

Nós passamos por um poste com alguns anúncios colados, e Chris para. Aponta para um flyer de um espaço de música chamado Cat's Cradle. Uma banda chamada Meow Mixx vai tocar hoje.

— Vamos! — diz Chris.

— Você já ouviu falar do Meow Mixx? — pergunto. — Que tipo de música eles tocam?

— Quem liga? Vamos e pronto!

Ela pega minha mão, rindo. Corremos pela rua juntas.

Tem uma fila para entrar, e a banda já começou a tocar. Uma música animada flui pela porta aberta. Duas garotas estão na fila na nossa frente, e Chris me abraça e diz:

— Minha melhor amiga acabou de entrar na UNC.

Sinto um calor por dentro ao ouvir Chris me chamar de melhor amiga, ao saber que ainda somos importantes uma para a outra, apesar de ela ter amigos do trabalho e de eu ter Peter. Faz com que eu sinta uma certeza de que, quando ela estiver na Costa Rica, na Espanha ou onde quer que vá, nós ainda seremos próximas.

Uma das garotas da fila me abraça.

— Parabéns! Você vai adorar a UNC. — O cabelo dela está preso em duas tranças, e ela usa uma camiseta com os dizeres HILLARY É MINHA PRESIDENTE.

Ajustando a fivela esmaltada de pirulito no cabelo, a amiga diz:

— Escolha o alojamento Whaus ou o Craige. São os mais divertidos.

Fico tímida quando respondo:

— Na verdade, eu não vou estudar aqui. Nós só viemos visitar. Por diversão.

— Ah, e onde você vai estudar? — pergunta ela, o rosto cheio de sardas um pouco franzido.

— William and Mary.

— Mas ainda não é definitivo — completa Chris.

— É bem definitivo — retruco.

— Eu vim para cá em vez de ir para Princeton — diz a garota das tranças. — De tanto que amei o campus quando visitei. Você vai ver. Sou Hollis, aliás.

Nós nos apresentamos, e as garotas me contam sobre o departamento de literatura inglesa e os jogos de basquete no Dean Dome e os lugares na Franklin Street que não pedem identidade. Chris, que se distraiu durante a parte da conversa sobre o departamento de literatura, fica alerta de repente. Antes de entrarmos, Hollis me dá o número dela.

— Para o caso de você decidir vir para cá — diz ela.

Quando nós entramos, o lugar está bem cheio, com muita gente de pé perto do palco, tomando cerveja e dançando. A banda só tem dois caras com guitarras e um laptop, e o estilo musical deles é um pop eletrônico. O som se propaga pelo ambiente. A plateia é mista: uns caras mais velhos com camisetas de bandas de rock e barba, que devem ser da idade do meu pai, mas também muitos estudantes. Chris tenta limpar o carimbo que tem na mão para comprar cerveja para nós, mas não consegue. Eu não me importo porque não gosto tanto assim de cerveja, e ela ainda tem que dirigir de volta hoje. Começo a perguntar às pessoas se alguém tem um carregador de celular, e Chris dá um tapa no meu braço.

— Nós estamos em uma aventura! — grita ela. — Não precisamos de celulares em uma aventura!

Chris pega minha mão e me puxa até a beirada do palco. Nós dançamos até chegarmos ao meio e pulamos no ritmo da música, apesar de não conhecermos nenhuma canção. Um dos caras estudou na UNC e, no meio do show, puxa da plateia o hino de guerra dos Tar Heels. "Nascido Tar Heel, criado Tar Heel e, quando morrer, um morto Tar Heel!" A multidão vai à loucura, e o prédio chega a sacudir. Chris e eu não sabemos a letra, mas gritamos "Vai pro inferno, Duke!" junto com todo mundo. Nosso cabelo cai no rosto; estou suada e, de repente, me divertindo muito.

— Isso é tão legal! — grito para Chris.
— Também acho!

Depois da segunda parte do show, Chris declara que está com fome, e nós saímos noite adentro.

Nós andamos pela rua pelo que parece ser uma eternidade quando encontramos um lugar chamado Cosmic Cantina. É um restaurante mexicano pequenininho com uma fila comprida na porta, e Chris diz que deve querer dizer que a comida é muito boa ou muito barata. Chris e eu engolimos nossos burritos. O recheio de arroz, feijão, queijo derretido e molho *pico de gallo* caseiro é farto. O gosto é normal, exceto pelo molho apimentado. É tão apimentado que meus lábios ficam ardendo. Se meu celular não estivesse descarregado e o de Chris não estivesse quase na mesma situação, eu teria procurado na internet o melhor burrito de Chapel Hill. Mas aí talvez não tivéssemos encontrado aquele lugar. Por algum motivo, é o melhor burrito da minha vida.

Depois que comemos nossos burritos, eu digo:

— Que horas são? Nós devíamos voltar agora para chegarmos em casa antes de uma da manhã.

— Mas você quase não viu o campus — argumenta Chris. — Não tem nada em especial que você queira ver? Tipo, sei lá, uma biblioteca chata ou algo assim?

— Ninguém me conhece como você, Chris — digo, e ela pisca os olhos para mim. — Tem um lugar que quero ver… está em todos os folhetos. O Velho Poço.

— Então vamos lá — incentiva ela.

Quando estamos andando, pergunto:

— Você acha Chapel Hill parecida com Charlottesville?

— Não, parece ser melhor.

— Você é que nem Kitty. Acha que tudo novo é melhor.

— E você acha que tudo velho é melhor.

Ela tem razão. Andamos o resto do caminho em um silêncio confortável. Estou pensando nas formas como a UNC lembra e não lembra a UVA. O campus está tranquilo, provavelmente porque a maioria dos alunos voltou para casa para as férias de verão. Mas ainda tem bastante gente por aqui: garotas de vestido e sandálias e garotos de bermuda cáqui e bonés da UNC.

Atravessamos o gramado verde, e ali está: o Velho Poço. Fica entre dois alojamentos de tijolo. É uma pequena rotunda, uma versão menor da que existe na UVA, com um chafariz com água potável no centro. Há um carvalho branco enorme logo atrás e arbustos de azaleia em volta, rosa como a cor do batom que Stormy gostava de usar. É encantador.

— Você tem que fazer um pedido ou algo assim? — pergunta Chris, se aproximando do chafariz.

— Ouvi dizer que, no primeiro dia de aula, os alunos tomam um gole de água para dar sorte — digo. — Sorte ou só notas boas.

— Eu não vou precisar de notas boas no lugar para onde vou, mas aceito a sorte.

Chris se inclina para tomar um gole, e duas garotas passando por ali avisam:

— Os garotos das fraternidades fazem xixi aí toda hora. Não beba.

Ela afasta a cabeça e pula para longe do chafariz.

— Eca! — Descendo os degraus, ela diz: — Vamos tirar uma selfie.

— Não dá. Nossos celulares estão descarregados, lembra? Vamos ter que guardar a lembrança no coração, como antigamente.

— É verdade. Então vamos pegar a estrada?

Eu hesito. Não sei por quê, mas não estou pronta para ir embora ainda. E se eu nunca mais voltar aqui? Vejo um banco virado para um dos prédios de tijolo e decido me sentar.

— Vamos ficar um pouco mais.

Abraço os joelhos contra o peito, e Chris se senta ao meu lado. Ela começa a mexer no monte de pulseiras que usa no braço.

— Eu queria poder vir para cá com você.

— Para a faculdade ou para a UNC? — Sou pega tão de surpresa pelo tom de reflexão na voz dela que não paro para corrigi-la, para lembrar que também não vou estudar aqui.

— Qualquer uma das duas coisas. As duas. Não me entenda mal. Estou doida pela Costa Rica. É que... não sei. E se eu estiver perdendo coisas por não ir para a faculdade na mesma época que todo mundo?

Ela olha para mim, o olhar cheio de dúvida.

— A faculdade vai estar aqui esperando você, Chris. Ano que vem, no ano seguinte. Quando você quiser.

Chris se vira e olha para o gramado.

— Talvez. Vamos ver. Consigo ver você aqui, Lara Jean. Você não?

Engulo em seco.

— Eu tenho um plano. A William and Mary por um ano, depois a UVA.

— Você quer dizer que você e Peter têm um plano. É por isso que você está tão indecisa.

— Tudo bem, Peter e eu temos um plano. Mas não é o único motivo.

— É o principal.

Não posso negar. O que fica faltando aonde quer que eu vá, seja a William and Mary ou a UNC, é Peter.

— Então por que você não estuda aqui por um ano? — pergunta Chris. — Qual é a diferença de estar aqui ou na William and Mary? Uma hora? Você não vai estar na UVA de qualquer jeito. Então, por que não aqui? — Ela não espera que eu responda; dá um pulo e corre pelo gramado, tira os sapatos e dá uma série de estrelas.

E se eu viesse para cá e adorasse tudo? E se, depois de um ano, não quisesse ir embora? E aí? Mas não seria ótimo se eu adorasse? Não é esse o objetivo? Por que apostar em não amar um lugar? Por que não correr um risco e apostar na felicidade?

Eu me deito, estico as pernas no banco e olho para o céu. Há galhos de árvore se entrelaçando bem acima da minha cabeça; uma árvore fica ao lado do prédio, e a outra, no gramado. Os galhos cobrem a passagem e se encontram no meio. E se Peter e eu pudéssemos ser como essas duas árvores, distantes, mas ainda se tocando? Porque eu acho que seria feliz aqui. Acho que talvez consiga me ver estudando aqui também.

O que foi que Stormy disse? Na última vez que a vi, no dia que ela me deu o anel? *Nunca diga não quando quer mesmo dizer sim.*

Quando Chris para na frente da minha casa, passa um pouco das três da manhã e todas as luzes estão acesas. Eu engulo em seco e me viro para ela.

— Entra comigo? — imploro.

— De jeito nenhum. Você está por conta própria. Tenho que ir para casa encarar minha mãe.

Dou um abraço de despedida em Chris, saio do carro e subo os degraus da frente. A porta se abre quando estou procurando as chaves na bolsa. É Kitty com a camisa larga que usa para dormir.

— Você está encrencada — sussurra ela.

Eu entro, e papai está logo atrás dela, ainda com as roupas de trabalho. Trina está no sofá, me olhando com cara de *Você está ferrada, e me solidarizo, mas podia ter pelo menos ligado.*

— Onde você esteve a noite toda?! — grita ele. — E por que não atendeu o celular?

Eu me encolho.

— A bateria acabou. Desculpa. Eu não tinha percebido que estava tão tarde. — Penso em fazer uma piada dizendo que é por isso que a geração Y devia usar relógio, para tentar aliviar o clima, mas acho que uma piada não vai funcionar desta vez.

Papai começa a andar de um lado para outro.

— E por que não usou o celular da Chris?

— O celular da Chris também ficou sem bateria…

— Nós estávamos morrendo de preocupação! Kitty disse que você saiu com Chris sem dizer para onde estava indo… — Nessa hora, Kitty me olha. — Eu estava quase ligando para a polícia, Lara Jean! Se você não tivesse chegado agora…

— Sinto muito — começo a dizer. — De verdade.

— Isso é tão irresponsável. — Papai está resmungando sozinho, sem nem me ouvir. — Lara Jean, você pode ter dezoito anos, mas…

Do sofá, Trina interrompe:

— Dan, por favor, não diga "mas ainda mora sob o meu teto". É tão clichê.

Papai se vira para ela.

— Tem motivo para ser clichê! É uma boa frase! Uma frase muito boa.

— Lara Jean, conte para eles onde você estava — diz Kitty, impaciente.

Papai lança um olhar acusador para ela.

— Kitty, você sabia onde ela estava?
— Ela me fez jurar não contar!
Antes que ele possa responder, digo:
— Eu fui para a Carolina do Norte com Chris.
Ele levanta os braços.
— Carolina do Norte! Mas... mas que coisa é essa? Você atravessou a fronteira estadual sem me contar? E ainda por cima com o celular descarregado!

Sinto-me mal por tê-lo deixado preocupado. Não sei por que não liguei. Eu podia ter pedido o celular de alguém. Acho que me deixei levar pela noite, por estar lá. Eu não queria pensar na minha casa e na vida real.

— Desculpa — sussurro. — Sinto muito mesmo. Eu devia ter ligado.

Ele balança a cabeça.
— Por que você foi para a Carolina do Norte?
— Eu fui para a Carolina do Norte porque... — Faço uma pausa. Se eu falar agora, não tem volta. — Porque eu fui aceita pela UNC.

Papai arregala os olhos.
— Foi? Que... que maravilha. Mas e a William and Mary?
Sorrindo, eu dou de ombros.

Trina solta um grito e pula do sofá, derrubando o cobertor de flanela em que tinha se enrolado e quase tropeçando. Papai me dá um abraço apertado, e Trina se junta a nós.

— Ah, meu Deus, Lara Jean! — diz ela, me dando tapinhas nas costas. — Você vai ser uma Tar Heel!

— Espero que você esteja feliz — diz papai. Ele limpa uma lágrima. — Ainda estou furioso por você não ter ligado. Mas também estou feliz.

— Então você vai? — pergunta Kitty da escada.
Eu olho para ela. Dou um sorriso trêmulo e digo:
— É, eu vou. Peter e eu vamos dar um jeito. Vamos pensar em alguma coisa.

Conto para eles cada detalhe da noite: o show no Cat's Cradle, os burritos da Cosmic Cantina, o Velho Poço. Trina faz pipoca, e está quase amanhecendo quando vamos dormir. Quando papai vai para o quarto, Trina sussurra para mim:

— Seu pai envelheceu dez anos em uma noite. Olhe para ele, daqui a pouco vai precisar de uma bengala. Graças a você, vou me casar com um velho.

Nós duas caímos na gargalhada e não conseguimos parar. Acho que estamos meio grogues pela falta de sono. Trina cai de costas e balança as pernas no ar de tanto que está rindo. Kitty, que adormeceu no sofá, acorda.

— O que é tão engraçado?

Isso só nos faz rir mais. Quando está subindo a escada, papai para, se vira e balança a cabeça para nós duas.

— Vocês já estão fazendo complôs contra mim — diz ele.

— É melhor aceitar, papai. Você sempre viveu em um matriarcado. — Eu jogo um beijo para ele.

Ele franze a testa.

— Ei, não pense que esqueci que você passou a noite fora sem nem ligar para casa.

Ops. Talvez seja cedo demais para piadinhas. Quando ele termina de subir, eu grito:

— Sinto muito de verdade!

Eu lamento por não ter ligado, mas não por ter ido.

25

Quando acordo, enrolo na cama por um tempo, espreguiçando os braços e as pernas como um X enorme. A noite anterior parece um sonho. É mesmo verdade? Eu vou para a UNC?

Vou, vou sim. Que loucura, é emocionante como uma vida pode mudar de direção da noite pro dia. Eu sempre tive medo de mudanças, mas agora não me sinto assim. Estou empolgada. Percebo agora como estar animada com a minha futura faculdade é um privilégio. Peter, Chris e Lucas, eles vão para onde querem ir, mas meu futuro parecia uma segunda escolha porque era mesmo isso, ainda que a William and Mary seja uma ótima universidade. A UNC é uma opção que eu nem sabia que tinha, como uma porta que se abriu como num passe de mágica, uma porta que pode me levar a muitos lugares.

Quando termino meu devaneio, olho para o relógio e vejo que dormi o dia todo. Eu me sento, ligo o celular e vejo todas as ligações perdidas e mensagens de voz do meu pai e de Kitty da noite anterior. Apago tudo sem ouvir, para não precisar escutar a raiva na voz do papai; vejo que Peter também deixou uma mensagem de voz. Quando vejo o nome dele no celular, meu coração perde o compasso. Tem mensagens de texto também, querendo saber onde estou. Eu ligo para ele, que não atende, então concluo que deve estar no meio do treino. Deixo uma mensagem dizendo para vir aqui em casa quando voltar. Ficamos de ir mais tarde à festa de Steve Bledell. Estou nervosa para contar a novidade para Peter. Tínhamos um plano, e agora estou mudando as coisas, mas eu não sabia que ia ter essa oportunidade. Ele vai entender. Sei que vai.

Eu me deito na cama e chamo Margot pelo FaceTime. Ela está na rua, indo para algum lugar.

— E aí? — pergunta ela.
— Adivinha.
— O quê?
— Eu passei para a UNC!

Ela dá um grito e larga o celular. Felizmente, ele cai na grama. Ela o pega de volta. Ainda está gritando.

—Ah, meu Deus! Isso é incrível! É a melhor notícia do mundo! Quando você soube?

Eu me deito de bruços.

— Ontem! Chris e eu fomos visitar o campus ontem à noite, e, Gogo, foi tão divertido. Nós acabamos vendo um show de uma banda, dançamos e gritamos como umas bobas. Minha garganta está doendo!

— Então, espere... você vai, né?
—Vou!

Margot grita de novo, e eu dou uma gargalhada.

— Como é o campus da UNC? — pergunta ela.
—Ah, é bem parecido com o da UVA.

— Foi o que me contaram. Ouvi que os campi são parecidos. As cidades também. As duas são liberais, mas Chapel Hill talvez seja um pouco mais. Tem muita gente inteligente lá. Mal posso esperar para ver os cursos com você. — Ela começa a andar de novo. — Você vai adorar lá. Maggie Cohen, que era um ano acima do meu, *ama*. Você devia falar com ela. — Sorrindo, Margot diz: — É agora que tudo começa, Lara Jean. Você vai ver.

Depois que me despeço de Margot, tomo um banho de espuma e faço todos os meus rituais: máscara facial, bucha, esfoliante de açúcar mascavo com alfazema. No banho, treino o que vou dizer para Peter. *Tem duas árvores em lados opostos, e os galhos se encontram no meio...* Fico tanto tempo no banho que Kitty grita para eu me apressar. Quando saio da banheira, seco o cabelo e faço cachos; refaço as unhas e até passo o creme de cutícula de limão que comprei, mas nunca me lembro de usar.

Papai, Trina e Kitty foram ao cinema, então estou sozinha em casa quando Peter chega, por volta das oito. Está usando um moletom novo da UVA. O cabelo está lavado e ainda úmido. Ele tem cheiro de sabonete Dove, que adoro. Ele me puxa para um abraço e apoia seu peso em mim.

— Estou todo dolorido — comenta, se sentando no sofá da sala. — Podemos perder a festa do Steve hoje? Eu só quero ficar aqui com você e não ter que bater papo com ninguém. Estou exausto.

— Claro — falo, e respiro fundo para dar a notícia, mas ele me olha com expressão cansada.

— Aqueles caras do time estão muito em forma. Foi difícil acompanhar o ritmo deles.

Eu franzo a testa.

— Ei, você também está em forma.

— Não tanto quanto eles. Preciso melhorar. — Ele massageia a nuca. — Então você vai me contar onde esteve ontem à noite?

Eu me sento no sofá de frente para ele, as pernas dobradas. Apoio as costas das mãos nas bochechas, que parecem quentes. Em seguida, as coloco no colo.

— Tá, tudo bem. — Eu faço uma pausa. — Você está pronto?

Ele ri.

— Aham, estou pronto.

— Tá. É loucura, mas fui à Carolina do Norte com Chris.

Peter ergue as sobrancelhas.

— Estranho. Tudo bem. Continue.

— Eu fui lá porque... passei para a UNC!

Ele pisca.

— Uau. Isso... uau. Isso é incrível.

Respiro fundo.

— Eu achava que não queria estudar lá, mas quando Chris e eu fomos, achei a cidade um charme, e as pessoas foram muito simpáticas, e tem um banco ao lado do Velho Poço onde, se você se deitar e olhar para cima, duas árvores de lados opostos se encontram no meio. Os galhos se tocam, assim. — Eu começo a demonstrar, mas paro, porque percebo que Peter não está ouvindo. Ele está olhando para o nada. — O que você está pensando?

— Então isso quer dizer que você vai para lá agora, e não para a William and Mary?

Eu hesito.

— É.

Ele assente para si mesmo.

— Fico feliz por você. De verdade. Mas é uma droga você ir morar tão longe. Se eu tivesse que pegar o carro e dirigir até Chapel Hill agora, eu acabaria dormindo ao volante. São quantas horas de Charlottesville a Chapel Hill? Umas quatro?

Sinto um nó no estômago.

— Três horas e vinte e cinco minutos. Sei que parece muita coisa, mas juro que passa rápido!

— É o dobro do tempo que leva de Charlottesville à William and Mary. E isso sem trânsito. — Ele encosta a cabeça no sofá.

— Não é o dobro — falo baixinho. — É uma hora e meia a mais.

Ele se vira para mim, e noto o arrependimento nos olhos dele.

— Desculpa. Eu estou muito cansado agora. Vai ser bem mais difícil do que eu achei que seria. Não o nosso namoro, mas a faculdade. Vou ter treinos o tempo todo, e quando não estiver treinando, vou estar malhando ou na aula ou dormindo. Vai ser exaustivo. Nem um pouco como o ensino médio. É muita pressão. E... eu não achei que você fosse estar tão longe.

Eu nunca o vi assim. Ele parece derrotado. Quando o assunto é o lacrosse e os estudos, ele é sempre tão tranquilo, tão confiante. Tudo sempre é fácil para ele.

— Peter, você vai se sair bem. Agora é só o começo. Quando você pegar o jeito, vai ser como sempre, sem problemas. — Timidamente, acrescento: — E... nós também vamos dar um jeito.

De repente, ele se senta ereto.

— Quer saber? Vamos para a festa.

— Tem certeza?

— Tenho. Você está toda arrumada. E não arrumou seu cabelo assim à toa. — Ele me puxa para perto. — Vamos comemorar sua vitória.

Eu o abraço. Os ombros estão contraídos; consigo sentir a tensão nas costas dele. A maioria dos garotos não repararia em uma coisa assim: que eu fiz cachos no cabelo, que estou usando uma blusa nova. Tento me concentrar nisso e não no fato de ele não ter me dado parabéns.

26

Na casa de Steve Bledell, um monte de gente está na sala ao lado da cozinha fumando maconha e vendo futebol na enorme tevê de tela plana na parede. Lucas está aqui e, quando lhe conto as novidades, ele me pega no colo e me gira.

—Você também vai sair daqui!

— Bom, eu só vou para o estado vizinho, para a Carolina do Norte — falo, rindo. Sinto uma emoção inesperada ao dizer essas palavras em voz alta. — Não é tão longe.

— Mas é *fora daqui*. — Lucas me devolve ao chão e encosta as mãos nas minhas bochechas. — Vai ser muito bom para você, Lara Jean.

—Você acha?

—Tenho certeza.

Estou na cozinha pegando uma Coca quando Genevieve entra descalça, usando um moletom da Virginia Tech e segurando uma cerveja em um porta-latas também da Virginia Tech. Ela se balança um pouco antes de dizer:

— Eu soube que você entrou na UNC. Parabéns.

Eu espero o golpe, o comentário venenoso, mas ele não vem. Ela só fica ali parada, um pouco bêbada, mas ainda sóbria o bastante.

— Obrigada — falo. — Parabéns pela Virginia Tech. Sei que você sempre quis estudar lá. Sua mãe deve estar feliz.

— Está. Você soube que Chrissy vai para a Costa Rica? Aquela vaca sortuda. — Ela toma um gole da cerveja. — Chapel Hill é bem longe daqui, hein?

— Nem tanto. Só três horas — minto.

— Ah, boa sorte então. Espero que Peter continue tão fiel a você quanto é hoje. Mas, conhecendo ele, duvido muito. — Ela solta um arroto alto, e a expressão de surpresa e susto em seu rosto é tão engraçada que quase dou uma gargalhada. Por um segundo, parece que Genevieve também vai rir, mas ela se controla, faz cara feia e sai da cozinha.

Só tenho vislumbres de Peter ao longo da noite, conversando com as pessoas, tomando cerveja. Seu humor parece ter melhorado. Está sorrindo, com o rosto um pouco corado por conta da cerveja. Acho que nunca o vi beber tanto.

Perto da uma da manhã, ando pela casa à procura de Peter, e quando o encontro, ele está participando de um jogo envolvendo bebida na garagem de Steve. Todos estão rindo de alguma coisa que ele disse. Ele me vê no alto da escada e faz sinal para mim.

—Venha jogar com a gente, Covey — diz ele alto demais.

Meus pés ficam firmes no degrau.

— Não posso. Eu tenho que ir para casa.

O sorriso dele some.

—Tá, eu levo você.

— Não, tudo bem. Vou pegar uma carona ou chamar um Uber. Eu me viro para ir embora, e Peter vai atrás de mim.

— Não faça isso. Eu levo você.

— Não, você está bêbado. —Tento não ser cruel, mas é a verdade. Ele ri.

— Eu não estou bêbado. Só tomei três cervejas ao longo de quê? Três horas? Eu estou bem. Você não bebe, então não tem noção, mas isso não é nada. Eu juro.

— Bom, dá para eu sentir seu bafo de bebida e sei que você não passaria pelo teste do bafômetro.

Peter olha para mim.

—Você está com raiva?

— Não. Só não quero que você dirija para me levar em casa. Também não devia voltar para casa dirigindo. Devia dormir aqui.

—Ah, você está com raiva. — Ele se aproxima de mim e olha ao redor antes de dizer: — Sinto muito por antes. Eu devia ter ficado mais animado por você. Eu só estava cansado.

— Tudo bem — falo, embora eu não esteja sendo completamente sincera.

Stormy dizia uma coisa: Vá embora com quem você chegou, a não ser que ele esteja bêbado; nesse caso, arranje outro jeito de voltar para casa. Acabo pegando carona com Lucas e chego antes da minha hora, mas por pouco. Depois da noite anterior, não posso forçar a barra.

Peter fica me mandando mensagens, e sou mesquinha o bastante para ficar feliz por ele não estar mais se divertindo. Eu o deixo esperando muitos minutos antes de responder em poucas palavras que ele não devia voltar dirigindo para casa, e ele me manda uma foto em que aparece deitado no sofá de Steve com a jaqueta de alguém como cobertor.

Não consigo dormir, então desço para fazer um queijo quente. Kitty também está no andar de baixo vendo um programa de entrevistas e brincando no celular.

— Quer um queijo quente?

— Quero — diz ela, erguendo os olhos do celular.

Faço o de Kitty primeiro. Aperto o sanduíche na frigideira para a parte de baixo ficar crocante, e o sanduíche, achatado. Corto outro pedaço de manteiga e o vejo derreter em uma poça, ainda me sentindo desanimada por causa desta noite. Então, do nada, surge um pensamento na minha cabeça. Contato direto. O pão precisa de contato direto com a frigideira quente para ficar crocante do jeito certo.

É isso. Essa é a resposta para as dificuldades que venho enfrentando com os cookies com gotas de chocolate. Durante todo esse tempo, eu estava usando um tapete antiaderente para os cookies não grudarem na assadeira. A solução é papel-manteiga. É fininho, diferente do tapete. Com papel-manteiga, a massa tem contato direto com o calor e assim se espalha mais. *Voilà*, biscoitos mais finos.

Estou tão determinada que começo a pegar os ingredientes na despensa. Se eu fizer a massa certa neste instante, ela pode descansar a noite toda e eu vou poder testar minha teoria amanhã.

★ ★ ★

Durmo até tarde de novo porque não tem aula graças às reuniões dos professores e porque fiquei acordada até as três da manhã fazendo minha massa e vendo tevê com Kitty. Quando acordo, como no dia anterior, há mensagens de Peter.

```
Desculpa.
Sou um babaca.
Não fique com raiva.
```

Fico lendo as mensagens dele sem parar. O intervalo entre elas é de minutos, então sei que ele deve estar se perguntando se ainda estou com raiva ou não. Não quero ficar com raiva, só quero que as coisas voltem ao normal.
Mando uma mensagem:

```
Quer vir aqui para ter uma surpresa?
```

Ele responde na mesma hora:

```
A CAMINHO
```

— O cookie com gotas de chocolate perfeito tem que ter três aros — falo. — O do centro deve ser macio e meio molengo. O intermediário deve ser úmido. E o de fora deve ser crocante.
— Não aguento mais ouvir ela dando esse discurso — diz Kitty para Peter. — Não aguento.
— Seja paciente — pede ele, apertando o ombro dela. — Está quase acabando, e, depois, vamos ganhar cookies.
— O cookie perfeito é mais gostoso quando ainda está quente, mas também é delicioso à temperatura ambiente.
— Se você não parar de falar, eles não vão mais estar quentes — resmunga Kitty.

Olho para ela de cara feia, mas, na verdade, estou feliz por ela estar aqui para tornar o clima mais tranquilo entre mim e Peter. A presença dela faz as coisas parecerem normais.

— No mundo dos doces, é uma verdade universalmente reconhecida que Jacques Torres aperfeiçoou o cookie com gotas de chocolate. Peter, nós experimentamos um da loja dele alguns meses atrás. — Agora estou enrolando para fazer os dois sofrerem. — Como meu cookie vai se sair comparado ao dele? Alerta de spoiler: está incrível.

Kitty desce do banco.

— Já chega. Vou embora. Um cookie com gotas de chocolate não vale isso tudo.

Eu dou um tapinha na cabeça dela.

— Ah, gatinha. Garota querida e tola. Esse cookie vale isso e muito mais. Sente-se, ou não vai provar.

Revirando os olhos, ela se senta.

— Meus amigos, eu finalmente encontrei. Minha baleia branca. Meu anel para a todos governar. O cookie dos cookies. — Com um floreio, puxo um pano de prato e apresento meus cookies finos, macios e com a densidade perfeita, artisticamente arrumados em um prato.

Para minha consternação, Peter enfia um inteiro na boca e, com ela cheia, diz:

— Delicioso!

Ele ainda está com medo de eu ter ficado chateada, então diria qualquer coisa agora.

— Coma mais devagar. Saboreie, Peter.

— Eu estou saboreando, acredite.

Kitty é a verdadeira crítica que devo agradar. Digo, ansiosa:

— Eu usei açúcar mascavo. Dá para sentir um toque de melado?

Ela está mastigando, pensativa.

— Não sinto a diferença entre este e o que você fez duas fornadas atrás.

— Desta vez usei *chocolate fèves*, não chocolate picado. Está vendo como o chocolate derrete em levas?

— O que é *fève*?

— Lascas.

— Então diga lascas. E papai não ficou irritado por você ter gastado trinta dólares em chocolate?

— Eu não diria que ele ficou *irritado*. Talvez aborrecido. Mas acho que vai concordar que vale a pena. — Kitty me olha com uma cara de *Ah tá*, e eu murmuro: — É chocolate Valrhona, tá? Não é barato. Além do mais, o saco é de um quilo! Olha, essa não é a questão. Você não consegue perceber como as bordas são mais crocantes e o centro, mais macio? Preciso explicar de novo sobre o tapete antiaderente e o papel-manteiga?

— A gente entendeu — retruca Kitty.

Peter enfia o dedo no passador da minha calça jeans e me puxa para perto.

— Melhor cookie da minha vida — declara. Ele está pegando pesado, mas eu ainda estou um pouco irritada.

— Vocês são tão bregas — diz Kitty. — Vou pegar minha cota de cookies e sair daqui. — Ela começa a empilhar biscoitos em um guardanapo, rápida como um raio.

— Só pegue três!

Ela coloca dois de volta e sobe a escada.

Peter espera que ela vá embora e pergunta:

— Você ainda está com raiva de mim? Nunca mais vou beber quando estiver de carro com você, prometo. — Ele me dá um grande sorriso.

— Você está mesmo numa boa com a minha ida para a UNC?

O sorriso dele some, e ele hesita por um momento antes de assentir.

— É como você falou. A gente vai dar um jeito, seja como for. — Por um milésimo de segundo, o olhar dele procura o meu, e sei que ele está querendo que eu o tranquilize. Nessa hora, passo os braços em volta dele e o abraço com força, força suficiente para que ele saiba que estou aqui. Que não vou deixá-lo.

27

Agora que decidi estudar na UNC, de repente preciso fazer várias coisas, e logo. Informo à William and Mary que não vou para lá; pago a taxa de matrícula da UNC. Conto a novidade para minha orientadora, a sra. Duvall, que fica feliz da vida. Ela diz que sou a única da nossa turma que vai para lá e que mal pode esperar para acrescentar a UNC à lista de faculdades para as quais os alunos passaram.

— Eu sabia que você iria me deixar orgulhosa — diz ela, assentindo. — Eu sabia.

Os capelos e as becas chegaram, e Peter e eu vamos ao ginásio buscar os nossos, com os convites para a formatura.

Nós nos sentamos nas arquibancadas para experimentar os capelos, e Peter inclina o meu e diz:

— Você ficou fofa.

Eu jogo um beijo para ele.

— Me deixe ver seus convites.

Quero ver o nome dele todo caprichado, com a caligrafia elaborada.

Ele me entrega a caixa, e eu a abro. Passo os dedos pelas letras em relevo. *Peter Grant Kavinsky.*

— Você pensou mais sobre se vai convidar ou não seu pai?

Peter olha ao redor para ver se tem alguém ouvindo antes de comentar em voz baixa:

— Por que você fica falando nisso?

Estico o braço e toco no capelo de Peter.

— Porque acho que, no fundo, você quer que ele esteja lá. No mínimo para ver tudo que você conseguiu e tudo que ele perdeu.

— Vou pensar — diz ele, e eu paro por aí. A decisão é de Peter.

★ ★ ★

A caminho de casa, Peter me pergunta:

— Quer ver um filme hoje?

— Não posso. Kristen, a amiga de Trina, vai lá em casa para acertarmos os últimos detalhes da despedida de solteira.

Ele me olha com malícia.

—Vocês vão para um clube de strip?

— Não! Eca. Eu nunca ia querer ver uma coisa dessas.

— Ver o quê?

— Um bando de músculos besuntados de óleo. — Eu tremo. — Fico feliz de você não ser todo musculoso.

Peter franze a testa.

— Ei, eu sou forte.

Eu aperto o bíceps dele e ele automaticamente o flexiona debaixo dos meus dedos.

—Você é lindo e magro, sem ser muito musculoso.

—Você sabe mesmo fazer um cara se sentir másculo, Covey — diz ele, e entra na minha rua.

Eu me sinto um pouco mal, porque agora lembro que ele disse que não estava tão em forma quanto os outros caras do time de lacrosse da UVA.

— Eu gosto de você como você é — acrescento, e ele ri, então não pode estar tão magoado.

— O que seu pai vai fazer na despedida de solteiro?

Eu dou uma gargalhada.

—Você conhece meu pai? Ele é a última pessoa do mundo que faria uma despedida de solteiro. Ele nem tem amigos homens para chamar para uma festa! — Eu paro e penso nisso. — Bom, acho que Josh é o mais próximo dele. Nós não o vemos tanto assim desde que ele foi para a faculdade, mas os dois ainda trocam e-mails com frequência.

— Não sei o que a sua família vê naquele cara — diz Peter em tom ácido. — O que ele tem de tão incrível?

É um assunto delicado. Peter tem paranoia de meu pai gostar mais de Josh do que dele, e tento explicar que não é uma competição. E não é mesmo. Papai conhece Josh desde que ele era pequeno. Eles trocam quadrinhos, caramba. Não tem competição. É óbvio que meu pai gosta mais de Josh. Mas só porque o conhece melhor. E isso só porque eles são mais parecidos: nenhum dos dois é descolado. E Peter é. Meu pai fica confuso com gente descolada.

— Josh adora a comida do meu pai.

— Eu também!

— Eles têm o mesmo gosto para filmes.

— E Josh nunca apareceu em um vídeo em um ofurô com uma das filhas dele — concluiu Peter.

— Ah, meu Deus, deixa isso pra lá! Meu pai já esqueceu isso. — "Esqueceu" talvez seja uma palavra muito forte. Talvez esteja mais para nunca mais tocou no assunto e, com sorte, nunca mais vai falar sobre isso.

— Sei.

— Bom, é verdade. Meu pai é um homem muito misericordioso e ele se esquece das coisas muito rápido.

Quando estamos parando diante da minha casa, Peter pergunta de repente:

— E se eu organizasse uma despedida de solteiro para o seu pai? Nós poderíamos fazer um churrasco, talvez fumar uns charutos...

— Meu pai não curte charutos.

— Bom, então só o churrasco. Não precisa ficar nervosa.

— Churrasco e nada de clube de strip.

— Ah, meu Deus, me dê um pouco de crédito, Covey! Além do mais, eu ainda não tenho vinte e um anos. Duvido que conseguisse entrar.

Eu olho de cara feia para ele.

Peter logo diz:

— Não que eu fosse querer ir. E com certeza não ia querer ir com o pai da minha namorada. — Ele treme. — Isso seria nojento.

— E qual é o plano? Fazer um churrasco no quintal?

— Não. Acho melhor irmos a uma churrascaria. Vamos nos arrumar. Vai ser a noite dos homens. A gente pode até usar terno.

Eu reprimo um sorriso. Peter nunca vai admitir, mas ele adora se arrumar. Tão vaidoso.

— Parece ótimo.

— Você pode falar com seu pai? — pergunta ele.

— Eu acho que *você* devia falar.

— Se ele topar, quem eu devo convidar?

— Josh? — sugiro com tom desanimado, sabendo que ele não vai concordar.

— De jeito nenhum. Seu pai não tem amigos do trabalho?

— Ele não tem muitos amigos próximos lá. Só o dr. Kang... Você poderia convidar meu tio Victor. E às vezes meu pai passeia de bicicleta com o sr. Shah, aqui da rua.

— Você consegue os e-mails dessas pessoas pra ontem? — pergunta Peter. — Quero mandar os convites assim que seu pai concordar. Quando é a despedida de solteira? Daqui a dois fins de semana?

Meu coração parece que vai explodir. Fico tão emocionada com quanto Peter quer impressionar meu pai.

— É na terceira sexta do mês. Estamos esperando Margot voltar para casa.

Kitty ficou estranhamente tranquila quando soube que não seria convidada para a despedida de solteira de Trina, e pensei, uau, ela está mesmo crescendo. Entende que o problema não é com ela. Entende que a noite é de Trina.

Mas claro que Kitty sempre tem alguma coisa em mente.

Já fazia um bom tempo que não a deixávamos na escola. Desta vez, ela queria que Peter a levasse no Audi, mas argumentei que eu também estava indo à escola. Então estamos todos na minivan da mãe dele, como antigamente. Só que Kitty está na frente, e eu, atrás.

No banco do carona, ela suspira e apoia a cabeça na janela.

— O que houve? — pergunta Peter.

— As madrinhas não querem me deixar ir à despedida de solteira. Fui a única a ficar de fora.

Eu olho irritada para a nuca dela.

— Que absurdo! — Peter me olha pelo retrovisor. — Por que vocês não a deixam ir?

— Nós vamos a um bar de karaokê! Ela não pode ir porque é muito nova. Na verdade, eu quase não pude ir também.

— Por que vocês não podem fazer a despedida em um restaurante, como a gente?

— Porque aí não seria uma despedida de solteira de verdade.

Peter revira os olhos.

— Mas não é como se estivessem indo a um clube de strip... Espere, vocês mudaram de ideia? Vão a um clube de strip?

— Não!

— Então qual é o problema? Escolham outro lugar.

— Peter, a decisão não é minha. Você vai ter que ver isso com Kristen. — Eu bato no braço de Kitty. — O mesmo vale para você, sua monstrinha! Pare de usar Peter para tentar participar. Ele não tem nada a ver com isso.

— Desculpa, garota — diz Peter.

Kitty afunda no banco, mas depois se empertiga.

— E se eu fosse na despedida de solteiro? Já que vocês só vão a uma churrascaria?

— Hã... hã, não sei, eu teria que ver com o pessoal... — gagueja Peter.

— Você vai perguntar? Porque eu também gosto de carne. Gosto muito. Vou pedir bife com uma batata assada de acompanhamento, e de sobremesa vou pedir sundae de morango com chantilly. — Kitty dá um sorriso para Peter, que responde com um sorriso fraco.

Quando chegamos à escola de Kitty e ela sai, animada e com o peito estufado como um pássaro, digo no ouvido de Peter:

— Ela manipulou você direitinho.

28

Faltando só mais três dias de aula, recebemos os anuários. Há várias páginas em branco no final para as assinaturas, mas todo mundo sabe que o lugar de honra é a contracapa. Claro que guardei a minha para Peter. Nunca quero esquecer como esse ano foi especial.

Minha citação do anuário é: "Espalhei meus sonhos aos seus pés /Caminhe devagar, pois você estará pisando neles." Tive muita dificuldade para escolher entre essa e "Sem você, as emoções de hoje seriam apenas uma pele morta das emoções do passado."

"Eu sei que é de *O Fabuloso Destino de Amélie Poulain*, mas quem quer ler sobre 'pele morta'?" Peter tinha argumentado. Sinceramente, ele tinha razão. E me deixou escrever a dele dizendo apenas: "Me surpreenda."

Quando entramos pela porta do refeitório, alguém a segura para nós, e Peter diz:

— Valeu.

Peter passou a dizer valeu em vez de obrigado, e sei que ele pegou isso de Ravi. Sempre me faz sorrir.

No último mês, mais ou menos, o refeitório ficou meio vazio no almoço. A maioria dos formandos estava saindo do campus para comer, mas Peter gosta da comida que a mãe faz para ele levar e eu gosto das batatas fritas da escola. Mas, como o conselho estudantil está distribuindo os anuários hoje, o lugar está lotado. Pego o meu e corro com ele para a nossa mesa. Abro na página de Peter primeiro. Ali está ele, sorrindo de smoking. E ali está a citação dele: *"De nada." — Peter Kavinsky.*

Peter franze a testa quando vê.

— O que isso quer dizer?

— Quer dizer: aqui estou eu, tão lindo, um colírio para os seus olhos. — Abro os braços com benevolência, como se fosse o papa. — De nada.

Darrell cai na gargalhada, assim como Gabe, que também abre os braços.

— De nada — ficam dizendo para o outro.

Peter balança a cabeça para todos nós.

—Vocês são malucos.

Eu me inclino e dou um beijo na boca dele.

— E você ama isso! — Apoio meu anuário na frente dele. — Escreva alguma coisa memorável — falo, me inclinando por cima do ombro dele. — Uma coisa romântica.

— Seu cabelo está fazendo cócegas no meu pescoço. Não consigo me concentrar.

Eu me empertigo e me balanço para a frente e para trás, de braços cruzados.

— Estou esperando.

— Como posso pensar em uma coisa boa com você olhando por cima do meu ombro? Vou fazer isso depois.

Eu balanço a cabeça, resoluta.

— Não, porque senão você não vai fazer nunca.

Fico enchendo o saco dele, até que ele diz:

— Eu só não sei o que escrever.

Isso me faz franzir a testa.

— Escreva uma lembrança, uma esperança ou… qualquer coisa. — Estou decepcionada e tentando não demonstrar isso, mas seria tão difícil ele pensar em alguma coisa?

— Me deixe levar para casa hoje, para poder pensar e fazer isso com calma — diz ele depressa.

Passo o resto do dia entregando meu anuário para as pessoas assinarem, e elas escrevem coisas genéricas como *Boa sorte na UNC* e *Você tornou a educação física no nono ano divertida* e *Me adiciona no*

Instagram, mas também coisas mais profundas, como *Eu queria que você tivesse começado a sair com a gente mais cedo, assim eu poderia ter te conhecido melhor.* Ben Simonoff escreveu *As quietas são sempre as mais interessantes. Continue interessante.* Eu deixo o anuário com Peter no final do dia.

— Cuide bem dele.

Na manhã seguinte, ele se esquece de levar o anuário para a escola, o que me irrita, porque quero a assinatura de toda a turma do último ano e ainda faltam algumas pessoas. Amanhã é o último dia de aula.

—Você pelo menos terminou?

— Terminei! Só esqueci — diz ele, fazendo uma careta. — Vou trazer amanhã, eu juro.

A Semana na Praia é uma tradição da nossa escola. É exatamente como o nome diz. No dia seguinte à formatura, a turma do último ano faz as malas e vai passar uma semana em Nags Head. Nunca em um milhão de anos eu achei que iria. Primeiro, você precisa reunir amigos em número suficiente para alugar uma casa juntos, tipo dez pessoas! Antes de Peter, eu não tinha dez amigos com quem dividir o aluguel. O pai ou a mãe de alguém tem que se responsabilizar pelo contrato, porque ninguém quer deixar sua casa com um bando de garotos do ensino médio. Margot não foi no ano dela. Ela e Josh foram acampar com amigos. Ela disse que a Semana na Praia não era seu estilo. Um ano atrás, também não seria o meu. Mas agora eu tenho Peter, Pammy, Chris e Lucas.

Quando o assunto da Semana na Praia surgiu meses atrás, Peter me perguntou se eu achava que meu pai me deixaria ficar na casa com ele. Eu disse que não, de jeito nenhum. Então, vou ficar com um grupo de meninas. A irmã mais velha de Pammy, Julia, alugou a casa, e Pammy me garantiu que tinha ar-condicionado e tudo. Ela disse que a dos garotos era de frente para a praia e a nossa ficava duas ruas atrás, mas era melhor assim porque poderíamos encher a deles de areia e a nossa permaneceria limpinha.

Meu pai concordou com a viagem quando pedi, mas tenho quase certeza de que ele esqueceu, porque, quando menciono a Semana na Praia hoje, no jantar, ele parece confuso.

— Espere, explique de novo o que é a Semana na Praia?

— É quando todo mundo vai para a praia depois da formatura e cai na farra a semana inteira — explica Kitty, enfiando a fatia de pizza na boca.

Eu olho para ela de cara feia.

— A minha Semana na Praia foi uma *loucura* — comenta Trina, e um sorriso carinhoso surge no rosto dela.

Eu também olho para Trina de cara feia.

Papai franze a testa.

— Uma loucura?

— Bom, não foi *tão* loucura — conserta Trina. — Foi só uma viagem divertida com as garotas. Uma última farra com as amigas antes da faculdade.

— Onde Peter vai ficar? — pergunta papai, e agora a testa dele parece tão franzida quanto uma casca de noz.

— Em uma casa só de garotos. Eu falei sobre isso um tempão atrás, e você tinha concordado, então não pode voltar atrás agora. É no dia depois da formatura.

— E não vai ter nenhum adulto? Só adolescentes?

Trina apoia a mão no braço de papai.

— Dan, Lara Jean não é mais criança. Em poucos meses, vai estar morando sozinha. Isso é um treino.

— Você está certa. Sei que está certa. Isso não quer dizer que tenho que gostar. — Ele suspira pesadamente e se levanta. — Kitty, me ajude a tirar a mesa, por favor.

Assim que eles saem, Trina se vira para mim e diz em voz baixa:

— Lara Jean, sei que você não bebe, mas tenho uma dica que você pode levar para a Semana na Praia, para a faculdade e para o resto da vida. Sempre, sempre combine um esquema com suas amigas. É assim: uma noite, você bebe. Outra noite, sua amiga bebe. Dessa maneira, sempre tem alguém sóbrio para segurar o cabelo da outra e cuidar para que nada aconteça.

— Peter vai estar lá — respondo, sorrindo. — Ele vai segurar o meu cabelo se precisar. Ou eu posso fazer um rabo de cavalo.

—Verdade. Só estou falando isso como uma dica para o futuro.
— Quando ele não estiver junto. Meu sorriso some, e ela logo diz:
— Na minha Semana na Praia, nós nos revezamos para cozinhar o jantar. Na minha vez, fiz frango com parmesão, todos os detectores de fumaça dispararam e nós não conseguimos descobrir como fazer os apitos pararem!

Ela ri. Trina ri tão fácil.

— Duvido que minha Semana na Praia seja tão louca assim.

— Bom, vamos torcer para que seja *um pouco* louca — comenta ela.

29

É A ÚLTIMA VEZ QUE VAMOS SUBIR ESSA ESCADARIA JUNTOS, PETER pulando de dois em dois degraus, e eu correndo atrás, ofegante, tentando acompanhar. É o último dia de aula para os alunos do último ano, o último dia da minha vida de estudante de ensino médio.

Quando chegamos no alto da escada, eu digo:

— Acho que subir a escada de dois em dois degraus é coisa de quem gosta de se gabar. Já reparou que só garotos fazem isso?

— As garotas talvez fizessem a mesma coisa se fossem tão altas quanto os garotos.

— Chelsea, amiga de Margot, tem um metro e oitenta, e acho que ela não faz isso.

— O que você está querendo dizer? Que os garotos gostam de se gabar?

— Provavelmente. Você não acha?

— Provavelmente — admite ele.

O sinal toca, e as pessoas começam a seguir para as salas de aula.

— Vamos matar o primeiro tempo? Quer comer panqueca? — Ele ergue uma das sobrancelhas de forma provocadora e me puxa para perto pelas alças da mochila. — Vamos lá, você sabe que quer.

— De jeito nenhum. É o último dia de aula. Quero me despedir do sr. Lopez.

Peter grunhe.

— Você é tão certinha.

— Você já sabia disso quando começou a namorar comigo.

— Verdade.

Antes de nos separarmos no corredor, eu estico os braços e espero com expectativa. Peter me olha com curiosidade.

— Meu anuário!

— Ah, droga! Esqueci de novo.

— Peter! É o último dia de aula! Só peguei metade das assinaturas!

— Desculpa — diz ele, passando a mão pelo cabelo e deixando-o todo desgrenhado. — Você quer que eu volte para buscar? Posso ir agora. — Ele parece lamentar de verdade, mas estou irritada mesmo assim.

Como não respondo nada imediatamente, Peter se vira para a escada, mas eu o faço parar.

— Não, não vá. Tudo bem. Vou levar na formatura.

— Tem certeza? — pergunta ele.

— Tenho.

Nós nem vamos ter aula o dia todo. Não quero que ele tenha que voltar correndo para casa só para buscar meu anuário.

As aulas são tranquilas; na verdade, passamos boa parte do tempo andando por aí nos despedindo de professores, do pessoal da secretaria, da enfermeira. Várias dessas pessoas estarão na formatura, mas não todas. Distribuo os cookies que fiz na noite anterior. Recebemos as últimas notas; são todas boas e não preciso me preocupar.

Levo uma eternidade para esvaziar meu armário. Encontro bilhetes aleatórios de Peter que guardei, que coloco na mesma hora na bolsa para botar no *scrapbook*. Uma barrinha de cereal velha. Elásticos pretos de cabelo cheios de poeira, o que é irônico, porque a gente nunca encontra um elástico quando precisa.

— Fico triste de jogar essas coisas fora, até a barrinha de cereal velha — digo para Lucas, que está sentado no chão me fazendo companhia. — Ela ficou no fundo do meu armário por meses. É como uma velha amiga. Vamos dividir, para comemorar este dia?

— Eca. Deve estar mofada. — Com segurança, ele diz: — Depois da formatura, acho que não vou ver mais nenhuma dessas pessoas.

Eu olho para ele com mágoa.

— Ei! E eu?

— Você é diferente. Você vai me visitar em Nova York.

— Ah! Sim, por favor.

— Sarah Lawrence fica perto da cidade. Vou poder ir aos musicais da Broadway sempre que quiser. Tem até um aplicativo para compra de ingressos só para estudantes.

Ele fica com um olhar sonhador.

— Você tem tanta sorte!

— Eu levo você. E vamos a um bar gay também. Vai ser incrível.

— Obrigada!

— Mas o restante das pessoas é indiferente para mim.

— Nós ainda temos a Semana na Praia — lembro, e ele assente.

— Pelo resto das nossas vidas, sempre vamos ter a Semana na Praia — diz ele com deboche, e jogo um elástico de cabelo nele.

Lucas pode debochar de mim por ser nostálgica quanto quiser. Eu sei que esses dias são especiais. O ensino médio *vai* ser uma época da qual vamos nos lembrar pelo resto da vida.

Depois da aula, Peter e eu vamos para a casa dele, porque a minha está uma zona por causa do casamento, e a mãe de Peter tem o clube do livro depois do trabalho e Owen tem treino do futebol, então vamos ficar com a casa só para nós. Parece que o único lugar onde ficamos sozinhos de verdade é no carro dele, e momentos assim são raros e dignos de nota. É meu último trajeto de carro da escola para casa, e é Peter K. quem está dirigindo. É adequado terminar o ensino médio do jeito que o passei, no banco do carona do carro de Peter.

Quando vamos para o quarto dele, eu me sento na cama, que está arrumada, com o edredom esticado. Os travesseiros parecem até afofados. O edredom é novo, provavelmente para a faculdade. É uma estampa xadrez vermelha, creme e azul-marinho, e tenho certeza de que foi a mãe dele que escolheu.

— Sua mãe faz sua cama, não faz? — pergunto, me recostando nos travesseiros.

— Faz — responde ele, sem um pingo de vergonha.

Ele se senta na cama, e eu chego para o lado para dar espaço.

A luz do fim da tarde entra pelas cortinas claras e deixa o quarto com um filtro meio sonhador. Se fosse escolher um nome, seria "verão no subúrbio". Peter fica lindo nessa luz. Fica lindo em qualquer luz, mas principalmente nessa. Tiro uma foto dele em pensamento, guardo esse momento na memória. Qualquer irritação que eu tenha sentido por ele ter esquecido meu anuário some quando ele chega perto de mim, apoia a cabeça no meu peito e diz:

— Consigo sentir seu coração batendo.

Eu começo a mexer no cabelo dele, pois sei que Peter gosta. É tão macio para um garoto. Adoro o cheiro do xampu dele, do sabonete, de tudo.

Ele olha para mim e passa o dedo pelo meu lábio.

— Gosto mais dessa parte — diz ele. Em seguida, roça os lábios nos meus, me provocando. Ele morde meu lábio inferior. Gosto de todos os nossos beijos, mas talvez mais desse. Ele logo começa a me beijar com urgência, como se estivesse desesperado, as mãos no meu cabelo, e eu penso não, *esses* são os melhores.

Entre beijos, ele pergunta:

— Por que você só quer me beijar quando estamos na minha casa?

— Eu... não sei. Acho que nunca pensei nisso antes.

É verdade que só ficamos dando uns amassos na casa de Peter. É estranho ser romântica na mesma cama em que durmo desde que eu era pequena. Mas, quando estou na cama de Peter, ou no carro dele, eu esqueço tudo e só me perco no momento.

Estamos nos beijando de novo — Peter sem camisa, eu ainda com a minha — quando o telefone toca no andar de baixo e Peter diz que deve ser o encanador querendo confirmar o dia em que virá fazer o conserto. Ele veste a camisa e desce para atender, e eu vejo meu anuário na mesa dele.

Eu me levanto da cama, pego o anuário e viro. Ainda está vazio. Quando Peter sobe, estou sentada na cama de novo e não menciono o anuário, não pergunto por que ele ainda não escreveu nada. Não sei por quê. Digo que preciso ir porque Margot chega da Escócia hoje e eu quero abastecer a geladeira com as comidas favoritas dela.

O sorriso de Peter diminui.

— Não quer ficar mais um pouco? Posso levar você no mercado.

— Também preciso fazer uma faxina no andar de cima — digo, me levantando.

Ele segura minha blusa e tenta me puxar para a cama.

— Só mais cinco minutos.

Eu me deito ao lado dele e Peter se aconchega, mas eu ainda estou pensando no anuário. Estou trabalhando no *scrapbook* dele há meses; o mínimo que ele pode fazer é escrever uma bela mensagem no meu anuário.

— É um bom treino para a faculdade — murmura ele, me puxando para perto e me abraçando. — As camas são pequenas na UVA. Como são na UNC?

De costas para ele, eu digo:

— Não sei. Não cheguei a ver os alojamentos.

Ele aninha a cabeça no espaço entre meu pescoço e meu ombro.

— Foi um teste — diz ele, e consigo sentir seu sorriso no meu pescoço. — Queria saber se você visitou o quarto de um cara qualquer da UNC com Chris. Parabéns, você passou.

Não consigo evitar uma gargalhada. Mas meu sorriso some, e eu decido fazer meu próprio teste.

— Pode me lembrar de levar meu anuário quando eu for embora?

Ele enrijece por um segundo, mas responde com tranquilidade:

— Tenho que procurar. Está em algum lugar aqui no quarto. Se eu não encontrar, levo mais tarde pra você.

Eu me afasto dele e me sento. Confuso, Peter olha para mim.

— Eu vi meu anuário na sua mesa, Peter. Sei que você ainda não escreveu nada!

Peter se senta e suspira, passando a mão pelo cabelo. Os olhos encontram os meus e desviam para baixo de novo.

— Eu não sei o que escrever. Sei que você quer uma mensagem linda e romântica, mas não sei o que dizer. Tentei algumas vezes, mas eu... eu empaco. Você sabe que não sou bom nessas coisas.

— Não ligo para o que você vai escrever, desde que seja de coração. Só seja fofo. Seja você — digo com carinho. Eu chego mais perto e passo os braços pelo pescoço dele. — Tudo bem?

Peter assente, e eu dou um beijinho nele, e ele se aproxima e me beija com vontade, e eu paro de me importar com meu anuário idiota. Estou ciente de cada respiração, de cada movimento. Decoro tudo, guardo no coração.

Quando nos separamos, ele olha para mim e diz:

— Eu fui na casa do meu pai ontem.

Eu arregalo os olhos.

— Sério?

— É. Ele convidou Owen e eu para jantar, e eu não queria ir, mas Owen me pediu para ir com ele, e eu não podia dizer não.

Eu me deito de novo e apoio a cabeça no peito dele.

— Como foi?

— Tudo bem, eu acho. A casa dele é legal. — Eu não falo nada; só espero ele continuar. Parece demorar muito tempo até ele dizer: — Sabe aquele filme velho que você me fez ver, em que o garoto pobre estava de pé do lado de fora com o nariz encostado no vidro? Foi assim que eu me senti.

"Aquele filme velho" é *A Fantástica Fábrica de Chocolate*, quando Charlie fica olhando as crianças enlouquecidas na loja de doces, mas não pode entrar porque não tem dinheiro. A ideia de que Peter — tão bonito, confiante e tranquilo — esteja se sentindo assim me dá vontade de chorar. Talvez eu não devesse ter insistido tanto para ele retomar contato com o pai.

— Ele pendurou uma cesta de basquete para os filhos. Eu pedi uma tantas vezes, mas ele nunca pendurou. Os filhos dele nem são atléticos. Acho que Everett nunca segurou uma bola de basquete na vida.

— Owen se divertiu?

Ele assente, contrariado.

— Sim, ele, Clayton e Everett jogaram videogame. Meu pai fez hambúrguer e bife. Até colocou um maldito avental de chef. Acho que ele nunca ajudou minha mãe na cozinha durante todo o tempo em que foram casados. — Peter faz uma pausa. — Mas não lavou a louça, então acho que isso não mudou muito. Mesmo assim, deu para perceber que ele e Gayle estavam se esforçando. Ela fez um bolo. Mas não estava tão bom quanto os seus.

— Bolo de quê? — pergunto.

— Bolo de chocolate com calda de chocolate. Estava meio seco. — Peter hesita, mas continua: — Eu o convidei para a formatura.

— Convidou? — Meu coração se infla.

— Ele ficou me perguntando sobre a escola, e... Sei lá. Pensei no que você disse e convidei. — Ele dá de ombros, como se não ligasse muito se o pai ia aparecer ou não. É puro fingimento. Peter se importa. Claro que se importa. — Então você vai conhecê-lo.

Eu me aproximo mais dele.

— Estou muito orgulhosa de você, Peter.

Ele dá uma risadinha.

— Por quê?

— Por dar uma chance ao seu pai, apesar de ele não merecer. — Eu o encaro nos olhos e digo: — Você é uma boa pessoa, Peter K.

E o sorriso que surge no rosto dele me faz amá-lo ainda mais.

30

Depois que Peter me deixa em casa, só sobra tempo de correr até o mercado para comprar batata frita e molho, sorvete, pão chalá, queijo brie e refrigerante de laranja (sabe como é, o essencial), depois volto para casa, limpo o banheiro de cima e troco os lençóis da cama de Margot.

Papai a pega no aeroporto quando está voltando do trabalho. É a primeira vez que ela nos visita desde que Trina se mudou. Quando entramos com as malas dela, eu a vejo observando a sala; vejo seus olhos se demorarem na lareira, onde agora tem um quadro que Trina trouxe da casa dela, uma pintura abstrata de um litoral. A expressão de Margot não muda, mas sei que ela repara. Como poderia não reparar? Eu levei o retrato de casamento de mamãe e papai para o meu quarto no dia anterior à mudança de Trina. Margot está olhando a sala toda agora, reparando em tudo que está diferente. As almofadas bordadas que Trina trouxe, uma foto dela e papai no dia em que ele a pediu em casamento em um porta-retratos na mesinha perto do sofá, a poltrona que foi substituída pela de Trina. Todos os berloques de Trina, que são muitos. Agora que estou vendo tudo pelos olhos de Margot, a sala *está* um tanto lotada.

Margot tira os sapatos, abre a porta do armário de sapatos e vê como está cheio. Trina também tem muitos sapatos.

— Nossa, o armário está cheio — diz ela, empurrando os tênis de ciclismo de Trina para o lado para abrir espaço para suas botas.

Depois que deixamos as malas dela no quarto e Margot coloca roupas mais confortáveis, descemos para fazer um lanche enquanto papai prepara o jantar. Estou sentada no sofá comendo batata frita quando Margot se levanta de repente e declara que vai tirar todos os sapatos velhos dela do armário.

— Agora? — digo, a boca cheia de batatinhas.

— Por que não? — Quando Margot bota na cabeça que vai fazer uma coisa, ela faz na mesma hora.

Ela tira tudo do armário de sapatos e se senta no chão de pernas cruzadas, olhando cada pilha, decidindo o que vai guardar e o que vai doar. Ela levanta um par de botas pretas.

— Guardar ou doar?

— Guarde ou dê para mim — digo, pegando molho com uma batata. — Ficam lindas com meia-calça.

Ela as coloca na pilha de guardar.

— O cachorro de Trina solta muito pelo — reclama Margot, tirando pelo de cachorro da calça legging. — Como vocês usam roupas pretas?

— Tem um rolinho de tirar pelos na caixa de sapato. E eu não uso muito preto. — Eu devia usar roupas pretas com mais frequência. Todo blog de moda enfatiza a importância de um tubinho preto. Eu me pergunto se vou ter muitas ocasiões para usar um vestido preto na faculdade. — Com que frequência você precisa se arrumar em Saint Andrews?

— Não muita. As pessoas usam calça jeans e botas quando saem. Saint Andrews não é um lugar muito chique.

— Você não se arruma nem para uma noite de queijos e vinhos na casa do seu professor?

— Nós nos arrumamos para jantares com professores, mas eu nunca fui convidada para a casa de um. Mas talvez façam isso na UNC.

— Talvez!

Margot levanta um par de galochas amarelas.

— Guardar ou doar?

— Guardar.

—Você não ajuda em nada. Quer guardar tudo.

Ela joga as galochas na caixa de doação.

Parece que minhas duas irmãs são impiedosas na hora de jogar coisas velhas fora. Quando Margot termina de separar tudo, eu olho a caixa mais uma vez para ver se não há nada com que eu queira ficar. Acabo pegando as galochas e um par de sapatilhas de couro.

Naquela noite, estou indo para o banheiro escovar os dentes quando escuto a voz sussurrada de Trina vindo do quarto de Margot. Paro no corredor para escutar, como uma espiã, como Kitty.

— É meio constrangedor, mas você deixou isto no banheiro, então enfiei em uma gaveta para o caso de você querer guardar segredo.

— Segredo de quem? De Kitty? — responde Margot, fria.

— Bom, do seu pai. Sei lá. Fiquei na dúvida.

— Meu pai é obstetra. Ele já viu pílulas anticoncepcionais.

— Ah, eu sei. É que... — Sem graça, ela repete: — Fiquei na dúvida. Se era segredo ou não.

— Hum, obrigada. Agradeço a preocupação, mas não guardo segredos do meu pai.

Volto correndo para o quarto antes de ouvir a resposta de Trina. Que horror.

No dia anterior à formatura, Peter vem passar um tempo comigo em casa. Estou costurando flores no meu capelo, Kitty vê tevê sentada no pufe e Margot descasca ervilhas em uma tigela. Ela tem uma receita que quer experimentar no jantar. Está passando um programa de casamento na tevê, um daqueles que decide quem teve o melhor casamento.

— Ei, no casamento do seu pai, que tal fazermos uma daquelas cerimônias com lanternas flutuantes, em que você acende uma lanterna, faz um desejo e a solta no céu? — diz Peter. — Eu vi num filme.

Fico impressionada.

— Peter, é uma ideia muito boa!

— Eu também vi num filme — comenta Kitty. — *Se Beber Não Case 2*?

— É! — Eu olho para os dois. Peter pergunta rapidamente: — Isso não é uma tradição oriental? Talvez seja legal.

— Não é uma tradição coreana, é tailandesa — diz Kitty. — Lembra que o filme se passa na Tailândia?

— Não faz diferença, Trina nem é oriental — retruca Margot. — Por que ela incluiria cultura oriental no casamento? Só porque nós somos orientais? Não tem nada a ver com ela.

— Eu não iria tão longe — digo. — Ela quer que a gente se sinta incluída. Outro dia, disse que poderia ser legal prestar algum tipo de homenagem à mamãe.

Margot revira os olhos.

— Ela nem a conheceu.

— Bom, conheceu um pouco. Eles eram vizinhos, afinal. Não sei, achei que, durante a cerimônia, talvez nós três pudéssemos acender uma vela... — Eu paro de falar porque Margot não parece nada convencida. — Foi só uma ideia — concluo, e Peter faz uma careta para mim.

— Não sei, acho meio estranho. O casamento representa papai e Trina começando uma vida nova juntos, não o passado.

— Faz sentido — concorda Peter.

Peter se esforça bastante para impressionar Margot. Ele sempre fica do lado dela. Eu finjo ficar irritada, mas acho fofo. Claro que ele deve ficar do lado dela. É função dele ficar do lado dela. Mostra que ele entende como a opinião de Margot é importante para mim e o lugar que ela ocupa na minha vida. Eu nunca poderia namorar alguém que não entendesse como minha família é importante para mim.

Quando Margot sai para levar Kitty para a aula de piano, Peter diz:

— Sua irmã não vai muito com a cara da sra. Rothschild, hein?

Peter ainda não consegue chamar a sra. Rothschild de Trina, e provavelmente nunca vai conseguir. No nosso bairro, nenhuma das crianças chamava os adultos pelo primeiro nome. Todo mundo era senhorita, senhora ou senhor, exceto papai, que era doutor.

— Eu não diria que Gogo *desgosta* de Trina — respondo. — Ela gosta, só não está acostumada ainda. Você sabe como Trina é.

— Verdade. Eu também sei como sua irmã é. Ela demorou uma eternidade para gostar de mim.

— Não foi uma eternidade. Você só está acostumado com gente que gosta de você a partir do minuto que o conhece. — Eu olho para ele de soslaio. — Porque você é tão encantador. — Ele faz uma careta, porque não falo como se fosse um elogio. — Gogo não liga para charme. Ela liga para o que é real.

— Bom, agora ela me adora — diz Peter, cheio de confiança. Como não respondo imediatamente, ele pergunta: — Não é? Ela não me adora?

Eu dou uma gargalhada.

— Adora.

Mais tarde, depois que Peter vai embora porque precisa ajudar a mãe na loja, Margot e Trina discutem por causa de *cabelo*, dentre todas as coisas. Estou na lavanderia passando meu vestido quando escuto:

— Margot, quando você tomar banho, se importa de tirar o cabelo que fica preso no ralo? Eu estava limpando a banheira hoje de manhã e reparei.

A resposta de Margot é rápida.

— Claro.

— Obrigada. Só não quero que o ralo entupa.

Um minuto depois, Margot está na lavanderia comigo.

— Você ouviu aquilo? Dá pra acreditar? Como ela sabe que o cabelo era meu e não seu ou de Kitty?

— Seu cabelo é mais claro e mais curto — observo. — Além do mais, Kitty e eu catamos os nossos porque a gente sabe que Trina tem nojo.

— Bem, pelo de cachorro nas minhas roupas *me* dá nojo! Toda vez que respiro, eu sinto que estou inspirando pelo. Se ela está tão preocupada com a limpeza da casa, devia passar o aspirador com mais frequência.

Trina aparece atrás de Margot com expressão pétrea.

— Eu passo o aspirador uma vez por semana, que nem todo mundo.

Margot fica vermelha.

— Desculpa, mas se você tem um cachorro que solta tanto pelo como Simone, acho que duas vezes por semana é mais adequado.

— Então fale isso para seu pai, pois eu não o vi pegar num aspirador de pó nem uma vez desde que o conheci.

Trina sai da lavanderia, e Margot fica boquiaberta. Eu volto a passar o vestido.

— Você não acha que isso foi um exagero? — sussurra ela para mim.

— Ela está certa. Papai nunca passa o aspirador. Ele varre e passa pano, mas não passa o aspirador.

— Mesmo assim!

— Trina não aceita desaforo. Principalmente quando a menstruação está para descer. — Margot me encara. — Nós estamos sincronizadas. É só questão de tempo até você estar também.

Margot e eu vamos ao shopping com a desculpa de que eu preciso comprar um sutiã tomara que caia novo para meu vestido, mas na verdade é porque Margot quer fugir de Trina. Quando voltamos, os tapetes do andar de baixo estão aspirados e sem nenhuma dobra, e Kitty está guardando o aspirador de pó, e consigo ver que Margot se sente culpada.

No jantar, Trina e Margot são cordiais uma com a outra, como se nada tivesse acontecido. De alguma forma, isso é pior do que uma briga. Pelo menos quando você briga, tem alguém junto.

31

No dia da minha formatura, acordo cedo e fico na cama ouvindo os sons da casa despertando. Ouço papai no andar de baixo fazendo café; Margot está no chuveiro; Kitty ainda deve estar dormindo. Trina também. As duas gostam de dormir até mais tarde.

Vou sentir saudade desses sons de casa quando eu for embora. Uma parte de mim já está com saudade. A outra está tão, tão animada de dar esse novo passo, e eu nunca achei que fosse estar, não depois de as coisas não terem saído como eu esperava.

De presente de formatura, Margot me dá um kit de faculdade. Tem uma máscara de dormir de cetim rosa com meu nome bordado em azul-claro. Um pen drive no formato de um batom dourado. Protetores de ouvido que parecem amendoins, chinelos cor-de-rosa peludinhos, uma nécessaire de náilon com desenhos de laços. Adoro tudo.

Kitty faz um cartão bonito. É uma colagem de fotos nossas, mas ela usou algum aplicativo para transformar as fotos em desenho, como em um livro de colorir. Ela coloriu todas com lápis de cor. Dentro, escreveu: *Parabéns. Se divirta na faculdade. P.S.: Vou sentir muita saudade.* Lágrimas surgem nos meus olhos, e abraço Kitty com força por tanto tempo que ela diz:

— Tá bom, tá bom. Chega.

Mas consigo ver que ela fica feliz.

— Vou emoldurar — declaro.

O presente que ganho de Trina é um jogo de chá vintage, creme com brotos de rosa cor-de-rosa e detalhes dourados.

— Era da minha mãe — diz ela, e sinto vontade de chorar de tanto que adorei.

Quando a abraço, eu sussurro no ouvido dela:

— É o meu presente favorito.

Ela pisca para mim. Piscar é um dos talentos de Trina. Ela é ótima nisso, muito natural.

Papai toma alguns goles de café e pigarreia.

— Lara Jean, meu presente de formatura vai ter que ser compartilhado com Margot e Kitty.

— O que é, o que é? — insiste Kitty.

— Shh, o presente é meu — digo, olhando para papai com expectativa.

Papai abre um sorriso.

—Vou mandar as três para a Coreia com a vovó este verão. Feliz formatura, Lara Jean!

Kitty grita e Margot abre um sorriso e eu estou em choque. Estamos falando de ir à Coreia há anos. Mamãe sempre quis nos levar.

— Quando, quando? — pergunta Kitty.

— Mês que vem — diz Trina, sorrindo para ela. — Seu pai e eu vamos viajar em lua de mel e vocês vão para a Coreia.

Mês que vem?

— Ah, vocês não vêm? — Kitty faz beicinho. Margot, por outro lado, está radiante. Ravi vai visitar a família na Índia durante o verão, e ela não tem planos.

— Nós queríamos ir, mas não posso ficar tanto tempo longe do hospital — diz papai, chateado.

— Por quanto tempo? — pergunto. — Por quanto tempo vamos ficar lá?

— Durante todo o mês de julho — diz papai, tomando o resto do café. — Sua avó e eu já organizamos tudo. Vocês vão ficar com sua tia-avó em Seul, vão fazer aulas de coreano algumas vezes por semana e também vão fazer um passeio pelo país. Jeju, Busan, tudo. E, Lara Jean, tem uma coisa especial para você: uma aula de doces coreanos! Não se preocupe, vai ser em inglês.

Kitty começa a fazer uma dancinha na cadeira.

Margot se vira para mim com os olhos brilhando.

— Você sempre quis saber como fazer bolos cremosos coreanos! Nós vamos comprar máscaras faciais e papéis de carta e coisas fofas todos os dias. Quando voltarmos, vamos poder ver programas coreanos sem legenda!

— Mal posso esperar — respondo, e Margot, Kitty e papai começam a discutir a logística da viagem, mas Trina olha para mim com atenção. Mantenho o sorriso no rosto.

Um mês inteiro. Quando eu voltar, já vai estar quase na hora de ir para a faculdade, e Peter e eu vamos ter passado o verão separados.

Na formatura, todas as garotas vão de vestido branco. Tudo branco. Estou usando o vestido de Margot de dois anos antes, sem mangas com poás e uma saia reta até os joelhos. Trina fez bainha para mim porque sou mais baixa. Margot usou tênis All Star, mas estou usando sandálias brancas de couro de tiras e alguns furinhos.

No carro, eu estico a saia e digo para Kitty:

— Você também pode usar este vestido na sua formatura de ensino médio, gatinha. E tirar uma foto ao lado do carvalho, como nós. Seria um tríptico lindo.

Eu me pergunto que sapatos Kitty vai usar. Ela tem a mesma chance de usar saltos quanto de usar tênis ou patins brancos.

Kitty faz uma cara de limão azedo.

— Não quero usar o mesmo vestido que você e Margot. Eu quero meu vestido. Além do mais, vai estar *muito* fora de moda quando chegar a época. — Ela faz uma pausa. — O que é um tríptico?

— São, hã, três peças de arte que se juntam e formam uma. — Furtivamente, eu digito "tríptico" no celular para ter certeza de estar dizendo a coisa certa. — Tipo três painéis um do lado do outro. Feitos para serem apreciados juntos.

— Você está lendo no celular.

— Só estava confirmando.

Eu ajeito o vestido de novo e verifico se o capelo está na bolsa. Vou me formar no ensino médio hoje. Parece que essa coisa toda — crescer — aconteceu muito rápido. No banco do motorista, Trina procura uma vaga, e Margot está ao lado dela digitando no celular. Kitty, ao meu lado, olha pela janela. Papai foi em outro carro para poder buscar nossa avó materna. A mãe de papai, Nana, está na Flórida com o namorado e não vai poder vir. Eu só queria que minha mãe estivesse aqui. São tantos momentos importantes que ela perde e sempre vai perder. Mas tenho que acreditar que ela sabe, que de alguma forma ainda vê. Porém, eu também queria poder ganhar um abraço da minha mãe na minha formatura.

Durante todo o discurso do orador da turma, fico procurando a família de Peter na plateia. Queria saber se o pai dele está sentado ao lado do irmão dele e da mãe ou separadamente. Eu me pergunto se também vou conhecer os dois meios-irmãos de Peter. Já encontrei minha família, é difícil não ver. Cada vez que olho na direção deles, todos acenam como loucos. Além do mais, Trina está usando um chapéu de aba larga. A pessoa sentada atrás dela não deve conseguir ver nada. Margot precisou de muito autocontrole para não revirar os olhos quando Trina desceu a escada usando o chapéu. Até Kitty disse que era "meio exagerado", mas Trina me perguntou o que eu achei, e eu respondi que adorei, e gostei mesmo.

Nosso diretor chama meu nome, "Lara Jean Song Covey", mas ele pronuncia Laura em vez de Lara, o que me faz hesitar por um segundo.

Quando recebo meu diploma e aperto a mão dele, eu sussurro:
— É *Lara*, não *Laura*.

Meu plano era mandar um beijo para a minha família ao atravessar o palco, mas fico tão nervosa que esqueço. No meio dos aplausos, escuto os gritos de Kitty, o assobio de papai. Quando é a vez de Peter, eu bato palmas e grito como louca, e é claro que todo mundo faz o mesmo. Até os professores o aplaudem. É tão óbvio quando os professores têm favoritos. Não que eu possa culpá-los por amarem Peter. Todos amam.

Depois que somos declarados formados e jogamos nossos capelos para o alto, Peter passa no meio da multidão para me encontrar. Conforme anda pelas pessoas, ele sorri, faz piadas, diz oi para alguns, mas sinto que tem alguma coisa errada. O olhar dele está sem brilho, até na hora que ele me puxa para um abraço.

— Oi — diz Peter, me dando um beijo leve nos lábios. — Somos oficialmente universitários agora.

Olhando ao redor, eu ajeito a beca e digo:

— Não vi sua mãe nem Owen na plateia. Seu pai está com eles? Seus irmãos estão aqui? Devo ir lá agora ou depois de tirar fotos com a minha família?

Peter balança a cabeça. Ele não olha para mim.

— Meu pai não pôde vir.

— O quê? Por quê?

—Teve algum tipo de emergência. Sei lá.

Estou perplexa. O pai dele parecia tão sincero quando o vi no jogo de lacrosse.

— Espero que tenha sido uma emergência de verdade para ele perder a formatura de ensino médio do próprio filho.

—Tudo bem. — Peter dá de ombros como se não se importasse. Mas sei que não é verdade. O maxilar dele está tão tenso que ele poderia quebrar os dentes.

Por cima do ombro dele, vejo minha família se aproximando no meio da multidão. Não dá para não ver o chapéu de Trina, mesmo no meio de tanta gente. Meu pai está carregando um buquê enorme de rosas de várias cores. Vovó usa um terno cor de cranberry, e o cabelo tem um permanente recente.

Sinto tanta pressa, anseio tanto ter mais tempo com Peter, para consolá-lo, ficar ao lado dele. Eu seguro a mão dele.

— Sinto muito — digo, e quero dizer mais, claro que quero, mas minha família chega, e todo mundo me abraça. Peter diz oi para minha avó e tira algumas fotos conosco antes de fugir para ficar com a mãe e o irmão. Eu o chamo, mas Peter está muito longe e não se vira.

Depois que tiramos fotos, papai, Trina, vovó, Kitty, Margot e eu vamos almoçar em um restaurante japonês. Pedimos pratos e mais pratos de sashimi e sushi, e eu coloco um babador de papel para o molho de soja não respingar no vestido branco. Trina se senta ao lado da vovó e tagarela no ouvido dela sobre todo tipo de coisa, e só consigo ouvir vovó pensando *Caramba, essa garota fala muito!* Mas ela está tentando, e é isso que vovó aprecia. Estou me esforçando para ser festiva e tentando aproveitar o momento, pois esse almoço é em minha homenagem, mas só consigo pensar em Peter e em quanto estou chateada por ele.

Na hora do sorvete de mochi de sobremesa, vovó nos conta sobre os lugares aonde quer nos levar na Coreia: os templos budistas, as feiras a céu aberto, a clínica de estética onde ela vai tirar os sinais com laser. Ela aponta para um sinal pequenininho na bochecha de Kitty.

— Vamos cuidar disso aí.

Papai parece alarmado, e Trina pergunta rapidamente:

— Ela não é muito nova?

Vovó balança a mão.

— Ela vai ficar bem.

— Quantos anos a gente tem que ter para fazer plástica no nariz na Coreia? — pergunta Kitty.

Papai quase engasga com a cerveja.

Vovó olha para ela de forma ameaçadora.

— Você nunca, em hipótese alguma, pode mudar seu nariz. Você tem um nariz da sorte.

Kitty toca no nariz com cautela.

— Tenho?

— De muita sorte — afirma vovó. — Se você mudar seu nariz, vai perder sua sorte. Nunca faça isso.

Eu toco no meu nariz. Vovó nunca disse que meu nariz dava sorte.

— Margot, você pode fazer óculos novos na Coreia — diz vovó. — Os óculos são baratos lá. Tem tudo que está na moda.

— Legal — diz Margot, mergulhando um pedaço de atum no molho de soja. — Sempre quis uma armação vermelha.

Vovó se vira para mim.

— E você, Lara Jean? Está animada para a aula de culinária?

— *Muito* animada.

Por baixo da mesa, mando uma mensagem para Peter.

```
Você está bem?
Estamos quase terminando o almoço.
Pode ir lá para casa quando quiser.
```

No caminho do restaurante até em casa, estamos só eu e papai no carro, porque Trina, Margot e Kitty foram levar vovó em casa. Quando Margot disse que viria conosco, a vovó insistiu para que fosse com elas. Ela sabe que Margot não gosta muito de Trina; sei que só está tentando fazer as duas se aproximarem um pouco. Vovó não perde uma.

No caminho, papai olha para mim do banco do motorista com olhos marejados e diz:

— Sua mãe teria sentido tanto orgulho de você hoje, Lara Jean. Você sabe quanto ela se preocupava com seus estudos. Ela queria que você tivesse todas as oportunidades.

Eu passo o dedo na borla do capelo que está no meu colo.

— Você acha que mamãe ficou triste por não ter chegado a fazer o mestrado? Não acho que ela tenha se arrependido de ter tido Kitty nem nada. Mas você acha que ela queria que as coisas tivessem sido diferentes?

Ele é pego de surpresa pela minha pergunta. Olhando para mim, diz:

— Bem, não. Kitty foi uma surpresa muito feliz. Não estou falando por falar. Nós sempre quisemos uma família grande. E ela planejava voltar para o mestrado depois que Kitty estivesse na creche em tempo integral. Ela nunca desistiu desse plano.

— Não?

— Não mesmo. Ela ia terminar o mestrado. Na verdade, ia fazer uma aula naquele outono. Sua mãe só... não teve tempo. — A voz de papai engasga um pouco. — Nós só tivemos dezoito anos juntos. Tivemos o tempo que você tem de vida, Lara Jean.

Um nó se forma na minha garganta. Se parar para pensar, dezoito anos com a pessoa que você ama não é muito tempo.

— Papai, podemos parar no mercado? Quero comprar papel fotográfico.

Peter e eu tiramos uma foto juntos usando a beca hoje de manhã, antes da cerimônia. Vai ficar na última página do *scrapbook*, nosso último capítulo do ensino médio.

32

Peter vai à minha casa depois de jantar com a mãe e Owen. Quando toca a campainha, eu corro até a porta, e a primeira coisa que faço é perguntar se ele falou com o pai, mas ele ignora minha pergunta, a imagem da indiferença.

— Está tudo bem — diz ele, tirando os sapatos. — Eu não queria mesmo que ele fosse.

Isso dói, porque parece que talvez ele esteja me culpando, e talvez até devesse. Afinal, fui eu que fiquei insistindo para ele convidar o pai. Eu devia ter ouvido quando ele disse não.

Peter e eu subimos para meu quarto, e ouço meu pai gritar de brincadeira "Deixe a porta aberta!", como sempre faz, e Peter faz uma careta.

Eu me sento na cama e ele se senta longe de mim, à mesa. Vou até Peter e coloco a mão no seu ombro.

— Sinto muito. É minha culpa. Eu não devia ter insistido para você convidá-lo. Se estiver com raiva de mim, não o culpo.

— Por que eu estaria com raiva de você? Não é culpa sua ele ser um cretino. — Como eu não digo nada, Peter fica mais carinhoso. — Olha, é sério, não estou triste. Não estou sentindo nada. Você vai conhecer meu pai em outra hora, tá?

Eu hesito, mas acabo dizendo:

— Na verdade, eu já conheci.

Ele me encara sem acreditar.

— *Quando?*

Engulo em seco.

— Eu o encontrei sem querer em uma das suas partidas de lacrosse. Ele pediu que eu não contasse nada, não queria que você soubesse que ele estava lá. Só queria ver você jogar. Disse que sentia sua falta. — O músculo do maxilar de Peter salta. — Eu devia ter contado. Desculpa.

— Não peça desculpa. É como eu disse: estou cagando para o que ele faz. — Abro a boca para responder, mas ele me interrompe: — Podemos não falar mais sobre ele, por favor?

Eu faço que sim. Está me matando ver a dor que Peter se esforça tanto para esconder, mas acho que, se continuar fazendo pressão, só vou piorar a situação. Só quero fazer com que ele se sinta melhor. E é nessa hora que me lembro do presente dele.

— Tenho uma coisa para você!

O rosto dele é tomado de alívio, a tensão nos ombros diminui.

— Ah, você comprou um presente de formatura para mim? Mas eu não comprei nada para você.

— Tudo bem, eu não esperava nada. — Eu pego o *scrapbook* na minha caixa de chapéu. Quando entrego a ele, sinto meu coração disparar. Uma mistura de empolgação e nervosismo. Isso vai alegrá-lo, sei que vai. — Anda logo, abre!

Lentamente, ele abre o *scrapbook*. Na primeira página tem uma foto que encontrei em uma caixa de sapatos quando Kitty e eu estávamos arrumando o sótão para abrir espaço para as caixas de Trina. É uma das poucas da época do ensino fundamental. É o primeiro dia de aula. Nós estamos esperando o ônibus. Os braços de Peter estão nos ombros de John McClaren e Trevor Pike. Genevieve e eu estamos de braços dados; ela está cochichando um segredo para mim, provavelmente sobre Peter. Estou virada para ela, sem olhar para a câmera. Uso uma jaqueta cinza de Margot e uma saia jeans, e me lembro de me sentir muito adulta com aquela roupa, como uma adolescente. Meu cabelo está comprido e cai pelas costas, bem parecido com o atual. Genevieve tentou me convencer a cortar naquela época, mas eu disse não. Nós todos parecemos tão novos. John com as bochechas rosadas, Trevor com as bochechas fofas, Peter com as pernas finas.

Embaixo da foto eu escrevi O *COMEÇO*.

— Aww — diz ele com carinho. — Lara Jean e Peter bebês. Onde você encontrou isso?

— Em uma caixa de sapato.

Ele dá um peteleco na cara sorridente de John.

— Chato.

— Peter!

— Brincadeira.

Tem uma foto nossa do baile de volta às aulas. Do Halloween, quando me vesti de Mulan e Peter usou uma fantasia de dragão. Tem uma nota fiscal do Tart and Tangy. Um dos bilhetes dele para mim, de antes. *Se você fizer os biscoitos idiotas de cranberry e chocolate branco do Josh, e não os meus de frutas cristalizadas, acabou.* Tem fotos de nós dois na Semana dos Formandos. No baile de formatura. Pétalas cor-de-rosa secas do meu corsage. A foto imitando *Gatinhas e Gatões*.

Tem algumas coisas que não incluí, como os ingressos do nosso primeiro encontro de verdade, o bilhete que ele me escreveu dizendo *Gosto quando você usa azul*. Essas coisas estão guardadas na minha caixa de chapéu. Nunca vou me separar delas.

Mas o item mais importante que incluí foi minha carta, aquela que escrevi tanto tempo atrás, a que nos uniu. Eu queria guardá-la, mas achei que o certo seria entregá-la a Peter. Um dia, tudo isso será uma prova — uma prova de que estávamos aqui, de que estávamos apaixonados. É uma garantia de que, não importa o que aconteça, esta época foi só nossa.

Quando chega nessa página, Peter para.

— Pensei que você quisesse ficar com a carta.

— Eu queria, mas achei que deveria ficar com você. Só me prometa que vai guardá-la para sempre.

Ele vira a página. Tem uma foto de quando levamos minha avó para o karaokê. Eu cantei "You're So Vain" e dediquei a música a Peter. Ele cantou "Style", da Taylor Swift. Depois, fez dueto de

"Unchained Melody" com a minha avó, e então ela fez nós dois prometermos fazer aula de coreano na UVA. Ela e Peter tiraram um montão de selfies naquela noite. Ela botou uma das fotos como fundo de tela do celular. As amigas dela do prédio disseram que ele parecia um ator de cinema. Cometi o erro de contar para Peter, e ele ficou falando nisso durante dias.

Ele fica nessa página por um tempo. Como não fala nada, eu digo com esperança:

— Uma coisa para você se lembrar de nós.

Ele fecha o *scrapbook*.

— Obrigado — diz, dando um sorriso rápido. — É incrível.

— Você não vai olhar o resto?

— Vou, mais tarde.

Peter diz que tem que voltar para casa e fazer a mala para a Semana na Praia. Antes de descermos, eu pergunto de novo se ele está bem, e ele me garante que está.

Depois que Peter vai embora, Margot vai até meu quarto e me ajuda a fazer a mala. Estou sentada de pernas cruzadas no chão, arrumando as coisas enquanto ela me passa as roupas. Ainda estou preocupada com Peter, então a companhia dela ajuda a me distrair.

— Não consigo acreditar que você já se formou — diz Margot, dobrando uma pilha de camisetas para mim. — Na minha cabeça, você ainda tem a mesma idade de quando eu fui embora. Para sempre dezesseis, Lara Jean — diz ela para me provocar.

— Sou quase tão adulta quanto você agora, Gogo.

— Bom, pelo menos você sempre vai ser mais baixa do que eu — brinca ela, e eu jogo a parte de cima de um biquíni em sua cabeça. — Em pouco tempo vamos fazer suas malas para a faculdade.

Coloco um babyliss no compartimento da tampa da mala.

— Margot, quando você foi para a faculdade, do que mais sentiu falta?

— De vocês, obviamente.

— Do que mais? Tipo, quais foram as coisas inesperadas de que você sentiu falta?

— Senti falta de dar um beijo de boa-noite em Kitty depois de ela tomar banho e estar de cabelo limpo.

Eu dou uma risada debochada.

— Ocasião rara!

Margot pensa um pouco mais.

— Senti falta de um bom hambúrguer. Os hambúrgueres são diferentes na Escócia. Parecem mais... um bolo de carne. Bolo de carne no pão. Hum, o que mais? Senti falta de levar vocês para os lugares. Eu me sentia a capitã de um navio. E senti falta dos seus doces!

— Quais? — pergunto.

— O quê?

— De quais doces você sentiu mais falta?

— Do bolo de limão.

— Se você tivesse me dito, eu teria mandado um.

Margot abre um sorriso.

—Tenho certeza de que mandar um bolo para outro continente é absurdamente caro.

—Vamos fazer um agora — digo, e Margot bate palmas com alegria.

Nós descemos para a cozinha e fazemos exatamente isso. Kitty está dormindo; papai e Trina estão no quarto com a porta fechada. Por mais que eu ame Trina, isso é algo com que ainda preciso me acostumar. A porta do papai nunca ficava fechada. Mas acho que ele precisa do tempo dele, um tempo em que não é pai. Não para transar, mas para conversar, descansar. E também para transar, eu acho.

Margot está separando a farinha quando eu pergunto:

—Você botou música quando você e Josh tiveram sua primeira vez?

—Você me fez perder a conta! — Margot coloca toda a farinha de volta na lata e recomeça.

— E então, botou?

— Não. Xereta! Juro, você é pior do que Kitty.

Rolo um limão na bancada para aquecê-lo antes de começar a espremer.

— Então foi... em silêncio?

— Não foi *em silêncio*. Tinha o barulho de alguém cortando a grama. E a mãe dele tinha ligado a secadora. A secadora deles é muito barulhenta...

— Mas a mãe dele não estava em casa, certo?

— De jeito nenhum! Eu não conseguiria se ela estivesse. Minha colega de quarto levou um cara para casa uma vez e eu fingi estar dormindo, mas na verdade estava tentando não rir. O cara respirava alto. E também gemia.

Nós duas rimos.

— Espero que minha colega de quarto não faça isso.

— É bom estabelecer as regras desde o começo. Tipo, quem pode usar o quarto quando, esse tipo de coisa. E lembre que você deve tentar ser compreensiva, porque Peter vai visitá-la com frequência, e você não quer abusar da boa vontade dela. — Margot faz uma pausa. — Vocês ainda não transaram, não é? — Rapidamente, ela acrescenta: — Não precisa me falar se não quiser.

— Não. Ainda não.

— E você está pensando no assunto? — pergunta Margot, tentando parecer casual. — Por causa da Semana na Praia?

Eu não respondo imediatamente.

Não estava pensando no assunto, pelo menos não na Semana da Praia especificamente. A ideia de Peter e eu fazendo sexo no futuro, sendo algo tão comum quanto ir ao cinema ou dar as mãos... é um pouco estranha de imaginar. Eu não quero que seja menos especial depois da primeira vez. Quero que seja algo especial, não algo a ser encarado como uma coisa qualquer só porque todo mundo faz ou porque nós já fizemos antes. Imagino que tudo possa se tornar comum ou rotineiro se você fizer muitas vezes, mas minha esperança é que isso nunca aconteça. Não com a gente.

— Acho que vou querer música — digo, espremendo suco de limão no copo medidor. — Assim, se eu respirar pesado ou se ele respirar pesado, a gente não vai perceber. E vai ser mais romântico. A música deixa tudo mais romântico, não deixa? Num segundo você está passeando com seu cachorro pelas ruas, mas aí coloca Adele e parece que está em um filme e seu coração acabou de ser brutalmente partido.

— Nos filmes, nunca colocam camisinha — diz Margot —, então preste atenção para estar na vida real quando chegar a essa parte.

Isso basta para me arrancar do devaneio.

— Papai me deu um kit completo. Deixou no banheiro de cima para mim. Camisinhas, lubrificante, barreiras dentais. — Eu caio na gargalhada. — "Barreira dental" não é a expressão menos sexy que você já ouviu?

— Não, acho que é "gonorreia"!

Abruptamente, eu paro de rir.

— Peter não tem gonorreia! — Agora, é Margot quem está rindo. — Não tem!

— Eu sei, só estou provocando. Mas acho que você devia levar seu kit, para o caso de as coisas seguirem esse caminho.

— Gogo, eu não estou planejando transar na Semana na Praia.

— Eu falei só por garantia! Nunca se sabe. — Ela tira o cabelo do rosto e, em tom sério, diz: — Mas fico feliz de minha primeira vez ter sido com Josh. Precisa ser com alguém que conhece a gente bem. Alguém que nos ame.

Antes de ir para cama, eu abro o kit, pego as camisinhas e coloco no fundo da mala. Depois, pego meu conjunto mais bonito de calcinha e sutiã, rosa-claro com renda azul, que nunca usei, e coloco na mala também. Só por garantia.

33

Peter chega cedinho na minha casa para me buscar. Todo mundo vai junto, mas Peter queria que fôssemos só nós dois no carro dele. Ele está de bom humor; trouxe donuts para nós, como antigamente. Mas disse que dessa vez são todos para mim. Desde que voltou do fim de semana de treinamento com o time de lacrosse, ele está se dedicando a manter a forma.

Estamos ajeitando as coisas no carro dele para abrir espaço para a minha mala quando Kitty vem correndo dizer oi. Ela vê a embalagem de donuts em cima da minha bolsa e pega um. Com a boca cheia, diz:

— Peter, Lara Jean já contou sobre a Coreia?

— O que sobre a Coreia? — diz ele.

Eu olho para Kitty de cara feia.

— Eu ia contar agora. Peter, não tive oportunidade de contar ontem... Meu pai vai nos mandar para a Coreia como presente de formatura.

— Uau, que legal — diz Peter.

— É, nós vamos ver nossos parentes e fazer uma viagem pelo país.

— Quando?

Eu olho para ele.

— Mês que vem.

— Por quanto tempo? — pergunta ele.

— O mês inteiro.

Peter olha para mim, consternado.

— Um *mês*? Por que tanto tempo?

— Eu sei.

Já estamos em meados de junho. Só restam mais dois meses de verão agora, e depois ele vai ficar aqui e eu vou para Chapel Hill.

— Um mês... — repete ele.

Antes de Peter, eu nem pensaria duas vezes em passar um mês na Coreia. Teria amado. Agora... eu nunca confessaria para papai, Margot e Kitty, mas não quero ir. Não quero. Quero, mas não quero.

Quando estamos no carro, a caminho, eu digo:

—Vamos nos falar pelo FaceTime todos os dias. São treze horas de diferença, então, se eu ligar para você à noite, vai ser manhã aqui.

Peter parece desanimado.

— A gente ia passar o fim de semana do feriado de Quatro de Julho na casa de Bledell, lembra? O pai dele comprou um barco novo. Eu ia ensinar você a fazer wakeboard.

— Eu sei.

— O que eu vou fazer quando você estiver lá? O verão vai ser horrível. Eu queria levar você no Pony Pasture.

O Pony Pasture é um parque no rio James, em Richmond. Tem pedras enormes onde a gente pode deitar, e dá para flutuar pelo rio em boias. Peter já foi com uns amigos da escola, mas eu nunca fui.

— A gente pode ir quando eu voltar — respondo, e ele assente com desânimo. — E vou trazer muitos presentes. Máscaras faciais. Doces coreanos. Um presente por dia!

— Traga meias de tigre.

— Se fizerem do seu tamanho — digo, só para fazer piada, só para fazê-lo rir.

Esta vai ter que ser a melhor e a mais perfeita semana do mundo, para compensar o fato de que vou passar o verão fora.

O celular de Peter toca, e ele ignora a ligação sem olhar para ver quem é. Um minuto depois, toca de novo, e Peter franze a testa.

— Quem é? — pergunto.

— Meu pai — diz ele secamente.

— Espero que esteja ligando para pedir desculpas e explicar como pôde perder a formatura do próprio filho.

— Eu já sei por quê. Ele disse para minha mãe que Everett teve uma reação alérgica e tiveram que levar ele para o pronto-socorro.

— Ah... Acho que é uma boa desculpa. Everett está bem?

— Está ótimo. Acho que ele nem é tão alérgico. Quando eu como morango, minha língua coça. Grande coisa.

Peter aumenta a música, e não conversamos por um tempo.

A casa das garotas fica na segunda rua, com vista para a praia. Fica sobre estacas, como todas as casas vizinhas. Tem três pisos, com a cozinha e a sala no térreo e os quartos nos dois andares de cima. Chris e eu estamos dividindo um quarto com duas camas no andar mais alto. Parece que estamos no topo de um farol. As colchas são turquesa com padrão de conchas. Tudo tem cheiro de maresia, mas não é uma casa ruim.

Todas as garotas da casa assumiram papéis diferentes, menos Chris, cujo papel tem sido dormir na praia o dia inteiro com uma garrafa de água cheia de cerveja. No primeiro dia, ela voltou com o peito e o rosto vermelhos como uma lagosta; a única parte que não estava queimada era a que ficou sob os óculos de sol. Isso a deixou sem graça, mas ela brincou dizendo que já está preparando o bronzeado para a Costa Rica. Pammy é a mãe. Ela prometeu aos pais que não beberia, então assumiu a missão de cuidar das outras garotas e levar água e analgésico na cama delas de manhã. Kaila é boa com a chapinha. Ela consegue até usar para fazer cachos, coisa que nunca consegui aprender. Harley é boa em coordenar e fazer planos com as outras casas.

Eu sou a cozinheira. Quando chegamos na casa, nós fomos ao mercado e fizemos uma compra grande, de frios, granola, macarrão e potes de molho, pastinhas e cereal. A única coisa que não compramos foi papel higiênico, que acabou no segundo dia. Toda vez que saímos da casa para almoçar ou jantar fora, uma de nós rouba um rolo de papel higiênico do banheiro do restaurante. Não sei por que não compramos mais, mas acabou virando um jogo. Chris é a vencedora, porque conseguiu pegar um rolo de tamanho econômico, que escondeu embaixo da blusa.

Os garotos vão na nossa casa todos os dias para aproveitar a comida e também porque a casa deles já está cheia de areia. Foi até apelidada de Castelo de Areia. Sentar no sofá é como fazer esfoliação corporal, e você se levanta com a sensação de que foi toda lixada, de um jeito bem ruim.

Eu me pergunto se seria assim viver na casa de uma irmandade. No começo, é encantador, como aquelas pensões dos anos 1940, pegando esmalte emprestado e ouvindo música enquanto a gente se arruma, comendo sorvete na cama. Mas, na quarta-feira, Kaila e Harley têm uma briga e berram à uma da manhã porque alguém deixou a chapinha ligada e os nossos vizinhos chamaram a polícia. Na mesma noite, Pammy fica bêbada, e eu fico sentada ao lado dela na praia durante horas enquanto ela chora de culpa por não ter cumprido a promessa que fez aos pais. Na noite seguinte, algumas das garotas vão para uma boate e levam para casa três caras de Montana. Um tem um olhar esquisito, e eu tranco a porta do quarto naquela noite. Quando estou lá dentro com Chris, mando uma mensagem para Peter, que já foi para a casa dele. Ele volta imediatamente e acampa no andar de baixo "para ficar de olho neles".

Peter e eu passamos os dias na praia, onde fico lendo e ele vai correr. Desde que chegamos, ele sai para correr toda hora, porque não pode malhar como faz em casa, na academia. Ele dá uma corrida longa de manhã, antes de ficar quente, uma curta ao meio-dia e outra longa no crepúsculo. Menos no dia que o faço ir comigo ao museu dos Irmãos Wright em Kill Devil Hills. Fui lá com minha família quando era criança, antes de Kitty nascer, mas eu era pequena demais para subir no monumento. Peter e eu vamos até o topo e apreciamos a vista.

Durante toda a semana, Peter continua o garoto encantador e cativante que é, principalmente na frente dos outros, sempre com um sorriso tranquilo no rosto, sempre o primeiro a sugerir uma atividade, um jogo. Mas comigo ele está distante. Apesar de estar bem ao meu lado, parece a quilômetros de distância. Inalcançável. Tentei falar sobre o pai dele de novo, mas ele só ri e foge do assunto. Ele também não falou mais sobre minha viagem para a Coreia.

Todas as noites tem uma festa em uma das casas, menos na nossa. Nós nunca organizamos uma porque Pammy tem medo de perder o depósito de segurança. O bom é que todos os grupos ficam juntos de um jeito que não acontecia na escola. Tem algo de libertador em saber que acabou. Nós não vamos ficar juntos assim de novo, então por que não? Com esse espírito, Chris fica com Patrick Shaw, um cara do clube de anime de Josh.

A festa de hoje é na casa de Peter. Não tenho ideia de como eles vão fazer para receber o depósito de segurança de volta, porque o lugar está coberto de areia. Uma das cadeiras de vime do deque está quebrada, tem latas de cerveja para todo lado e alguém se sentou no sofá bege da sala com uma toalha laranja molhada, e agora tem uma mancha laranja enorme no meio. Estou indo para a cozinha quando vejo John Ambrose McClaren olhando o que tem na geladeira.

Fico paralisada. O humor de Peter está tão instável. Não sei o que vai fazer quando vir John na casa dele.

Estou tentando decidir se devo procurar Peter e contar que John está aqui quando a cabeça de John aparece por trás da porta da geladeira. Ele está mastigando uma cenoura.

— Oi! Achei que poderia encontrar você aqui.

— Oi! — digo com alegria, como se não estivesse pensando em ir embora antes de ele me ver. Eu me aproximo, e ele me abraça com um dos braços, porque ainda está segurando a cenoura. — Você viu o Peter por aí? Esta é a casa onde ele está hospedado.

— Não, nós acabamos de chegar. — John está bronzeado, o cabelo queimado de sol, e ele usa uma camisa xadrez azul e branca e bermuda cáqui. — Onde você está hospedada?

— Bem perto daqui. E você?

— Nós alugamos uma casa em Duck. — Ele sorri e me oferece a cenoura. — Quer uma mordida?

Eu dou uma gargalhada.

— Não, obrigada. Que faculdade você escolheu, afinal?

— William and Mary. — John ergue a mão para dar um tapinha na minha. — Vou ver você lá, não é?

— Na verdade... eu vou para a UNC. Entrei pela lista de espera.

John fica boquiaberto.

— Sério? Que incrível! — Ele me puxa para um abraço. — Isso é maravilhoso. É o lugar perfeito para você, Lara Jean. Você vai amar.

Estou olhando para a porta da cozinha, pensando em como sair graciosamente da conversa, quando Peter entra com uma cerveja na mão. Ele para quando nos vê. Estou me encolhendo por dentro, mas ele só sorri e grita:

— McClaren! E aí?

Eles dão um abraço de garotos, em que um puxa o outro e eles batem o ombro. Quando se afastam, Peter olha para a cenoura na mão de John. Todos os dias, Peter faz um shake de proteína com cenoura e frutas vermelhas, e sei que deve estar aborrecido por John pegar uma. Ele comprou exatamente a quantidade de cenouras que vai precisar até o final da semana.

— Lara Jean estava me contando que entrou na UNC — diz John, apoiando as costas na bancada. — Estou morrendo de inveja.

— É, você sempre quis estudar lá, não é? — Peter ainda está olhando a cenoura.

— Desde que eu era pequeno. Era minha primeira escolha. — John me cutuca de um jeito brincalhão. — Essa garota entrou lá na surdina. Tirou a vaga de mim.

— Foi mal — digo sorrindo.

— Que nada, só estou brincando. — John morde a cenoura. — Mas eu talvez peça transferência. Vamos ver.

Peter passa o braço pela minha cintura e toma um gole de cerveja.

— Você devia fazer isso mesmo. Podíamos ir todos a um jogo do Tar Heels juntos. — Ele fala com amabilidade, mas consigo perceber a tensão em sua voz.

John também nota.

— Claro. — Em seguida, ele acaba com a cenoura e joga o cabo na pia. — Quero que vocês conheçam minha namorada, Dipti. Ela está em algum lugar por aqui.

Ele tira o celular do bolso e manda uma mensagem de texto.

Ainda estamos na cozinha quando ela nos encontra. Ela é mais alta do que eu, com aparência atlética, cabelo preto na altura dos ombros, pele morena, talvez seja indiana. Tem dentes brancos e um sorriso bonito com uma covinha. Está usando um macaquinho branco de tecido leve e sandálias. Estou arrependida de ter decidido usar a camiseta da UVA de Peter com um short jeans. Nós nos apresentamos, e ela se senta na bancada e pergunta:

— Como vocês se conhecem?

— McClaren era meu melhor amigo no ensino fundamental — diz Peter. — Chamavam a gente de Butch Cassidy e Sundance Kid. Quem você acha que era o Butch e quem você acha que era o Sundance Kid, Dipti?

Ela ri.

— Não sei. Não vi o filme.

— Butch era o personagem principal. — Peter aponta para si. — E o Sundance Kid ali — ele aponta para John — era o companheiro. — Peter morre de rir, e estou me encolhendo por dentro, mas John só balança a cabeça, bem-humorado. Peter aperta o bíceps de John. — Você anda malhando? — Para Dipti, ele diz: — Esse garoto tinha braços de macarrão e só lia o dia todo, mas olha só para ele agora. Está um garanhão.

— Ei, eu ainda leio — retruca John.

— Quando Peter e eu ficamos juntos, eu achava que ele não sabia ler — digo, e John morre de rir.

Peter também ri, mas não com tanto gosto quanto um segundo antes.

No fim da festa, Peter diz que eu devia ficar lá em vez de voltar para a minha casa. Eu digo que não porque não estou com minha escova de dentes e outras coisas, mas na verdade estou irritada com ele pela forma como agiu na frente de John.

No caminho até minha casa, Peter diz:

— Dipti parece legal. McClaren tirou a sorte grande. Mas duvido que eles continuem juntos. Provavelmente, vão se visitar uma vez e terminar até o Natal, ou antes.

Eu paro de andar.

— Que coisa horrível de se dizer.

— O quê? Só estou sendo sincero.

Eu me viro para ele, e a brisa salgada da praia sopra meu cabelo no rosto.

—Tudo bem, se você "só está sendo sincero", acho que eu também devia ser. — Peter ergue uma das sobrancelhas e espera que eu continue. —Você agiu como um cretino hoje. Insegurança não combina com você, Peter.

— Eu? — Peter faz um som de desprezo. — Inseguro? Com o quê? McClaren? Até parece. Você viu como ele abriu minha geladeira e comeu minha cenoura?

Eu começo a andar novamente, mais rápido.

— Não estou nem aí para as suas cenouras!

Ele corre para me alcançar.

— Você sabe que eu estou tentando entrar em forma para o lacrosse!

— Você é ridículo, sabia? — Agora, estamos em frente à casa. Andar com raiva faz você chegar mais rápido aos lugares. — Boa noite, Peter.

Eu me viro e começo a subir a escada, e Peter não tenta me impedir.

34

Na manhã seguinte, acordo sem ter certeza se Peter e eu estamos brigados. Na noite anterior, pareceu uma briga, só que não sei se ele está com raiva de mim ou se eu estou com raiva dele. É um sentimento perturbador.

Não quero ficar com raiva dele. Viajo para a Coreia no primeiro dia de julho. Nós não temos tempo para ter brigas bobas por causa de cenouras e John Ambrose McClaren. Cada segundo que temos juntos é precioso.

Decido fazer rabanada como uma oferta de paz. A comida favorita dele de café da manhã, além de donuts, é rabanada. Na cozinha, encontro um pote de açúcar no armário, leite, meio pão e alguns ovos, mas não tem canela. A canela é fundamental.

Pego a chave do carro de Pammy e vou até o mercadinho perto da casa, onde compro um potinho de canela, manteiga, uma dúzia de ovos e um pão branco fresco, porque concluo que posso muito bem fazer rabanada para todos na casa de Peter. No último segundo, compro algumas cenouras.

Todo mundo na casa dele ainda está dormindo, e o lugar está ainda pior do que na noite anterior. Tem garrafas de cerveja para todo lado, sacos vazios de salgadinho no chão, sungas secando na mobília. Tem pratos sujos empilhados na pia, e tenho que lavar uma tigela e uma espátula cobertos de ovo velho para poder começar a cozinhar.

Como o pão está fresco, as primeiras fatias se desintegram na mistura de ovo, mas pego o jeito na terceira e mergulho o pão só alguns segundos antes de jogar na frigideira.

Os garotos começam a descer, e vou fritando mais rabanadas. Cada vez que a pilha diminui, faço mais. Peter é o último a descer, e quando ofereço uma, bem crocante e deliciosa, ele balança a cabeça e diz que não pode aceitar por causa da dieta. Ele não olha nos meus olhos ao falar. Só não quer comer uma coisa que eu fiz.

Depois do café da manhã, eu vou embora, e novamente Peter não tenta me impedir. Dirijo para casa e acordo Chris, que ainda está com a roupa da noite anterior.

— Deixei uma rabanada para você lá embaixo.

Eu levei para ela a rabanada que tinha guardado para Peter.

Há um jantar marcado para aquela noite, em uma casa a algumas ruas da nossa. O pessoal da nossa casa leva potes de salada de batata amarelo-néon e todos os coolers de vinho que sobraram. Como é a última noite, estamos esvaziando a geladeira.

No deque, acabo batendo papo com Kaila e Emily Nussbaum, uma das amigas de Genevieve. Quase não vi Genevieve a semana toda, porque ela foi com os amigos da igreja, e na casa dela há uma mistura de gente de outras escolas.

— Então, você e Kavinsky vão continuar namorando? — pergunta Emily.

Neste segundo? Não faço ideia, pois nós mal trocamos duas palavras a noite toda. Claro que não respondo isso. O que eu disser para Emily vai chegar aos ouvidos de Genevieve. Gen pode ter seguido em frente, mas ainda sentiria prazer se Peter e eu brigássemos.

— Sim, nós vamos ficar juntos. A UNC e a UVA não são tão longe assim uma da outra.

Kaila toma um gole da mistura de rum e Coca diet pelo canudo e me olha de soslaio.

— Sabe, você é uma garota interessante, Lara Jean. Parece tímida e meio imatura à primeira vista, mas na verdade é bastante confiante. E isso foi um elogio.

— Obrigada.

Se alguém está fazendo um elogio, acho que não devia ter que dizer que é elogio; devia ser óbvio para a pessoa que está ouvindo.

Eu tomo um gole da bebida que Chris fez e quase cuspo de tão forte que está. Ela chamou de Shirley Temple para adultos, seja lá o que isso signifique.

— Entendo por que Kavinsky gosta de você — continua Kaila. — Espero que dê certo.

— Obrigada.

Emily coloca os pés na minha cadeira e diz:

— Se Blake terminasse comigo, eu ia surtar. Ia ficar arrasada.

— Bom, o namoro de vocês é intenso. Provavelmente vão se casar logo depois da faculdade.

— De jeito nenhum — retruca Emily, mas ela está obviamente satisfeita.

— Vocês vão para a mesma faculdade. É diferente. — Kaila olha para mim. — Acho que eu não conseguiria namorar a distância.

— Por quê? — pergunto.

— Eu gosto de ver meu homem todos os dias. Não quero ficar pensando no que ele está fazendo. Se eu sou uma pessoa possessiva? Sou. Mas também não quero ter que ficar dando atualizações diárias de como foi meu dia. Preciso fazer parte da rotina dele, e ele, da minha. — Ela mastiga um pouco de gelo.

Foi isso que aconteceu com Margot e comigo quando ela foi para a faculdade. A distância foi chegando devagar, como água do mar enchendo um barco, sem a gente perceber. Antes de nos darmos conta, estávamos submersas. Nós sobrevivemos, mas somos irmãs. Irmãs sempre encontram uma forma de voltar uma para a outra. Acho que não funciona assim com namorados. A ideia de isso acontecer comigo e com Peter me enche de tristeza. Como vamos resolver? Conversando todos os dias? Visitando um ao outro uma vez por mês? Ele mesmo disse: a vida dele vai ser muito ocupada e agitada por causa do lacrosse. Ele já está mudando, com a dieta saudável e os exercícios. E nós estamos brigando, e nunca brigamos, não de verdade. Não o tipo de briga que não dá para voltar atrás. O que vai acontecer agora? Como vamos negociar o próximo passo?

Fico lá mais alguns minutos, e quando Emily e Kaila começam a discutir se vão ou não entrar logo para uma irmandade, eu fujo e vou atrás de Peter. Depois dessa conversa e da briga da noite anterior, só o quero por perto, enquanto ainda estamos próximos. Eu o encontro com um grupo de garotos fazendo uma fogueira. Ele já parece tão distante, e quero tanto que as coisas pareçam normais entre nós de novo. Tomo um gole grande do meu Shirley Temple para adultos para ganhar coragem. Nossos olhares se encontram, e eu digo com movimentos labiais: *Quer voltar?* Ele assente. Eu volto para dentro da casa, e ele me segue.

Tomo outro gole do meu drinque.

— O que você está tomando? — pergunta ele.

— Uma coisa que Chris fez para mim.

Ele pega o copo vermelho da minha mão e joga no lixo quando estamos de saída.

Nossa caminhada até minha casa é silenciosa, exceto pelo som das ondas do mar. Acho que nenhum de nós sabe o que dizer, porque, seja qual for o problema entre a gente, nós dois sabemos que não foi John Ambrose McClaren nem as cenouras.

Quando seguimos pela rua, Peter pergunta em voz baixa:

— Você ainda está com raiva por causa de ontem?

— Não.

— Ah, que bom — diz ele. — Eu vi as cenouras que você comprou na geladeira. Desculpa por não ter comido a rabanada.

— Por que você não comeu? Sei que não foi por causa da dieta.

Peter massageia a nuca.

— Não sei por quê. Eu só ando meio mal-humorado.

Eu olho para ele. Seu rosto está obscurecido pela noite.

— Nós temos pouco tempo antes de eu ir para a Coreia. Não podemos desperdiçar nem um segundo. — Seguro a mão dele, e ele aperta a minha.

A casa está completamente vazia pela primeira vez a semana toda. As outras garotas ainda estão na festa, menos Chris, que encontrou alguém que ela conhece do Applebee's. Nós vamos para o meu quarto, e Peter tira os sapatos e se deita na minha cama.

— Quer ver um filme? — pergunta ele, colocando os braços embaixo da cabeça.

Não. Eu não quero ver um filme. De repente, meu coração está acelerado, porque sei o que eu quero fazer. Eu estou pronta.

Eu me sento na cama ao lado dele, e Peter continua:

— Ou a gente pode começar uma série nova...

Eu encosto os lábios no pescoço dele e sinto a pulsação disparar.

— E se a gente não assistir a nada disso? E se... a gente fizesse outra coisa? — Olho para ele com intensidade.

Seu corpo estremece de surpresa.

— Agora?

— É. — Agora. Agora parece certo. Começo a dar beijos no pescoço dele. — Você gosta disso?

Sinto-o engolir em seco.

— Gosto. — Ele me afasta para poder olhar para mim. — Vamos parar por um segundo. Eu não estou conseguindo pensar. Você está bêbada? O que Chris colocou naquela bebida?

— Não, eu não estou bêbada! — Estava sentindo o corpo mais quente, mas a caminhada até a casa fez tudo passar. Peter ainda está me olhando. — Eu não estou bêbada. Juro.

Peter engole em seco de novo, os olhos nos meus.

— Tem certeza de que quer fazer isso agora?

— Tenho — digo, porque tenho mesmo. — Mas primeiro você pode botar Frank Ocean para tocar?

Ele pega o celular e, um segundo depois, a batida começa e a voz melodiosa de Frank soa no quarto. Peter começa a desabotoar de forma desajeitada os botões da camisa, mas desiste e começa a levantar minha blusa, e eu grito:

— Espera!

Peter leva um susto tão grande que pula para longe de mim.

— O quê? O que houve?

Eu pulo da cama e começo a remexer na mala. Não estou usando meu conjunto de lingerie especial; estou com meu sutiã velho, bege e com as beiradas desfiando. Não posso perder minha virgindade com meu sutiã mais feio.

— O que você está fazendo? — pergunta ele.

— Um segundinho.

Eu corro para o banheiro, tiro o sutiã e a calcinha velhos e coloco os de renda. Depois, escovo os dentes e olho para meu rosto no espelho. É agora. Eu, Lara Jean Song Covey, vou perder minha virgindade com Peter K.

— Está tudo bem? — grita Peter.

— Só um segundo! — Eu devia vestir as roupas ou ir para o quarto só de sutiã e calcinha? Ele nunca me viu só de lingerie. Bom, acho que, como ele vai me ver sem roupa nenhuma, pode muito bem me ver de lingerie.

Saio do banheiro carregando as roupas na frente do corpo, como um escudo, e Peter arregala os olhos quando me vê e tira a camisa rapidamente. Consigo sentir que fiquei vermelha. Enfio o sutiã e a calcinha usados na mala e reviro até encontrar o pacote de camisinhas. Pego uma, volto para a cama e entro embaixo do lençol.

— Tudo bem, agora estou pronta.

— Gostei do sutiã — diz Peter, afastando o lençol de mim.

— Obrigada.

Ele chega mais perto e beija minhas pálpebras. Primeiro a esquerda e depois a direita.

— Está nervosa?

— Um pouco.

— Nós não precisamos fazer nada hoje, Covey.

— Não, eu quero. — Eu mostro a camisinha, e Peter ergue as sobrancelhas. — Do kit do meu pai. Lembra que eu contei que ele montou um kit contraceptivo?

Ele pega a camisinha da minha mão e beija meu pescoço.

— Podemos não falar no seu pai agora?

— Claro.

Peter rola para cima de mim. Meu coração está acelerado, como sempre acontece quando estou perto dele, mas agora mais ainda, porque tudo vai mudar. Eu vou com ele para um lugar aonde nunca fui. Ele toma o cuidado de sustentar o peso nos antebraços para não me esmagar, mas não me incomodo com o peso do corpo dele no meu. Ele coloca a mão no meu cabelo do jeito que eu gosto; os lábios são quentes. Nós dois estamos sem fôlego.

Mas de repente ele para de me beijar. Eu abro os olhos, e ele está acima de mim, as sobrancelhas franzidas.

— Isso é porque a gente brigou ontem? Porque, Covey...

— Não é por causa da briga. Eu só... eu só quero ficar perto de você. — Peter está me observando com muita atenção, e percebo que está esperando mais, que eu dê a ele um grande motivo. É bem simples, na verdade. — Não foi de repente. Eu quero transar com você porque te amo e quero que minha primeira vez seja com você.

— Mas por que eu?

— Porque... porque você é o meu primeiro amor. Quem mais seria?

Peter sai de cima de mim e se senta. Apoia a cabeça nas mãos.

Eu também me sento e me enrolo no lençol.

— O que foi? — Ele não diz nada pelo que parece uma eternidade. — Por favor, fala comigo. — Estou começando a ficar enjoada.

— Eu não quero fazer isso agora.

— Por quê? — sussurro.

Ele não consegue olhar para mim.

— Não sei... Estou com muita coisa na cabeça. O lacrosse, meu pai não ter aparecido na formatura e agora você indo passar o verão fora.

— Não o verão todo. Só julho. Eu volto no final de julho! Por que você está pensando só na parte ruim?

Peter balança a cabeça.

— Só parece que você vai viajar e nem liga.

— Você sabe que não foi uma escolha minha! Meu pai fez uma surpresa! Você não está sendo justo, Peter.

Ele olha para mim por um tempo.

— E a UNC? Você ainda tem planos de pedir transferência para a UVA? Quando você ia para a William and Mary, era certo que iria pedir, mas agora não parece.

Eu umedeço os lábios. Meu coração está batendo muito rápido, descontrolado.

— Não sei. Talvez? Mas talvez não. A UNC me parece diferente.

— É, eu sei. Está óbvio.

— Não faça parecer que é uma coisa ruim! Você prefere que eu vá para outro lugar e seja infeliz?

— Temporariamente infeliz — corrige ele.

— Peter!

— Pare com isso, Lara Jean. Você pensa mesmo tão mal de mim?

— Não. Eu... eu só não entendo por que você está agindo assim. Quero pelo menos dar uma chance real à UNC. Quero dar uma chance a mim. — Meus olhos se enchem de lágrimas, e é difícil falar. — E acho que você devia querer a mesma coisa para mim.

Peter se encolhe, como se eu tivesse lhe dado um tapa. A cama é pequena, mas parece que ele está tão longe de mim agora. Sinto dor por dentro, tenho vontade de ir para perto dele. Mas não consigo.

Silenciosamente, ele veste a camisa.

— Acho que vou embora.

Ele se levanta, abre a porta e vai embora. Espero a porta se fechar para começar a chorar.

35

Quando arrumamos as coisas no carro pela manhã, fico achando que Peter pode aparecer para me levar para casa, mas ele não aparece, e eu também não o procuro. Volto para a Virgínia com as garotas.

Só tenho notícias de Peter no dia seguinte. Recebo uma mensagem que diz:

Desculpa pela outra noite. Fui um babaca. Vamos dar um jeito, eu prometo. Tenho que resolver umas coisas para a minha mãe, mas posso ver você mais tarde?

Eu respondo:

Pode.

Ele responde:

Desculpa mesmo.
Eu te amo.

Estou começando a responder Eu também te amo quando meu celular toca. É o número da casa de Peter, e atendo com ansiedade.

— Eu também te amo — digo.

Há um silêncio constrangido do outro lado da linha e uma risadinha para disfarçar.

— Oi, Lara Jean. É a mãe do Peter.

Estou morrendo de vergonha.

— Ah! Oi, sra. Kavinsky.

Ela quer que eu vá até lá para conversar. Diz que Peter não está em casa, que seremos só nós duas. Ela deve ter mandado que ele saísse para resolver algumas coisas para me chamar lá. O que posso fazer além de ir?

Coloco um vestido amarelo e passo batom, penteio o cabelo e dirijo até a casa de Peter. Ela atende a porta com um sorriso no rosto. Está usando uma blusa de algodão bem fino e uma bermuda.

— Entre — diz ela.

Eu a sigo até a cozinha.

— Lara Jean, quer beber alguma coisa? Chá gelado?

— Quero — respondo, sentando-me em um banco.

A mãe de Peter serve um copo de chá gelado de uma jarra de plástico. Ela me oferece o copo e diz:

— Obrigada por vir me visitar, só nós, as garotas. Tem uma coisa que quero conversar com você.

— Sem problema. — Minha pele está formigando.

Ela segura minhas mãos. As mãos dela estão frias e secas; as minhas parecem grudentas de repente.

— Peter está passando por muita coisa e tem se esforçado bastante. Tenho certeza de que você sabe como foi decepcionante para ele quando o pai não apareceu na formatura. — Os olhos dela observam os meus, e eu assinto. — Ele finge que não liga, mas sei que está sofrendo por dentro. Voltou da Semana na Praia falando em pedir transferência para a UNC antes do segundo ano. Você sabia disso?

Sinto todo o sangue subir para o meu rosto.

— Não, eu não sabia. Ele... ele não me falou nada.

Ela assente, como se já desconfiasse.

— Se ele pedir transferência, não vai poder jogar por um ano. Isso quer dizer que ele não vai conseguir manter a bolsa de atleta. As faculdades fora do estado são muito caras, como tenho certeza de que você já sabe.

São mesmo. Papai disse que não havia problema, que Margot só tem mais dois anos de faculdade e ainda falta muito para chegar a vez de Kitty. Mas eu sei que é caro. E sei, apesar de não falarmos no assunto, que meu pai ganha mais que a mãe de Peter.

— O pai de Peter diz que quer ajudar, mas ele não é confiável. Por isso, não posso contar com ele. — Ela faz uma pausa delicada. — Mas eu espero poder contar com você.

Eu me apresso a dizer:

— Não precisa se preocupar. Vou falar para Peter não pedir transferência para a Carolina do Norte.

— Querida, agradeço muito, de verdade, mas não é só com a transferência que estou preocupada. Estou preocupada com o que ele tem na cabeça. Ele precisa estar focado na UVA. Ele vai estar lá como atleta. Não pode ficar indo para a Carolina do Norte todo fim de semana. Não é prático. Vocês dois são muito jovens. Peter já está tomando grandes decisões com base no namoro de vocês, e quem sabe o que vai acontecer com os dois no futuro. Vocês são adolescentes. A vida nem sempre acontece do jeito que achamos que vai acontecer... Não sei se Peter já contou a você, mas o pai dele e eu nos casamos muito cedo. E eu... eu odiaria ver vocês dois cometerem os mesmos erros que nós. — Ela hesita. — Lara Jean, eu conheço meu filho, e ele não vai terminar com você se você não terminar primeiro.

Eu pisco.

— Ele faria qualquer coisa por você. É a natureza dele. Ele é leal até o fim. Diferente do pai. — A sra. Kavinsky olha para mim com expressão solidária. — Sei que você gosta do Peter e quer o que é melhor para ele. Espero que pense um pouco no que falei. — Ela hesita. — Por favor, não conte nada para ele. Peter ficaria muito chateado comigo.

Eu tenho dificuldade de encontrar minha voz.

— Não vou contar.

Ela abre um sorriso amplo, aliviado.

—Você é uma boa menina, Lara Jean. Sei que vai fazer a coisa certa.

Ela dá um tapinha nas minhas mãos e as solta. Depois, muda de assunto e pergunta sobre o casamento do meu pai.

Quando volto para o carro, viro o espelho e vejo que minhas bochechas ainda estão vermelhas. Parece aquela vez no sétimo ano em que a mãe da Chris encontrou os cigarros dela e achou que nós duas estávamos fumando. Eu queria dizer que não estava, mas não consegui. Só me encolhi de vergonha. É assim que me sinto agora. Que estou em apuros.

Foi tolice nossa achar que poderíamos ser exceção à regra? A mãe de Peter está certa? Nós estamos cometendo um erro enorme? De repente, parece que toda decisão que tomamos é vital, e fico morrendo de medo de tomar a errada.

Em casa, papai, Margot e Kitty estão na sala debatendo onde jantar. É uma coisa tão normal de se discutir em uma noite de quinta--feira, mas me sinto tão estranha, porque parece que a terra está se movendo sob os meus pés e que o chão não está mais firme, mas todo mundo está falando de comida.

— O que você quer comer, Lara Jean? — pergunta papai.

— Não estou com muita fome — respondo, olhando para o celular. O que eu vou dizer para Peter quando ele ligar? Eu conto para ele? — Acho que vou ficar em casa.

Papai me olha.

—Você está bem? Está ficando doente? Está pálida.

Eu balanço a cabeça.

— Não, eu estou bem.

— Que tal o Seoul House? — sugere Margot. — Ando com vontade de comida coreana.

Papai hesita, e sei por quê. Trina não tem o paladar mais sofisticado do mundo. Ela vive de Coca diet e frango empanado; a maior aventura para ela é salada de couve. Quando pedimos sushi, ela só come Califórnia e camarão cozido. Ela não come peixe. Mas ninguém é perfeito.

— Trina não é muito fã de comida coreana — digo, para poupar papai de ter que falar.

Meu celular vibra, mas é só um e-mail do departamento de alojamentos da UNC.

— É sério? — diz Margot, incrédula.

— É um pouco apimentada demais para ela. — Rapidamente, ele acrescenta: — Mas tudo bem. Ela pode comer sanduíche de bulgogi ou arroz frito.

— Eu também não quero comida coreana — diz Kitty.

— Nós vamos ao Seoul House — diz papai. — Trina vai ficar bem.

Assim que papai se levanta para fazer a reserva, eu digo para Margot:

— Não julgue Trina por não gostar de comida coreana. Não é culpa dela não poder comer alimentos condimentados.

Kitty se junta a mim na mesma hora.

— É, não a julgue.

Um olhar magoado surge no rosto de Margot.

— Eu não falei nada!

— Nós sabemos o que você estava pensando — digo.

Eu sei o que ela está pensando porque já pensei a mesma coisa. E agora estou na posição curiosa de ter que defender Trina por uma coisa que também acho irritante. Não faria mal nenhum Trina ampliar seus horizontes culinários.

— Mas arroz frito? É sério?

— Qual é o problema de ela não gostar de comida coreana? — diz Kitty.

— A comida coreana é nossa maior ligação com a cultura coreana — diz Margot. — Então nós nunca mais vamos comer comida coreana porque Trina não gosta? — Margot não espera uma resposta. — Só espero que ela perceba que, quando casar com papai, está levando o pacote todo, e a Coreia faz parte desse pacote.

— Margot, ela sabe disso — retruco. — Além do mais, vamos comer comida coreana todos os dias do verão.

Todos os dias do verão em que eu estiver longe de Peter.

— Eu queria que papai e Trina também fossem — comenta Kitty.

— É melhor assim — diz Margot. — O que Trina comeria na Coreia? — Ela está brincando um pouco, mas não muito.

Kitty, que está fazendo carinho em Jamie, a ignora e me pergunta:

— Quem vai cuidar de Jamie Fox-Pickle e Simone quando todo mundo estiver fora?

— Uma babá de cachorro? — sugiro. Mas não de coração. Não estou totalmente concentrada na conversa. Só consigo pensar em Peter. — Nós vamos pensar em alguma coisa.

Margot olha ao redor. Seu olhar recai na grande poltrona de Trina.

— Esta casa parece tão pequena de repente. Não tem espaço para todas as coisas da Trina.

— Não parece tão pequena quando você não está aqui — retruca Kitty.

Eu sufoco um gritinho.

— Kitty!

Toda a cor some do rosto de Margot, e as bochechas dela ficam vermelhas de repente.

— Você disse mesmo isso para mim?

Vejo que Kitty está arrependida, mas ela ergue o queixo do jeito teimoso dela.

— Bem, é verdade.

— Você é uma malcriada. — Margot fala com intensidade, mas vejo seu rosto quando ela sobe a escada e sei que está indo para o quarto chorar.

Assim que ela sobe, eu me viro para Kitty:

— Por que você disse aquilo para ela?

Lágrimas escorrem dos olhos dela.

— Porque sim! Ela tem sido tão má com a Tri sem motivo.

Eu seco as lágrimas dela com as costas da mão. Também estou com vontade de chorar.

— Gogo se sente excluída, só isso. Nós conhecemos Trina porque tivemos tempo para isso. Mas Margot não a conhece. E Gogo praticamente criou você, Kitty... Você não pode falar assim com ela.

— Eu falo com você assim — murmura ela com voz triste.

— É diferente e você sabe. Somos mais novas.

— Então quer dizer que você e eu estamos no mesmo nível?

— Hum... não. Margot e eu estamos quase no mesmo nível, e você está um nível abaixo de nós porque é a caçula. Mas você e eu estamos mais próximas do mesmo nível do que você e Margot. Só tente entendê-la. Ela não quer sentir como se a casa tivesse sido tirada dela.

Os ombros de Kitty murcham.

— Ela não foi excluída.

— Ela só precisa ser tranquilizada, só isso. Seja compreensiva. — Kitty não responde nem levanta a cabeça, mas sei que está me ouvindo. — Mas você *é* malcriada. — Ela levanta a cabeça e pula em cima de mim, e eu dou uma gargalhada. — Suba e peça desculpas para Gogo. Você sabe que é a coisa certa a fazer.

Kitty me escuta pela primeira vez. Ela sobe e, um tempo depois, as duas descem com olhos vermelhos. Nesse tempo, recebo uma mensagem de Peter, perguntando se posso sair. Eu digo que não posso, que vou sair para jantar com a minha família, mas que o verei na noite seguinte. Os homens vão se encontrar com a gente no karaokê depois do churrasco. Espero que, quando o encontrar, eu saiba o que fazer.

No meu quarto, naquela noite, estou pintando as unhas de verde--menta para a festa de despedida de solteira no dia seguinte, e Margot está deitada na minha cama olhando para o celular.

— Quer que eu pinte as suas unhas também? — pergunto.

— Não, eu não ligo — diz ela.

Eu suspiro.

— Olha, você tem que parar de ficar de mau humor por causa da Trina. Ela e papai vão se casar, Gogo.

Margot suspira.

— Não é só Trina. É que Trina é... Trina.

— E o que tem?

Margot morde o lábio, coisa que não a vejo fazer desde que era pequena.

— Parece que eu voltei e encontrei uma família nova aqui da qual eu não faço parte.

Quero dizer para ela que nada mudou, que ela ainda é parte de tudo como sempre foi, mas não seria verdade. A vida aqui continuou sem ela, como vai continuar sem mim quando eu for para a faculdade no outono.

Uma lágrima escorre pela bochecha dela.

— E sinto saudade da mamãe.

Um nó se forma na minha garganta.

— Eu também.

— Eu queria que Kitty tivesse conhecido a mamãe. — Margot suspira. — Sei que é egoísta... mas acho que eu nunca imaginei papai se casando de novo. Achei que ele sairia com mulheres, talvez tivesse uma namorada mais firme em algum momento, mas casar?

— Eu também nunca pensei, mas aí, quando você foi para a Escócia, não sei... — respondo delicadamente — começou a fazer mais sentido. A ideia de ele ter alguém.

— Eu sei. E é bom para Kitty.

— Acho que ela pensa em Trina como sendo dela. Eu tenho meu relacionamento com Trina, mas Kitty tem uma coisa especial com ela desde o começo.

— Caramba, ela parece um pitbull com Trina! — Margot dá uma gargalhada chorosa. — Ela a ama mesmo.

— Sei que foi por isso que você ficou tão chateada com a comida coreana hoje. Você acha que, se papai parar de fazer comida coreana porque Trina não gosta, Kitty não vai ter mais essa ligação. E, se nós esquecermos a Coreia, nós esqueceremos a mamãe. — Mais lágrimas escorrem pelas bochechas dela, que as limpa com a manga do moletom. — Mas nós nunca vamos esquecer a Coreia e jamais vamos esquecer a mamãe. Tá?

Margot assente e respira fundo.

— Nossa, eu já chorei duas vezes hoje! Isso é tão esquisito. — Ela sorri para mim, e eu também dou um sorriso, o mais alegre que consigo. Ela franze a testa. — Lara Jean, tem alguma coisa errada? Você parece meio... não sei, melancólica desde que voltou da Semana na Praia. Aconteceu alguma coisa entre você e Peter?

Quero desesperadamente contar tudo para ela, jogar todos os meus problemas na minha irmã mais velha, ouvi-la me dizer o que fazer. As coisas seriam bem mais simples se ela me dissesse o que fazer. Mas sei o que Margot faria, porque ela já fez.

Não seja a garota que vai para a faculdade namorando. Era o que minha mãe dizia. Foi o que Margot disse.

36

Na despedida de solteira, Kristen decidiu que o tema da noite devia ser anos 1990, porque não tem nada de que Trina goste mais do que os anos 1990, então todo mundo tem que usar roupas da época. Sinceramente, acho que o motivo por trás do tema é porque Kristen quer usar uma blusa cropped. Ela chega em casa com uma camiseta azul que diz SKATER GURL e calça baggy, e o cabelo está partido no meio. Ela está usando batom marrom-escuro matte.

A primeira coisa que ela faz é botar uma estação de rádio dos anos 1990 tocando por toda a casa. As mulheres todas vão se reunir aqui, e os homens (e Kitty) vão se encontrar no restaurante. Fico feliz, porque ainda não sei o que vou dizer para Peter.

Ainda estamos nos arrumando. Vou com um vestidinho curto florido que encontrei na Etsy, meias creme até os joelhos e sapatos boneca pretos com plataforma. Estou prendendo o cabelo em marias-chiquinhas quando Kristen sobe para fazer a inspeção segurando uma taça de martíni na qual está escrito *Madrinha* em cursiva cor-de-rosa.

— Ah, você está fofa, Lara Jean — diz ela, tomando um gole da bebida.

Eu aperto as marias-chiquinhas.

— Obrigada, Kristen.

Fico feliz por minha roupa estar satisfatória. Tenho muita coisa em mente e detestaria estragar a noite de Trina.

Kitty e Margot estão no chão. Kitty está pintando as unhas de Margot de preto. Margot escolheu o caminho grunge: uma camisa comprida de flanela, calça jeans e botas Doc Martens que peguei emprestadas de Chris.

— O que você está bebendo? — pergunta Kitty para Kristen.

— Cosmopolitan. Tem mais lá embaixo em uma garrafa de Sprite. Mas não para você.

Kitty revira os olhos quando ouve isso.

— Cadê a Tri?

— Está no banho — respondo para ela.

Kristen inclina a cabeça e estreita os olhos enquanto me observa.

— Está faltando alguma coisa. — Ela coloca o copo de lado, revira a bolsa e pega um batom. — Coloque isto.

— Ah... é a cor que você está usando? — pergunto.

— É! Chama-se Toast of New York. Era a maior moda naquela época!

— Hum...

Parece que Kristen esfregou Hershey's kisses nos lábios e o chocolate secou.

— Confie em mim — diz ela.

— Eu estava pensando em usar esse. — Eu solto a escova e mostro um brilho labial rosa brilhante. — As Spice Girls não usavam brilho labial assim? Elas não eram dos anos 1990?

Kristen franze a testa.

— Mais para o final e para o começo dos anos 2000, mas, sim. Acho que está bom. — Ela aponta o batom pra Margot. — Mas você precisa disto. Sua roupa não está anos 1990 o bastante. — Ela observa Kitty dar os toques finais nas unhas de Margot. — Eu usava caneta permanente — conta Kristen. — Vocês não sabem como têm sorte de ter tantas opções. Nós tínhamos que improvisar. Caneta permanente para pintar de preto, liquid paper para pintar de branco.

— O que é liquid paper? — pergunta Kitty.

— Ah, meu Deus. Vocês crianças nem sabem o que é liquid paper?

Assim que Kristen vira as costas para pegar o copo, Kitty mostra os dentes para ela.

— Eu vi você pelo espelho — diz Kristen.
— Eu queria mesmo que visse — responde Kitty.
Kristen olha para ela.
— Termine logo as unhas da sua irmã para poder pintar as minhas.
— Estou quase acabando — diz Kitty.
Um minuto depois, a campainha toca, e as três descem. Ouço Kristen gritar:
— Atenda a porta. Eu vou pegar as bebidas!

Monique, colega de irmandade de Trina, está usando um vestidinho com girassóis enormes e uma camiseta branca por baixo, além de sapatos boneca pretos de plataforma que parecem calçados de astronauta. Kendra, a amiga do SoulCycle, chegou com um macacão e uma regata ribana rosa e completou com um frufru rosa da mesma cor no cabelo. Muitas das coisas que as pessoas estão usando hoje também são comuns na minha escola. A moda é mesmo cíclica.

O tema anos 1990 foi a pedida certa, porque Trina fica encantada com tudo.
— Amei seu vestido! — diz Kendra para mim.
— Obrigada! — digo. — É vintage.
Ela se encolhe, horrorizada de verdade.
— *Ah, meu Deus*. Os anos 1990 são considerados vintage agora?
— Sim, amiga — diz Trina. — Os anos 1990 são os nossos 1970.
Ela estremece.
— Que horror. Nós estamos velhas?
— Estamos geriátricas — diz Trina, mas com alegria.
No carro a caminho do karaokê, eu recebo uma mensagem de Peter. É uma foto dele e do meu pai de terno, com sorrisos largos. Meu coração dá um pulo quando vejo. Como vou dispensar um garoto assim?

★ ★ ★

Reservamos um salão particular no karaokê. Quando a garçonete chega, Margot pede uma margarita de romã, e Trina repara, mas não diz nada. O que ela poderia falar? Margot está na faculdade. Vai fazer vinte anos em um mês.

— Isso é bom? — pergunto.

— É bem doce — diz ela. — Quer um gole?

Eu adoraria um gole. Peter mandou duas mensagens de texto do restaurante perguntando como está a noite, e sinto meu estômago dar nós. Furtivamente, olho para Trina, que está fazendo um dueto com Kristen. Ela pode não ter dito nada para Margot, mas tenho a sensação de que vai dizer alguma coisa para mim.

— Na Escócia, a idade para beber é dezoito anos — diz Margot.

Eu tomo um gole rápido, e é gostoso, ácido e gelado.

Enquanto isso, todo mundo está olhando as músicas para decidir quais cantar. A regra da noite é só músicas dos anos 1990. Demora um tempo para as pessoas se aquecerem, mas as bebidas passam a ser servidas sem parar, e todo mundo começa a gritar números de música para botar na fila.

Michelle, amiga de Trina, é a próxima. Ela canta:

— *"There was a time, when I was so broken-hearted..."*

— Gostei dessa música — digo. — Quem canta?

Kristen dá um tapinha indulgente na minha cabeça.

— Aerosmith, garotinha. Aerosmith.

Todas se levantam e cantam Spice Girls.

Margot e eu cantamos "Wonderwall", do Oasis. Quando me sento, estou sem ar.

Kendra, a amiga de Trina do SoulCycle, está se balançando no ritmo da música que Trina e Kristen estão cantando juntas, o copo de martíni gelado no ar. É verde-ácido.

— O que você está tomando, Kendra? — pergunto.

— Martíni de maçã.

— Parece bom. Posso experimentar?

— Pode, tome um gole! É tão frutado que nem dá para sentir o álcool.

Dou um golinho de beija-flor. É doce. Tem gosto de balinha Jolly Rancher.

Quando Trina e Kristen terminam de cantar, elas caem no sofá ao meu lado, e Kendra pula para cantar uma música da Britney Spears.

Kristen está falando arrastado:

— Eu só quero que a gente continue próxima, tá? Não seja chata. Não vire mãe de repente. Eu sei que você tem que ser mãe, mas não seja uma mãe *chata*.

— Eu não vou ser uma mãe chata — diz Trina com a voz tranquilizadora. — Eu nunca poderia ser uma mãe chata.

— Você tem que me prometer que ainda vai às quartas de vinho.

— Eu prometo.

Kristen solta um soluço.

— Eu te amo muito, amiga.

Trina está com lágrimas nos olhos.

— Eu também te amo.

O martíni de Kendra está na mesa, abandonado. Tomo outro gole quando não tem ninguém olhando, porque o gosto é bom mesmo. E outro. Já terminei o copo quando Trina me vê. Ela ergue as sobrancelhas.

— Acho que você talvez tenha se divertido *demais* na Semana na Praia.

— Eu não bebi quase nada na Semana na Praia, Trina! — protesto. E franzo a testa. — É bebi ou tomei?

Trina parece alarmada.

— Margot, sua irmã está bêbada?

Eu levanto as mãos.

— Pessoal, eu nem tomei!

Margot se senta ao meu lado e examina meus olhos.

— Ela está bêbada.

Eu nunca fiquei bêbada na vida. Estou bêbada agora? Eu me sinto mesmo relaxada. Ficar bêbada é assim, quando os braços e as pernas ficam bambos, meio leves?

— Seu pai vai me matar — diz Trina com um gemido. — Eles acabaram de deixar Kitty em casa. Vão chegar a qualquer momento. Lara Jean, beba muita água. Beba esse copo inteiro. Vou pedir outra jarra.

Quando ela volta alguns minutos depois, o pessoal da despedida de solteiro do meu pai chega junto. O olhar de Trina me transmite um aviso. *Não aja como bêbada*, diz ela com movimentos labiais. Eu faço sinal de positivo. Dou um pulo e jogo os braços em volta de Peter.

— Peter! — grito acima da música. Ele está tão lindo de camisa de botão e gravata. Tão lindo que me dá vontade de chorar. Eu escondo o rosto no pescoço dele como um esquilo. — Senti tanto a sua falta.

Peter me olha.

—Você está bêbada?

— Não, só tomei uns dois goles. Duas bebidas.

—Trina deixou você beber?

— Não. — Eu dou risadinhas. — Eu roubei uns golinhos.

— É melhor a gente sair daqui antes que seu pai veja você — diz Peter, olhando ao redor. Papai está vendo o catálogo de músicas com Margot, que está me olhando com cara de *Controle-se*.

— Se ele não souber não vai fazer mal a ninguém.

—Vamos para o estacionamento, pra você tomar um pouco de ar — diz ele, passando um dos braços ao meu redor e me levando pela porta e pelo restaurante.

Nós saímos, e eu oscilo um pouco. Peter está tentando não sorrir.

—Você está bêbada.

— Acho que estou mais velhinha!

— Levinha. — Ele belisca minhas bochechas.

— Isso. Velhinha. Quer dizer, levinha. — Por que isso é tão engraçado? Não consigo parar de rir. Mas vejo como ele está me olhando, com tanto carinho, e paro. Não estou mais com vontade de rir. Estou com vontade de chorar. Veja como ele fez a despedida de solteiro do meu pai ser tão especial. Veja todas as formas como ele me ama tanto. Eu o amo igualzinho. Eu não sabia que ia fazer isso até esse momento, mas agora eu sei. — Tem uma coisa que quero dizer pra você. — Eu me empertigo e dou uma pancada acidental no pescoço de Peter, que o faz tossir. — Desculpa. O que eu quero dizer é o seguinte. Quero que você faça o que tem que fazer e quero fazer o que eu tenho que fazer.

Ele está com um meio-sorriso no rosto.

— Do que você está falando? — pergunta, balançando a cabeça.

— Estou falando que acho que não devíamos ficar em um relacionamento... um relacionamento a distância.

O sorriso dele está sumindo.

— O quê?

— Acho que você precisa fazer todas as coisas que precisa fazer na UVA, como jogar lacrosse e estudar, e eu preciso fazer o que preciso fazer na UNC, e se nós ficarmos juntos, tudo vai desmoronar. Por isso, a gente não pode. A gente simplesmente não pode.

Ele pisca, e seu rosto fica imóvel.

— Você quer terminar?

Eu balanço a cabeça, e a dor no rosto dele me deixa sóbria.

— Quero que você faça o que deve fazer. Não quero que você faça por minha causa. Você se dedicou à UVA, Peter. É lá que tem que ficar. Não na UNC.

Ele fica pálido.

— Você falou com a minha mãe?

— Falei. Quer dizer, não...

O músculo no maxilar dele pula.

— Entendi. Não precisa dizer mais nada.

— Espere, me escute, Peter...

— Não, não mesmo. Só para deixar registrado, eu mencionei a UNC para a minha mãe como possibilidade. Não era nada definitivo. Só uma coisa que soltei no ar. Mas tudo bem se você não quiser que eu vá.

Ele começa a se afastar de mim, e eu seguro o braço dele para fazê-lo parar.

— Peter, não é isso que estou dizendo! Estou dizendo que, se você fosse, se você abrisse mão de tudo a que se dedicou para entrar na UVA, você vai acabar se ressentindo de mim.

— Pare, Lara Jean — responde ele, secamente. — Eu já previa isso há um tempão. Desde que você decidiu ir para a UNC, você está se despedindo de mim.

Eu solto o braço dele.

— O que isso quer dizer?

— Primeiro, o *scrapbook*. Você disse que era para eu me lembrar de nós. Por que eu precisaria de uma lembrança nossa, Lara Jean?

— Não foi isso! Eu passei meses trabalhando naquele *scrapbook*. Você está jogando tudo nas minhas costas, mas é você que está se afastando de mim. Desde a Semana na Praia.

— Tudo bem, vamos falar sobre o que aconteceu naquela noite na Semana na Praia. — Sinto meu rosto ficar vermelho quando ele me olha com desafio. — Aquela noite em que você quis transar pareceu que você estava tentando colocar um laço de fita nisso tudo. Como se estivesse me guardando na sua... na sua caixa de chapéu. Como se eu tivesse terminado meu papel na sua primeira história de amor e agora você pode ir para o capítulo seguinte.

Sinto-me meio tonta, perdida. Peter, que eu achava que entendia tão bem.

— Sinto muito por você ter entendido assim, mas não foi o que eu quis dizer. Não mesmo.

— Obviamente, foi o que você quis dizer, porque você está fazendo isso agora. Não está?

Será que tem um fundo de verdade no que ele está dizendo, ainda que pequeno? É verdade que eu não ia querer que minha primeira vez fosse com outra pessoa. É verdade que pareceu certo ser com Peter, porque ele é o primeiro garoto que amo. Eu não ia querer que fosse com um garoto que vou conhecer na faculdade. Esse garoto vai ser um estranho para mim. Eu conheço Peter desde que éramos crianças. Eu estava só tentando fechar um capítulo?

Não. Eu fiz porque queria que fosse ele. Mas se é assim que ele vê, talvez seja mais fácil.

Eu engulo em seco.

— Talvez você esteja certo. Eu queria que a minha primeira vez fosse com você para poder fechar o capítulo do ensino médio. Com a gente.

Ele fica paralisado. Vejo a dor nos olhos dele, e seu rosto se fecha como uma casa vazia com cortinas. Ele começa a se afastar. Desta vez, não tento impedi-lo. Por cima do ombro, ele diz:

— Estamos quites, Covey. Não se preocupe.

Assim que ele vai embora, eu viro para o lado e vomito tudo que bebi e comi naquela noite. Estou inclinada tendo ânsia de vômito quando Trina, papai e Margot saem do karaokê. Papai corre até mim.

— Lara Jean, o que houve? Você está bem?

— Eu estou bem, eu estou bem — murmuro, secando os olhos e limpando a boca.

Ele arregala os olhos, alarmado.

— Você bebeu? — Ele olha com acusação para Trina, que massageia minhas costas. — Trina, você deixou Lara Jean beber?

— Ela tomou alguns goles de um martíni de romã. Vai ficar bem.

— Ela não parece bem!

Trina se empertiga, a mão ainda nas minhas costas.

— Dan, Lara Jean é uma mulher agora. Você não consegue enxergar porque ainda a vê como uma garotinha, mas ela já amadureceu tanto desde que a conheci. Ela sabe se cuidar.

Margot entra na conversa.

— Papai, eu deixei ela tomar uns goles da minha bebida, só isso. Ela não tem tolerância. Sinceramente, é algo que devia treinar antes de ir para a faculdade. Não ponha a culpa em Trina.

Papai olha de Margot para Trina e depois de novo para Margot. Ela está ao lado de Trina, e naquele momento as duas estão unidas. Ele olha para mim.

—Vocês estão certas. A culpa é da Lara Jean. Entre no carro.

A caminho de casa, temos que parar uma vez para eu vomitar de novo. Não é o martíni de romã que está me fazendo querer morrer. É o jeito como Peter me olhou. O jeito como o brilho nos olhos dele se apagou. A dor; se eu fechar os olhos, ainda consigo ver. A única outra vez que o vi assim foi quando o pai dele não apareceu na formatura. Agora, ele está sofrendo por minha causa.

Eu começo a chorar no carro. São soluços grandes que fazem meus ombros tremerem.

— Não chore — diz meu pai com um suspiro. — Você está encrencada, mas não tanto assim.

— Não é isso. Eu terminei com Peter. — Mal consigo dizer as palavras. — Papai, se você pudesse ver o jeito como ele me olhou. Foi... terrível.

— Por que você terminou com ele? — pergunta papai, confuso. — Peter é um rapaz tão bom.

— Não sei. — Eu choro. — Agora, eu não sei.

Ele tira uma das mãos do volante e aperta meu ombro.

— Está tudo bem. Calma.

— Mas... não está.

— Vai ficar — diz ele, acariciando meu cabelo.

Eu fiz a escolha certa hoje. Eu fiz, eu sei. Terminar com ele foi a coisa certa.

Eu consigo ver o futuro, Peter. E nele só há sofrimento. Não vou fazer isso. É melhor nos separarmos enquanto ainda temos lembranças boas.

37

Acordo no meio da noite chorando e meu primeiro pensamento é que quero voltar atrás. Cometi um erro enorme e agora quero voltar atrás. Em seguida, choro até dormir de novo.

De manhã, minha cabeça está latejando, e hoje quem está vomitando no banheiro sou eu, como as garotas na Semana na Praia. Só que agora não tem ninguém para segurar meu cabelo. Sinto-me melhor depois, mas fico deitada um tempo no chão do banheiro para o caso de eu sentir uma onda de náusea. Adormeço lá e acordo com Kitty me sacudindo pelo braço.

— Chega pra lá, preciso fazer xixi — diz ela, passando por cima de mim.

— Me ajuda a levantar — peço, e ela me puxa.

Ela se senta para fazer xixi e eu jogo água fria no rosto.

— Vá comer umas torradas — sugere Kitty. — Vai ajudar a absorver o álcool no seu estômago.

Escovo os dentes e desço até a cozinha, onde papai está fazendo ovos e Margot e Trina estão comendo iogurte.

— Bom dia, flor do dia — diz Trina com um sorriso.

— Parece que você foi atropelada por um caminhão — comenta Margot.

— Você estaria de castigo agorinha mesmo se não fosse o casamento — diz papai, tentando parecer severo e falhando. — Coma um pouco de ovos mexidos.

Meu estômago se revira com a ideia.

— Primeiro, coma uma torrada — instrui Margot. — Vai absorver o álcool.

— Foi o que Kitty disse.

Trina aponta para mim com a colher.

— Depois que você botar comida na barriga, pode tomar dois Advil. Nunca tome analgésicos de estômago vazio. Você vai se sentir melhor rapidinho.

— Eu nunca mais vou beber — prometo, e Margot e Trina trocam um sorrisinho. — Estou falando sério.

Passo o dia todo na cama, com as luzes apagadas e a cortina fechada. Quero tanto ligar para Peter. Pedir que ele me perdoe. Nem me lembro de tudo que falei. Eu me lembro do essencial, mas a lembrança em si está indistinta. A única coisa de que me lembro claramente, a que nunca vou esquecer, é a expressão no rosto dele, e sinto ódio de mim mesma por ter sido quem a provocou.

Eu cedo. Mando uma mensagem. Só três palavras.

```
Sinto muito mesmo.
```

Vejo o "..." do outro lado. Meu coração bate loucamente enquanto espero. Mas a resposta não vem. Tento ligar, mas minha ligação vai direto para a caixa postal, e eu desligo. Talvez ele já tenha me apagado do celular, como fez com o pai. Talvez tenha... desistido.

38

CHRIS É A PRIMEIRA A VIAJAR. ELA PASSA NA MINHA CASA NAQUELA semana e avisa:

— Não posso ir ao casamento do seu pai no fim de semana. Vou para a República Dominicana amanhã.

— *O quê?*

— Eu sei. Desculpa. — Chris não parece lamentar nada. Ela está com um sorriso enorme no rosto. — É tudo tão louco. Sabe, abriu uma vaga para mim em um hotel sustentável, e não posso deixar essa oportunidade passar. Falam espanhol na República Dominicana, não é?

— É. Mas eu achei que você ia para a Costa Rica!

— Essa outra oportunidade surgiu e eu agarrei — diz ela dando de ombros.

— Mas... não consigo acreditar que você já vai! Você só ia viajar em agosto. Quando você volta?

— Não sei... Acho que essa é a parte mais legal. Posso ficar seis meses, ou outra coisa aparecer e eu ir atrás.

Eu pisco.

— Então você vai embora de vez?

— Não *de vez*. Só por enquanto.

Alguma coisa dentro de mim sabe que é de vez. Não vejo Chris voltando para cá em um ano para estudar na Piedmont Virginia Community College. Ela é Chris, a gata de rua, que vem e vai quando quer. E ela sempre vai cair de pé.

— Não faça essa cara triste. Você vai ficar bem sem mim. Você tem Kavinsky. — Por um segundo, não consigo respirar. Ouvir o nome dele é como uma faca sendo enfiada no meu coração. — Nós todos vamos mesmo embora em pouco tempo. Só estou feliz de não ficar para trás.

Essa seria a sensação para ela se ficasse aqui, fosse para uma faculdade pública, trabalhasse no Applebee's. Sinto uma onda de felicidade porque, em vez disso, ela vai embarcar em uma aventura.

— Só não consigo acreditar que você já vai. — Não conto para ela que Peter e eu terminamos, que não o tenho mais. O assunto hoje não somos eu e Peter; é Chris e seu futuro novo e empolgante. — Posso pelo menos ajudar a fazer as malas?

— Minhas malas já estão prontas! Só vou levar o essencial. Minha jaqueta de couro, uns biquínis, alguns cristais.

—Você não devia levar tênis e luvas de couro, esse tipo de coisa, só por garantia?

—Vou de tênis no avião, e vou comprar o resto lá. Esse é o objetivo de uma aventura. Fazer uma mala pequena e ir decidindo o que fazer conforme a necessidade.

Eu achei que nós teríamos mais tempo, Chris e eu no meu quarto, compartilhando segredos tarde da noite, comendo batata frita na cama. Eu queria consolidar nossa amizade antes de ela ir: Lara Jean e Chrissy, como antigamente.

Tudo está terminando.

39

Na noite anterior ao casamento, enquanto meus bolos esfriam na bancada da cozinha e todo mundo está arrumando cadeiras no quintal, eu vou até a casa de Chris me despedir.

Assim que abre a porta para mim, ela diz:

— Não vou deixar você entrar se você for chorar.

— Não consigo controlar. Sinto que é a última vez que eu vou ver você. — Uma lágrima escorre pela minha bochecha. Uma sensação de fim paira no ar. Eu sei, apenas sei. Chris está pulando para o que vem depois. Se nós nos virmos de novo, não vai ser assim. Ela é um espírito livre. Eu tenho sorte de ter tido a companhia dela por todo esse tempo.

—Você provavelmente vai me ver na semana que vem, quando eu voltar correndo para casa — brinca ela, e há uma leve hesitação em sua voz. Chris, sempre cheia de coragem e bravura, está nervosa.

— Não mesmo. Você está só começando. É agora, Chris. — Eu dou um pulo e a abraço. Estou tentando não chorar. — Está acontecendo agora.

— O quê?

— A vida!

—Você é tão brega — diz ela, mas eu poderia jurar que vi lágrimas em seus olhos.

— Eu trouxe uma coisa para você — digo.

Tiro o presente da bolsa e dou a ela.

Ela rasga o papel e abre a caixa. É uma foto de nós duas em um porta-retratos pequeno de coração, do tamanho de um enfeite de árvore de Natal. Nós estamos na praia, com maiôs iguais; temos doze ou treze anos.

— Pendure isso na parede aonde quer que vá, para as pessoas saberem que tem uma pessoa esperando você em casa.

Os olhos dela ficam cheios de lágrimas, e ela os seca com as costas da mão.

— Ah, meu Deus, você é terrível — diz Chris.

Já ouvi gente dizendo que você conhece seus melhores amigos na faculdade, e que são esses que ficam ao seu lado a vida toda, mas tenho certeza de que eu e Chris permaneceremos próximas a vida toda também. Sou uma pessoa que guarda coisas. Vou estar com ela para sempre.

Quando volto para casa, Trina está no SoulCycle. Papai ainda está lá fora, arrumando as cadeiras, Margot está passando nossos vestidos de madrinha e Kitty está cortando bandeirinhas de papel para os enfeites da mesa de sobremesas. Vou fazer a cobertura do bolo de casamento, um bolo simples com cobertura de glacê, como prometi a Trina. O bolo do papai já está pronto, com Thin Mints e tudo. É minha segunda tentativa com o bolo da cerimônia; descartei o primeiro porque não aparei direito as camadas de cima e, quando empilhei, o bolo ficou horrivelmente torto. O segundo ainda está um pouco irregular, mas uma camada grossa de cobertura vai cobrir todas as falhas, ou pelo menos é o que eu fico repetindo.

— Você está botando tanta cobertura nesse bolo que vamos acabar ficando diabéticos — comenta Kitty.

Eu mordo a língua e continuo girando o bolo e colocando cobertura em cima para ficar liso.

— Está bonito, não está, Margot?

— Parece profissional — garante ela, passando o ferro na barra do vestido dela.

Quando passo por Kitty, não consigo resistir a dizer:

— Só para você saber: as últimas três bandeiras que você cortou estão tortas.

Kitty me ignora e cantarola:

— Choque de açúcar, minha nossa, esse bolo é um choque de açúcar. — Ela usa a melodia daquela música antiga, "Sugar Shack". Acho que é culpa minha por sempre ouvi-la quando faço doces.

— É a última vez que vamos ser só nós três — digo, e Margot olha para mim e sorri.

— Estou feliz que não vamos ser mais só nós três — diz Kitty.

— Eu também — concorda Margot, e tenho certeza de que está falando de coração.

Famílias encolhem e se expandem. Só podemos mesmo ficar felizes, satisfeitos uns pelos outros, pelo tempo que temos juntos.

Não consigo dormir, então desço para fazer uma xícara de chá e, quando estou botando água na chaleira, olho pela janela e vejo a brasa vermelha de um cigarro brilhando na escuridão. Trina está lá fora fumando!

Fico em dúvida se devo abrir mão do meu ritual do chá e ir para cama antes que ela me veja, mas quando estou esvaziando a chaleira, ela volta para dentro de casa com uma lata de Fresca na mão.

— Ah! — exclama ela, assustada.

— Eu não estava conseguindo dormir — digo, na mesma hora que ela diz:

— Não conte para Kitty!

Nós duas rimos.

— Juro que foi um cigarro de despedida. Eu não fumo há meses!

— Não vou contar para Kitty.

— Te devo uma — diz Trina, suspirando de alívio.

— Quer uma xícara de chá? — pergunto. — Minha mãe fazia para nós. É calmante. Vai deixar você se sentindo tranquila e relaxada e pronta para ir para cama.

— Parece o paraíso.

Encho a chaleira e a coloco no fogão.

— Você está nervosa com o casamento?

— Não, não nervosa... É só agitação, eu acho. Quero que tudo corra... sem tropeços. — Uma risadinha escapa da garganta dela. — A piadinha foi proposital. Nossa, eu adoro uma piadinha. — Ela fica séria e diz: — Me conte o que está acontecendo entre você e Peter.

Eu me ocupo colocando mel nas canecas.

— Ah, nada. — A última coisa de que Trina precisa na noite anterior ao casamento é ouvir sobre os meus problemas.

Ela me olha.

— Vamos lá, garota. Me conta.

— Sei lá. Acho que a gente terminou.

Eu dou de ombros intensamente para não chorar.

— Ah, querida. Traga o chá para cá e venha se sentar comigo no sofá.

Eu termino de fazer o chá, levo as canecas até o sofá e me sento ao lado de Trina, que cruza as pernas e coloca um cobertor sobre nós duas.

— Agora, me conte tudo — diz ela.

— Acho que as coisas começaram a dar errado quando eu entrei na UNC. Nosso plano era eu ir para a William and Mary e pedir transferência para a UVA, então só passaríamos o primeiro ano separados. Mas a UNC é bem mais longe, e, quando fui lá conhecer, eu soube que queria estudar lá. Não queria estar com um pé dentro e um pé fora, entende? — Eu mexo a colher. — Eu quero mesmo dar uma chance à faculdade.

— Acho que essa atitude é mais do que certa. — Trina aquece as mãos na caneca de chá. — E foi por isso que você terminou com ele?

— Não, não exatamente. A mãe dele me contou que ele estava falando sobre pedir transferência para a UNC ano que vem. Ela queria que eu terminasse com ele antes de ele fazer uma besteira por mim.

— Putz! A mãe do Peter é uma vaca!

— Ela não usou essas palavras exatas, mas foi basicamente isso. — Eu tomo um gole de chá. — Eu também não queria que ele pedisse transferência por minha causa... Minha mãe dizia para não ir para a faculdade namorando, porque assim você vai perder a verdadeira experiência de caloura.

— Bom, a verdade é que sua mãe não conheceu Peter Kavinsky. Ela não tinha todos os fatos. Se tivesse conhecido... — Trina solta um assobio baixo. — Ela talvez mudasse de ideia.

Meus olhos se enchem de lágrimas.

— Para ser sincera, estou arrependida de ter terminado com ele e queria poder voltar atrás!

Ela pega em meu queixo.

— Então por que você não faz isso?

— Acho que Peter nunca vai me perdoar por magoá-lo assim. Ele não deixa as pessoas se aproximarem com facilidade. Acho que devo estar morta para ele.

Trina tenta esconder um sorriso.

— Duvido. Fale com ele no casamento amanhã. Quando Peter vir você com aquele vestido, tudo vai estar perdoado.

Eu fungo.

— Tenho certeza de que Peter não vem.

— Tenho certeza de que ele vem. Não se planeja a despedida de solteiro de um homem e depois não aparece no casamento. Sem mencionar o fato de que ele é louco por você.

— Mas e se eu magoá-lo de novo?

Trina coloca as mãos em volta da caneca de chá e toma um gole.

— Você não pode protegê-lo de se magoar, querida, não importa o que faça. Ser vulnerável, deixar pessoas se aproximarem, se magoar... tudo isso é parte de estar apaixonado.

Eu penso nisso.

— Trina, quando você se deu conta de que seu relacionamento com meu pai era pra valer?

— Não sei... Acho que eu só... escolhi.

— Escolheu o quê?

— Escolhi seu pai. Escolhi nós dois. — Ela sorri para mim. — Escolhi tudo isso.

É tão louco pensar que, um ano atrás, ela era só a nossa vizinha, a sra. Rothschild. Kitty e eu ficávamos sentadas no degrau da varanda olhando-a correr para o carro de manhã e derramar café quente na roupa. Agora, ela vai se casar com nosso pai. Vai ser nossa madrasta, e estou feliz por isso.

40

O AR ESTÁ COM CHEIRO DE MADRESSILVA E DIAS DE VERÃO QUE NÃO acabam nunca. É o dia perfeito para um casamento. Acho que não existe lugar mais bonito do que a Virgínia no verão. Tudo está florescendo, tudo está verde, ensolarado e cheio de esperança. Quando eu me casar, acho que vou gostar que seja em casa também.

Nós acordamos cedo, e parecia que haveria muito tempo, mas é claro que estamos correndo como barata tonta. Trina voa de um lado para outro no andar de cima com o roupão de seda que Kristen comprou para ela. Kristen comprou o mesmo roupão, só que cor-de-rosa, para as madrinhas, com nossos nomes bordados em dourado no bolso da frente. No de Trina está escrito *Noiva*. Tenho que tirar o chapéu para Kristen. Ela é irritante, mas tem visão. Sabe fazer coisas legais.

A amiga fotógrafa de Trina tira uma foto de todas nós de roupão, com Trina sentada no meio como um cisne bronzeado. Chega a hora de nos vestirmos. Nós negociamos o smoking de Kitty; ela vai usar uma camisa de botão de mangas curtas, uma gravata-borboleta xadrez multicolorida e uma calça até os tornozelos. O cabelo está preso em tranças em volta da cabeça. Ela está tão bonita. Está tão… Kitty. Eu cedi e coloquei flores mosquitinho no cabelo, mas não uma coroa de flores. Também cedi na minha visão das camisolas de fada para Margot e para mim. Estamos usando vestidos florais vintage dos anos 1950 que encontrei na Etsy. O de Margot é creme com margaridas amarelas, e o meu tem flores cor-de-rosa e alças amarradas nos ombros. O meu deve ter pertencido a uma menina baixinha, porque nem preciso ajustar, ele para logo acima dos joelhos, bem onde deveria.

Trina está linda de noiva. Os dentes e o vestido estão muito brancos em sua pele bronzeada.

— Eu não estou ridícula, estou? — Ela olha com nervosismo na minha direção. — Velha demais para usar branco? Afinal, eu *sou* divorciada.

Margot responde antes de mim.

— Você está perfeita. Simplesmente perfeita.

Minha irmã mais velha tem um jeito de parecer estar certa. O corpo todo de Trina relaxa, como uma grande expiração.

— Obrigada, Margot. — A voz dela fica trêmula. — Eu estou tão... feliz.

— Não chore! — grita Kitty.

— Shh — digo para ela. — Não grite. Trina precisa de serenidade.

Kitty está uma pilha de nervos o dia todo; parece que é aniversário dela, noite de Natal e primeiro dia de aula, tudo junto.

Trina abana as axilas.

— Estou suando. Acho que preciso de mais desodorante. Kitty, estou fedendo?

Kitty se inclina mais para perto.

— Você está bem.

Nós já tiramos umas cem fotos hoje, e vamos tirar centenas mais, mas sei que essa vai ser minha favorita. As três garotas Song em volta de Trina, Margot secando os olhos dela com um lenço, Kitty em cima de um banquinho ajeitando o cabelo de Trina e o braço dela em volta de mim. Estamos sorrindo tanto. As coisas estão terminando, mas também estão começando.

Quanto a Peter, não há sinal dele. Cada vez que um carro passa na nossa rua, eu vou até a janela para ver se é ele, mas nunca é. Ele não vem, e eu não o culpo. Mas ainda tenho esperança, porque não tenho como evitar.

O quintal está cheio de luzes de Natal e lanternas brancas de papel. Tudo bem que não tem parede de rosas, mas está lindo mesmo assim.

Todas as cadeiras estão posicionadas; o tapete foi esticado no meio para Trina. Cumprimento os convidados conforme eles chegam; o grupo é pequeno, menos de cinquenta pessoas. O tamanho perfeito para um casamento no quintal. Margot está sentada com as nossas duas avós e com o pai e a irmã de Trina na primeira fileira, fazendo companhia para eles enquanto ando e cumprimento os Shah, que são nossos vizinhos, a tia Carrie e o tio Victor, minha prima Haven, que elogia meu vestido. Durante todo o tempo, meu olhar está vidrado na entrada, esperando um Audi preto que não chega.

Quando "Lullaby", das Dixie Chicks, começa a tocar, Kitty, Margot e eu assumimos nossas posições. Papai chega e fica em sua posição de noivo, e nós todos olhamos para a casa, de onde Trina sai e se aproxima de nós. Ela está resplandecente.

Nós choramos durante os votos, até Margot, que nunca derrama uma lágrima. Eles escolhem a linha tradicional, e quando o reverendo Choi, pastor da igreja da vovó, diz "Pode beijar a noiva", papai fica vermelho, mas beija Trina com um floreio. Todo mundo bate palmas; Kitty dá gritinhos. Jamie Fox-Pickle late.

A dança de pai e filha foi ideia de Trina. Ela disse que já tinha passado por aquilo e não sentia necessidade de passar de novo, e que teria um significado bem maior se nós, as irmãs Song, fizéssemos a dança. Nós treinamos no começo da semana na pista de dança que papai alugou.

Planejamos que a dança de pai e filha fosse com Margot primeiro, depois eu os interromperia para dançar e depois Kitty. A música que papai escolheu foi "Isn't She Lovely", uma que Stevie Wonder compôs para a filha quando ela nasceu.

Kitty e eu ficamos por perto, batendo palmas no ritmo. Sei que ela já está curtindo o momento de me interromper.

Antes de soltar Margot, papai a puxa para perto e sussurra alguma coisa no ouvido dela, e ela fica com os olhos marejados. Não vou perguntar o que ele disse. É um momento só deles.

Papai e eu treinamos alguns passos. As pessoas adoram quando andamos dançando lado a lado e balançamos os ombros juntos.

— Estou tão orgulhoso de você — diz ele. — Minha filha do meio.

É minha vez de ficar com lágrimas nos olhos. Dou um beijo na bochecha dele e o entrego a Kitty. Papai dança com ela na hora que a gaita começa.

Estou saindo da pista de dança quando o vejo. Peter de terno, afastado, ao lado do corniso. Ele está tão lindo que mal consigo suportar. Atravesso o quintal, e ele fica me olhando o tempo todo. Meu coração está disparado. Ele está aqui por minha causa? Ou veio só porque prometeu ao meu pai?

Quando paro na frente dele, eu digo:

—Você veio.

Peter afasta o olhar.

— Claro que vim.

— Eu queria poder voltar atrás nas coisas que falei na outra noite — digo, baixinho. — Nem me lembro de tudo.

Peter olha para baixo.

— Mas você falou sério, não foi? Então que bom que você disse, porque alguém tinha que falar, e você estava certa.

— Sobre que parte? — sussurro.

— Sobre a UNC. Sobre eu não pedir transferência para lá. — Ele levanta a cabeça, os olhos tristes. — Mas você devia ter me dito que minha mãe conversou com você.

Eu suspiro, trêmula.

—Você devia ter me dito que estava pensando em pedir transferência! Devia ter me contado o que estava sentindo. Você se fechou depois da formatura. Não deixou eu me aproximar. Ficava dizendo que ia ficar tudo bem.

— Porque eu estava com medo pra cacete, tá!

Peter olha ao redor para ver se alguém ouviu o grito, mas a música está alta e todo mundo está dançando. Ninguém olha para nós, parece que estamos sozinhos no quintal.

— Do que você estava com tanto medo? — sussurro.

Ele fecha as mãos nas laterais do corpo. Quando fala, a voz sai rouca, como se ele não a usasse havia um tempo.

— Eu estava com medo de que você fosse para a UNC e descobrisse que eu não valia a pena e simplesmente fosse embora.

Dou um passo para mais perto. Coloco a mão em seu braço. Ele não se afasta de mim.

— Além da minha família, você é a pessoa mais especial do mundo para mim. E falei sério sobre algumas das coisas que disse na outra noite, mas não a parte em que disse que queria perder minha virgindade com você só para fechar nosso capítulo. Eu queria que fosse você porque te amo.

Peter passa um dos braços pela minha cintura, me puxa para perto e olha para mim.

— Nenhum de nós quer terminar — diz com intensidade. — Por que a gente deveria? Por causa de uma merda que a minha mãe disse? Porque sua irmã fez isso? Você não é igual à Margot, Lara Jean. Nós não somos iguais a Margot e Sanderson nem a ninguém. Nós somos você e eu. E vai ser difícil, sim. Mas, Lara Jean, eu nunca vou sentir por outra garota o que eu sinto por você. — Ele fala com toda a certeza que só um garoto adolescente pode ter, e eu nunca o amei mais do que neste momento.

"Lovin' in My Baby's Eyes" está tocando, e Peter pega minha mão e me leva para o gramado.

Nós nunca dançamos esse tipo de música. É do tipo em que se oscila no ritmo e faz muito contato visual e sorri. A sensação é diferente, como se já fôssemos versões mais velhas de Peter e Lara Jean.

Do outro lado da pista, Trina, Kitty e Margot dançam em círculo, com a vovó coreana no meio. Haven está dançando com meu pai. Ela olha para mim e diz com movimentos labiais: *Ele é tão lindo.* Peter, não meu pai. Ele é muito, muito lindo.

Eu nunca vou esquecer essa noite enquanto viver. Um dia, se eu tiver sorte, vou contar para alguma garota jovem todas as minhas histórias, como Stormy me contou as dela. E vou poder vivê-las de novo.

Quando eu for velha e grisalha, vou pensar nesta noite e vou lembrar dela exatamente como foi.

É.

Nós ainda estamos aqui. O futuro ainda não chegou.

Naquela noite, depois que todos os convidados foram embora, após as cadeiras terem sido empilhadas, e as sobras, guardadas na geladeira, eu vou para o quarto tirar o vestido. Na cama encontro meu anuário. Olho a contracapa e ali está a mensagem de Peter para mim.

Só que não é uma mensagem, é um contrato.

Contrato retificado de Lara Jean e Peter

Peter vai escrever uma carta para Lara Jean uma vez por semana. Uma carta de verdade, manuscrita, não um e-mail.

Lara Jean vai ligar para Peter uma vez por dia. De preferência, a última ligação da noite, antes de ela ir dormir.

Lara Jean vai pendurar uma foto de Peter, à escolha dela, na parede.

Peter vai deixar o scrapbook em cima da mesa, para que qualquer pessoa interessada veja que ele está comprometido.

Peter e Lara Jean vão sempre contar a verdade um para o outro, mesmo que seja difícil.

Peter vai amar Lara Jean com todo o coração, para sempre.

41

Na noite anterior à minha partida para a faculdade, está prevista uma chuva de meteoros Perseidas. Estão dizendo que vai ser boa. Peter e eu vamos ao lago ver. Kitty não fala, mas também quer ir. Está doida para ir. O corpo todo dela está rígido de vontade e de não poder pedir. Em qualquer outra ocasião, eu diria sim.

Quando me despeço, os lábios dela tremem de decepção por um segundo, mas ela esconde bem. Como deve ser difícil ser a caçula às vezes, a que fica para trás.

No carro, me sinto mal por ser tão possessiva em relação ao meu tempo com Peter. Mas é que sobrou tão pouco agora... Sou uma irmã mais velha péssima. Margot a teria trazido.

— Em que você está pensando? — pergunta Peter.

— Ah, nada — digo. Tenho vergonha de dizer em voz alta que eu devia ter convidado Kitty.

Quando eu voltar para casa no recesso de outono, vamos fazer alguma coisa, nós três. Peter e eu vamos levá-la a um filme à meia-noite no drive-in, e ela vai de pijama, e vou preparar um cobertor no banco de trás para quando ela adormecer. Mas esta noite vamos ser só Peter e eu, só desta vez. Não adianta ficar remoendo a culpa e estragar a noite se o ato egoísta já está feito. E se eu quiser ser sincera comigo mesma, eu faria a mesma coisa de novo. Esse é o tamanho da minha ganância por cada segundo que ainda tenho com Peter. Quero os olhos dele só em mim. Quero falar só com ele, que sejamos só ele e eu nesse tempinho que resta. Um dia, Kitty vai entender. Um dia, vai amar um garoto e vai querer que ele seja só dela, sem dividir as atenções com mais ninguém.

— A gente devia ter deixado Kitty vir — digo de repente.

— Eu sei. Também estou me sentindo mal. Você acha que ela está com raiva?

— Triste, provavelmente.

Mas nenhum de nós sugere dar meia-volta e voltar para buscá-la. Nós ficamos em silêncio, mas de repente começamos a rir, envergonhados e também aliviados.

— Da próxima vez, nós vamos trazer Kitty — diz Peter com confiança.

— Da próxima vez — repito. Eu estico a mão e seguro a dele, entrelaço os dedos nos dele, e ele olha para mim, e fico reconfortada de saber que esta noite Peter sente o mesmo e que não há nenhuma distância entre nós.

Nós abrimos um cobertor no chão e nos deitamos um do lado do outro. A lua parece uma geleira na noite azul-marinho. Até o momento, não vi nada fora do comum. Parece um céu normal.

— Acho que a gente devia ter ido para a montanha — comenta Peter, virando o rosto para olhar para mim.

— Não, aqui está perfeito — digo. — Eu li que observar as estrelas é um jogo de espera em qualquer lugar.

— Nós temos a noite toda — diz ele, me puxando para mais perto.

Às vezes, eu queria que a gente tivesse se conhecido com vinte e sete anos. Vinte e sete parece uma boa idade para conhecer a pessoa com quem você vai passar o resto da vida. Aos vinte e sete, você ainda é jovem, mas com sorte está a caminho de ser quem você quer ser.

Mas depois eu penso que não, eu não abriria mão de doze, treze, dezesseis, dezessete anos de vida com Peter por nada neste mundo. Meu primeiro beijo, meu primeiro namorado de mentira, meu primeiro namorado de verdade. O primeiro garoto que comprou uma joia para mim. Stormy dizia que era o momento mais monumental de todos. Ela me disse que é assim que um garoto permite que você saiba que você é dele. Acho que conosco foi o contrário. Foi como eu soube que ele era meu.

Não quero esquecer nada disso. O jeito como ele me olha neste exato momento. O jeito como eu ainda sinto um arrepio, todas as vezes que ele me beija. Quero me agarrar a tudo com força.

— A primeira reunião do sexto ano.

Eu olho para ele.

— Hã?

— Foi a primeira vez que vi você, Lara Jean. Você estava sentada na fileira na minha frente. Eu achei você bonita.

Eu dou uma gargalhada.

— Boa tentativa. — É tão a cara de Peter tentar inventar coisas para parecer romântico.

Ele continua:

— Seu cabelo era muito comprido e você estava usando uma faixa com um laço. Eu sempre gostei do seu cabelo, mesmo naquela época.

— Tá, Peter — digo, levantando a mão e dando um tapinha leve na bochecha dele.

Ele me ignora.

— Sua mochila tinha seu nome em letras com purpurina. Eu nunca tinha ouvido o nome Lara Jean.

Meu queixo cai. Eu colei aquelas letras com cola quente na mochila! Demorei uma eternidade para deixar tudo retinho. Eu tinha me esquecido dessa mochila. Era meu bem mais precioso.

— O diretor começou a escolher pessoas aleatórias para irem ao palco participar de um jogo e ganhar prêmios. Todo mundo levantou a mão, mas seu cabelo prendeu na cadeira, e você estava tentando soltar, por isso não foi escolhida. Eu lembro que pensei que devia ajudar, mas achei que podia ser esquisito.

— Como você se lembra de tudo isso? — pergunto, impressionada.

Sorrindo, ele dá de ombros.

— Não sei. Eu só lembro.

Kitty está sempre dizendo que histórias de origens são importantes.

Na faculdade, quando as pessoas perguntarem como a gente se conheceu, como vamos responder? A história curta é que passamos a infância juntos. Mas essa é mais a minha história com Josh. Namorados de escola? É a história de Peter e Gen. Então, qual é a minha história com Peter?

Acho que vou dizer que tudo começou com uma carta de amor.

"Tive momentos esplêndidos", concluiu ela com alegria, "e sinto que isso marca uma época da minha vida. Mas o melhor de tudo é voltar para casa."

— L. M. Montgomery, *Anne de Green Gables*

Agradecimentos

Eu nunca pensei que fosse escrever outro livro sobre Lara Jean, e por isso acho que tenho sorte de ter uma última oportunidade de agradecer a todos que me ajudaram no caminho. De coração, eu gostaria de agradecer à minha agente, Emily van Beek, e à equipe da Folio; à minha editora, Zareen Jaffery, e a toda a família da S&S, mas principalmente Justin Chanda, Anne Zafian, Chrissy Noh, Lucy Cummins, Mekisha Telfer, KeriLee Horan, Audrey Gibbons, Katy Hershberger, Candace Greene, Michelle Leo e Dorothy Gribbin. Agradeço também à minha agente de cinema, Michelle Weiner; à minha agente de publicidade, Brianne Halverson; e ao meu assistente, Dan Johnson. Eu também gostaria de agradecer a Jeannine Lalonde, do departamento de admissões da UVA, e a Vincent Briedis, do departamento esportivo da UVA. Agradeço aos meus amigos e colegas escritores por lerem este manuscrito e me oferecerem comentários incríveis e por me animarem a cada passo — Siobhan Vivian, Adele Griffin, Jennifer E. Smith, Melissa Walker e Anna Carey. Eu não teria conseguido sem vocês.

Por fim, quero agradecer aos meus leitores. Se não fosse por vocês, eu não teria escrito este livro. É sério, este é para vocês. Meu maior desejo é que vocês fiquem felizes e satisfeitos com a forma como a história de Lara Jean termina. Desta vez, é de verdade; este é mesmo o fim para mim e para Lara Jean. Mas ela vai continuar viva no meu coração, pois sempre há uma curva na estrada.

Jenny

1ª edição	MAIO DE 2017
reimpressão	ABRIL DE 2025
impressão	IMPRENSA DA FÉ
papel de miolo	PÓLEN NATURAL 70 G/M²
papel de capa	CARTÃO SUPREMO ALTA ALVURA 250 G/M²
tipografia	BEMBO STD